韓国文学セレクション

ぼくは幽霊作家です

キム・ヨンス

橋本智保 訳

新泉社

나는 유령작가입니다
김연수

I am a Ghost Writer
by Kim Yeon-su

The Korean edition was originally published in Korea
2005 by Changbi Publishers, Inc., Paju-si, and
2016 by Munhakdongne Publishing Group, Paju-si.

This Japanese edition is published 2020 by Shinsensha Co., Ltd., Tokyo,
by arrangement with KL Management, Seoul
through K-Book Shinkokai (CUON Inc.), Tokyo.

This book is published with the support of
The Daesan Foundation.

目次

装画　イシサカゴロウ
装幀　北田雄一郎

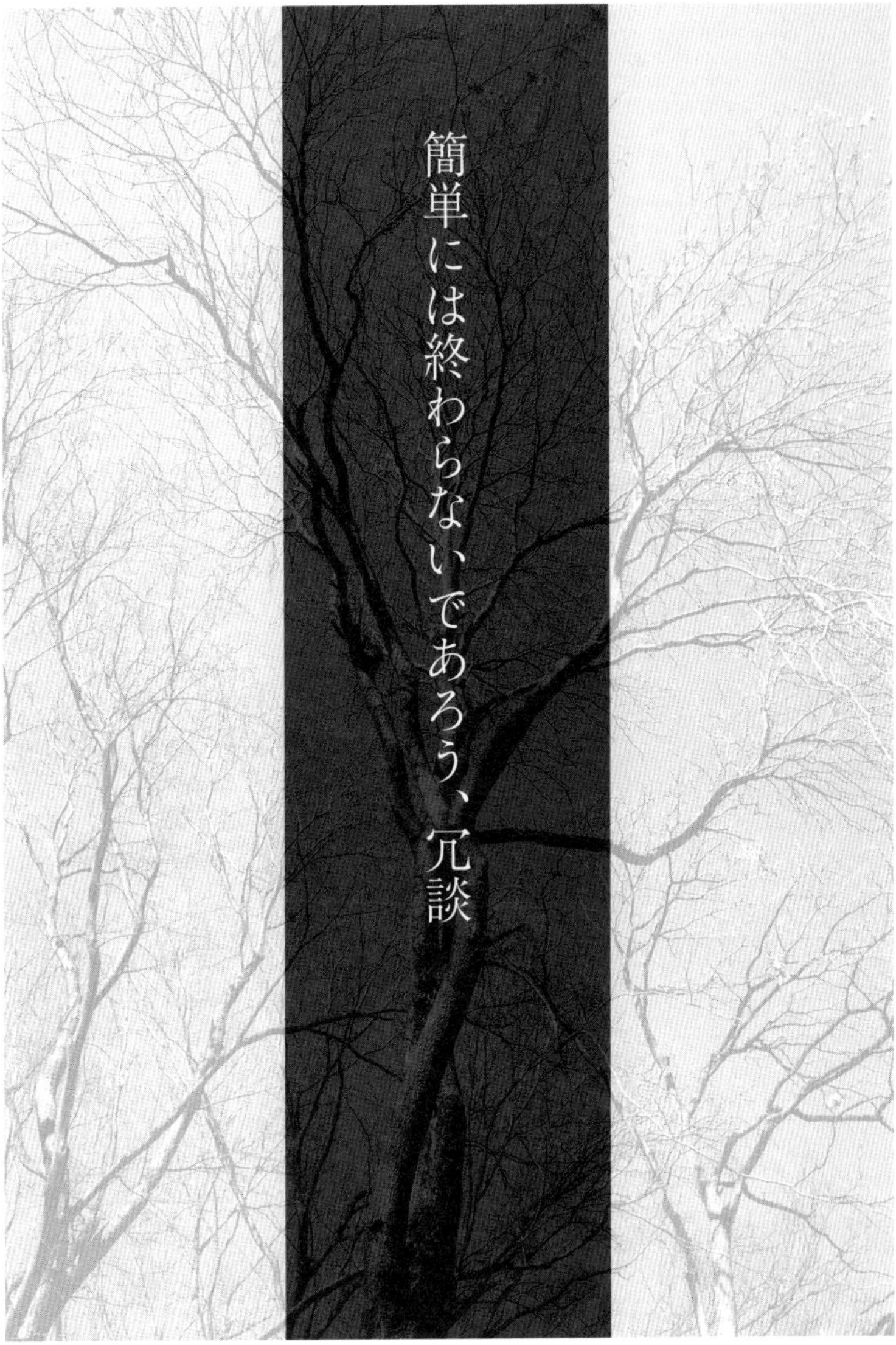

簡単には終わらないであろう、冗談

夢

一本の樹。一つの枝は北漢山《プッカンサン》*のある北の方に、もう一つの枝は漢江《ハンガン》のある南の方に伸びている、一本の樹の話から始めようと思う。僕はあれからずっと、あの日、道に迷った子どものように彼女と一緒に歩いた路地について、そしてその路地で見たものについて考えた。会社でエレベーターを待っているとき、下から上へ、上から下へと動くデジタル数字を眺めながら、あるいは明け方に公園をジョギングしている途中、ベンチに足をのせて解《ほど》けた運動靴の紐《ひも》を結びながら、腹を空かせた獣の内臓のように真っ暗で湿っていて、曲がりくねっているけれど、空っぽで果てしなく続くあの路地について考えた。夜のちぎれ雲が暗闇にもくもくと立ち昇り、三日月を過《よ》ぎるように。なんとなく。正読《チョンドク》図書館*に続く上り坂を早足で歩いているうちに汗ばんだ制服姿の女の子の鎖骨の内側や、国軍ソウル地区病院の塀の脇で黄色い封筒に入った自分のレントゲン写真を半分ほど取り出し、光に当てて見ている軍人たちのしかめっ面、また、ソウル市地方文化財民俗資料第二十七号、尹潽善《ユンボソン》旧宅*の塀の角を曲がろうとしたとき、彼女を見るなり「部屋を見に来ることになってた若奥さんだね？」とうれしそうな声をあげたおばあさんが履いていたスカートの花柄模様のようなものについて考えた。手持ちぶさたのとき、腕をまっすぐ伸ばして爪を見つめるように。なんとなく。

　少しでも会話が途切れると、その隙間から湿った風が吹いてくる六月半ばのことだった。嘉会《カフェ》洞《ドン》通りから栗谷路《ユルゴンノ》に向かって歩きながら、お互い別れたあとの日々について訊いたりしてなんとかつないでいた会話が、ついにぷっつりと切れた。ぎこちない関係であるだけに、一度途切れてしまった会話はなかなかつながらなかった。梅雨の頃を思わせるどんよりした空の色が染みたような憲法裁判所の塀越しに、こんもりとした梢《こずえ》を尖《とが》らせている青紅葉《あおもみじ》や、山茱萸《さんしゅゆ》、里桜などの低い木を見上げては、僕たちは斎洞《チェドン》交差点の方へと歩いた。いきなり彼女が弾んだ声で「あなたはいまもよく独りごとを言うの？」と尋ねた。僕は決して平凡な人間とは言えないけれど、かといって平凡じゃないとも言えない三十四歳の会社員だ。どこで人生を誤ってしまったのだろうと思うこともある。けれど、自分が独りごとを言うタイプの人間だなんて思ったことはなかった。ところが彼女の記憶にある僕は、よく独りごとを言っていたらしい。「どんなふうに？」と尋ねると、彼女はしばらく考えてから「背中を向けて」と言った。僕は無性に悲しくなった。彼女に対してもそうだけれど、僕自身に対しても。それから彼女は、数日前に見た夢に僕が出てきたと言った。夢の中でも僕は背中を向けて独りごとを言っていたのだろうか。「うーん、言葉にはできないけど、夢の中では悪くなかったのよね……。うーん、なんて言えばいいのかなあ」。彼女はそう言ってくすくす笑った。彼女が何を言いたいのかわからなくもなかったが、僕の目には、そんな彼女は再開発計画で取り壊しが決まっている古いアパートのように映った。具体的にどこがと訊かれると困るけれど、とても正常な人間には見えなかった。彼女の左側を歩いていた僕は、ふと足を止めて右にまわった。僕は彼女を右側から見るのに慣れていた。なぜならいつも彼女の右隣で、彼女を見つめながら眠ったから。僕は二度、咳払いをしてから、僕はこの頃ほとんど夢を見ない、と言った。それから、もちろん独りごとも言わないだろうと言った。

　歩くたびに揺れる彼女の横顔を見ているうちに、いつだったか一緒に辺山《ピョンサン》*に行ったとき、帰りに乗った高速バスの読書灯を思い出した。あのときも僕は彼女の右側に座っていた。赤い灯りが僕のジャンパーで覆った彼女の下腹を丸く照らしていた。僕たちは昼間、直沼《チクソ》の滝に向かう途中で、木に掛かっている面白い名札、たとえばイヌツゲとか、虎の棘《とげ》の木（ヒイラギモドキ）、カラスの枕などを指さして笑い転げたことを話した。彼女は、このままだときっと夢の中にヘンテコな名前の木が出てくるわね、と言った。また、自分はいかにも夢っぽい夢は見ないのだとも言った。たとえば金曜日の夜、空を飛びながら、驚いて見上げているサラリーマンたちに手を振ったり、情熱のない男と何も感じないキスを交わしたり、そういう夢は見ないという意味だ。むしろ現実にあったことが夢の中に出てくる場合が多い。だから、夢で見たのか、それとも現実に起こったことなのか、わからなくなるときがあるのだという。一日じゅう僕と街をほっつき歩いた日は、夢の中でも歩きまわっているらしいし、僕と酒を飲んで帰った夜は、夢の中でも手首がずきずき痛むほど夜通しグラスを傾けるらしい。僕は笑いながら、じつは僕たち、いま夢の中にいるんだよ、と言った。夢の中で一緒に夜行バスに乗っているのだとささやいた。彼女は、おかしなこと言わないで、と眉をひそめた。その頃の僕は、自分は彼女の夢の中に当然入っていけるのだと思っていた。現実に起きたことが夢の中でも続くのなら。だけどいくら愛し合っていても、ひとりの人間の夢の中に入っていくなんて無理だった。僕があんまり下腹を照らす丸い読書灯の光を見つめるものだから、彼女は眠くなったと言って体を起こし、頭の上の読書灯を消した。夜行バスの中は、所々ついている読書灯と、座席の脇でやわらかく漏れる赤、青、黄色の睡眠灯、暗闇の中でひそひそ話す声や咳払いが聞こえるだけだった。それから数日後、僕は彼女にプロポーズをした。彼女は幸せそうな顔をした。

斎洞《チェドン》交差点で僕たちが並んで煙草を吸っているのを、道行く人たちはじろじろ見た。煙草をくわえたまま、僕たちは互いに別の方向を見ていた。彼女は日本文化院の方を、僕は鍾路《チョンノ》警察署の方を。それでどんな夢だったの、ともう一度訊いてみようと思ったそのとき、彼女はいきなり豊《プン》文《ム》女子高の方へと歩きだした。土曜日だったので、僕はカジュアルな赤いボーダーシャツを着て出勤していた。ところが朝早く、友人の父親が亡くなったという電話がかかってきた。僕は一度家に帰って着替えてから葬儀に出ようと思い地下鉄に乗ったのだが、そのとき偶然、彼女に会ったのだ。しばらくうとうとしていた僕が鍾路三街《チョンノサムガ》駅ではっと目を覚ましたとき、本当に嘘みたいだけれど、向かいの席に彼女が座っていた。本当に嘘みたいだけれど。面白い言葉だ。でも、他に言いようがなかった。なぜなら彼女はアメリカにいるはずだったから。僕たちは目が合った。三秒ほど。彼女が目をそらそうとしたとき、僕は目配せした。そうしてよかったのかどうか、いまでもわからない。僕も六百年ぐらい生きて、自分の人生を原稿用紙に要約した案内プレートを首に掛けた天然記念物にでもなれば、わかるかもしれない。いずれにせよ、僕たちはもう会う約束をするような関係ではなかったので、偶然会ったついでに近況でも尋ねてみようかくらいに思っていた。僕たちはそんな曖昧な気持ちで安国《アングク》駅で降りた。駅の構内には〈ララのテーマ〉が流れていた。彼女はそこからカフェなどの店が立ち並ぶ仁寺洞《インサドン》ではなく、向かいの松峴洞《ソンヒョンドン》と安国洞に挟まれた通りの方へ歩きだした。アートソンジェセンター*には僕たちが一緒に何度か行ったカフェがあるから、そこにでも行くのだろうと思っていた。ところが、しばらく互いの近況を訥々《とつとつ》と話したあとも、彼女はひたすら歩き続けるのだった。僕たちはあまり多くのことを語らなかった。仕方なかった。長く離れて暮らしていても、別に大きな変化があるわけではないのだから。仮に変化があったとしても、根掘り葉掘り聞ける仲じゃない。どこかでお茶でもしないかと言いたかったけれど、でも店に入って話すまでもないかと思い、黙っていた。背中の赤いボーダー柄は汗をかいて紫色になっているかもしれない。一年ぶりに再会した元妻と話すことなんて、松峴洞、安国洞、花洞《ファドン》を通って斎洞《チェドン》に抜けるぐらいの距離で充分だった。僕は斎洞の交差点まで来たら、彼女と別れるつもりでいた。僕が煙草を吸ったのはそういう意味だった。だから彼女が煙草を一本くれないかと言ったとき、少し驚いた。あんなに煙草のにおいを嫌っていたのに。煙草を吸ったあと、僕はさらに驚いた。栗谷路《ユルゴンノ》を歩いていた彼女が再び松峴洞と安国洞に挟まれた道の方へと歩きだしたからだ。その日、僕たちは同じ道を二度も歩いた。

　それから数日のあいだ、僕は彼女が見たという夢について考えた。一緒に暮らしていた頃も、彼女はよく自分の見た夢について話した。そんなとき彼女の目は、期待に膨らんでいるときもあれば不安そうなときもあった。僕は夢なんか、朝刊に目を通しているあいだに忘れてしまうタイプの人間だった。はじめは彼女の夢の話を聞くのが楽しかったけれど、そのうち興味を失った。ある日、彼女の見る夢はいったいどういう意味なのかと、じっくり考えていたときのことだった。一時間に二十ミリの横殴りの激しい雨が降り、ソウルの空をすっぽり覆っていた。空はどんよりしていた。午前中はずっと雨の音に気をとられていた。僕は昼休みに会社を抜け出し、鍾路区役所《チョンノ》の向かいにある中央地図社に行った。雨に濡れて体がじっとりしていた。店の中に入ると、販売棚の前に立っていた初老の男が僕の顔をじっと見た。僕は傘を折り畳んで隅に立て、北村《プクチョン》周辺＊の地図はないかと尋ねた。男は北村のどの辺りだと訊き返した。僕はしばらく考えてから、安国洞と花洞、嘉会洞《カフェドン》、斎洞が出ている地図が欲しいと言った。すると彼は、地形図と地籍図があるがどっちだと尋ねた。僕は少し迷ってから、地籍図だと答えた。男は区域別の地図が置いてある所からさっと一枚の地図を抜き出すと、慣れた手つきでくるくると丸めた。そのあいだ、僕は店の中を見まわした。天井の高い、薄暗い店だった。向かいでは女の子が電卓を叩いて帳簿に数字を記していた。僕は陳列棚にある朝鮮半島の立体地図や漢拏山《ハルラサン》＊の登攀《とうはん》地図などをざっと見渡した。やがて男が地図を差し出して、「待つのをやめたときに終わるんですよ」と言った。僕はぽかんとした顔で男を見つめた。男は笑いながら「さっき、梅雨はいつ終わるんだろうって訊いたでしょう？」と答えた。僕は頷《うなず》き、地図を脇に挟んで傘を広げた。

きょろきょろしている僕の目に、二階のカフェが留《と》まった。僕はそこに向かって走って行った。階段を上ってくる僕を見て、ドアを開けて出て行こうとしていた女性が再び店の中に入った。彼女はカフェのオーナーだった。僕は隅のテーブルに座ってビールを一本注文した。僕は彼女に、ここは以前「冬―木から、春―木へと」ではなかったかと尋ねた。僕の言ったことが聞こえなかったらしく、彼女はメニューを置いてすぐに厨房に戻っていった。歩き方がどこか不安そうに見えた。彼女がビールを運んできたとき、僕は少し大きな声で、ボールペンを貸してほしいと言った。僕はボールペンを受け取ると、五千分の一に縮小された鍾路区北部エリアの地図をテーブルに広げ、線を引きながら彼女と歩いた道をたどった。時にはS字を描くように、時には一直線に、まるで袋小路のような道をひたすら歩いて行く彼女のあとをついていった。何度も角を曲がっては、別の路地に続いている狭い道を歩いた。僕が引いた黒い線は、記憶の中で重なったり絡み合ったり、あるいは途中からうまくたどれなくなったりしたので、その日僕たちふたりが過ごした時間は、曲がりくねっているかと思うと、急に途切れてしまった。もっと正確に言うと、理解できない行路として残った。もちろん、人生において理解できないことなんていくらでもある。だけど、その日僕たちが歩いた、そして僕が線を引こうとしたけれど途中でわからなくなった地図の上の行路ほど、不可解なものはなかった。僕は地図に記された多くの数字を見下ろしながら考えた。僕たちは安国洞一七五番地から歩き始めた。互いの近況を尋ねたあと、はじめに会話が途切れたのは嘉会洞十二番地を過ぎた頃だった。彼女が夢の話をしたのは斎洞八十三番地にある憲法裁判所の前を通った頃で、僕たちが部屋を見に来たと勘違いしたおばあさんに会ったのは、安国洞八番地から九番地に向かって歩いているときだった。彼女がどこで泣きだしたのかはわからない。正確な位置を確かめるために何度も地図を見たけれど、結局わからなかった。僕は考えた。

この行路に何の意味があるのだろう、と。その答えを探そうと地図を眺めているうちに、僕はあまり論理的とはいえない結論に至った。それはつまり、彼女は一本の樹を軸にして僕と歩いたということ。一つの枝は北漢山《プッカンサン》のある北に向かい、もう一つの枝は漢江《ハンガン》のある南に向かって伸びている、一本の樹がその中心にあったということだ。もちろん実際には関係のないことだ。彼女がその樹のことを知っているはずもない。ただの偶然だ。でも、地図を見ながらわかったのはそれだけだった。その日の午後に僕たちが歩いた行路の中心には一本の樹が立っていた。僕は線を引いた地図を部屋の壁に貼りつけて、梅雨が終わるまで暇さえあれば眺めた。「あれはいったいなんだ?」「僕にもよくわからない。ただ眺めているんだよ」。酒に酔った夜、ひとりベッドに寝転がって、僕は自問自答した。いままで気づかなかったけれど、僕は独りごとを言うらしい。

樹

その日、僕たちふたりが歩いた道についてこう説明したら、彼女はきっと、あなたという人はいつだってそう、と冷たく言い放つに違いない。なら、どうすればよいのだろう。そこで僕はこう考えてみた。朴趾源《パクチウォン》*は、妻の弟であり腹心の友である李在誠《イジェソン》に、次のような文《ふみ》を送ったことがある。「夢で僧を見るとハンセン病にかかるという諺《ことわざ》がありますが、これはどういう意味でしょう。僧の暮らす寺は山にあり、山には漆《うるし》の木があり、漆の木を触るとハンセン病にかかったかのようにかぶれます。じつは夢の中の僧と、ハンセン病患者はこのようにつながるのです」。ある日、李在誠が文《ふみ》で「巷では君がならず者だという根も葉もない噂が広まっている」と知らせてきたので、これに対し、朴趾源は論理的に辻褄の合わないことをつなげて、つまらないことを言って面白がる閑人《ひまじん》への虚無感を諺に喩《たと》えたのだった。しかしこの文の核心は、そのあとにある「昔ともに遊んだ友人のほとんどが世を去ってしまいました。笑い話でもしながら夜を明かすことなど、もうできないのですね」という一節だ。はじめ李在誠から噂のことを聞いたときに感じた虚しさは、やがて自分をよく知りもしない者たちに対する怒りに変わり、ついには先に逝った友人を懐かしむ気持ちへと結びついた。だから僕は、のちに朴趾源が死んだときに李在誠が祭文を捧げたことを知って、内心ほっとした。もし李在誠まで先に逝ってしまったら、朴趾源はおそらく苦しみに打ちひしがれただろう。彼が斎洞《チェドン》にあった中国風の煉瓦《れんが》家屋の舎廊《サラン》〔主の居間兼客間〕で、「体を水で洗って清めてくれ」と言い残して息を引きとったのは、一八〇五年十月二十日、午前八時頃だった。李在誠の祭文にはこんな一節も残されている。「宝物がどんなに大きく美しく、奇異で、秀《ひい》でていても、目と心で見ないことにはその真価はわからないでしょう」

宝物がどんなに大きく美しく、奇異で、秀でていても……。この一節を読むたびに僕は、晩秋の朝、遺言を残して死んだ朴趾源の家の戸棚に入っていたという地球儀を思い浮かべる。その地球儀のことに最初に触れたのは、申采浩《シンチェホ》*だった。彼は朴趾源が中国から地球儀を持ち帰ったことについて書き記している。もう一つ、朴趾源が自ら建てたといわれる家の庭には、彼が生まれるはるか前に中国から取り寄せたものがあった。いや、実際は生い茂っていたので一つどころではないのだが、いまは一つしか残っていない。ちょうどあの日、僕たちが歩いた行路の中心に立っていた樹だ。朴趾源は『熱河日記《ヨラ》』をはじめ数多くの書物を残し、朝鮮王朝後期に開化を主張した政治勢力に大きな影響を与えた。これは誰でも知っていることだ。しかし、彼が戸棚の中に地球儀、庭に一本の樹を残していることはあまり知られていない。僕は、歴史という名の危険な爆薬を一気に爆破させるものは、『熱河日記』にみられる実学思想よりも、たとえば戸棚の中の地球儀や庭にある樹のような、偶然に作り出されたものではないかと思う。始まりと終わり、原因と結果だけを見ると、この世の出来事にはすべて因果関係がある。でもその途中の行路には、時として偶然と些細なものがあふれている。僕は最近になってようやく自分が独りごとを言う人間であることに気づいた。僕たちには離婚しなければならない問題があったのだろうか。その答えは見つけられないでいるけれど、ただの偶然のつながりに対して、なぜそうなったのかと深刻に問いかけたところで無意味だということはわかった。僕たちが生きていくうえで経験することなんて、たとえばスキャンダルに巻き込まれた映画俳優が慌てて車に乗り込もうとするとき、本当のことを教えてください、と叫ぶ記者を追い払うジェスチャー以上の意味はないのだ。だとしたら、過ぎ去ったことを思い出すときに決まって遭遇する無数の線には、いったいどんな意味があるのだろう。歴史の因果関係とか過去の事実が、途中の取るに足らない偶然に満ちたくねくね道を大胆に省いて、一気に引いた直線のようなものだとしたら、僕たちがあの日歩いた道には何の意味もないのだろうか。

記憶をさかのぼっても、確かなものなんて何ひとつないと思うことがよくある。ひとりで昔を思い出し、自問自答するときはとくにそうだ。実験室のアルコールランプとフラスコで過ぎ去ったことを証明するなんてできないのだ。一度起きてしまえば事実になる。僕がこう言うと、彼女は決まって腹を立てた。私はそんな言葉を聞きたいんじゃない、と怒鳴る。なら、他にどう言えばいいのだろう。そもそも朴趾源が暮らしていた中国風の煉瓦家屋の戸棚には、地球儀などなかったという説もある。朴趾源の孫で、のちに高位にのぼりつめた朴珪寿《パクキュス》*が、北村《プクチョン》に住む青年たち——金玉均《キムオッキュン》、洪英植《ホンヨンシク》、朴泳孝《パクヨンヒョ》らを舎廊《サラン》に呼び、地球儀を見せながら国際情勢について話したのは、彼が当年六十八歳を迎えた一八七四年十一月だった。そのとき金玉均らに見せた地球儀は、朴趾源が中国から持ち帰ったものなのか、それとも孫の朴珪寿が自分で作ったものなのか、論争になったことがあった。いまは朴珪寿が作ったと考えるのが一般的だ。僕たちがこれまで人生で経験したことの多くは、この地球儀と似ている。朴趾源が死んだとき、彼の家の戸棚には地球儀があったかもしれないし、なかったかもしれない。いまとなっては真実を知る者はいない。

それなら、こう言うのはどうだろう。そのとき金玉均、洪英植、朴泳孝たちは地球儀を見ながら、何があっても朝鮮を開化させようと思い、それからちょうど十年後に甲申政変*を起こした。その日、閔《ミン》氏勢力の核心だった閔泳翊《ミンヨンイク》は体じゅうに刺し傷を負った。歴史がもし取るに足らない、偶然で曖昧なものの連続体でなかったら、閔泳翊は死んでいたはずだ。十四人もの漢方医が駆けつけたときは、もう手遅れだったからだ。ところがちょうどその年の九月二十日、アレンというアメリカ人医師が朝鮮に来ていた。医療宣教師だったアレンの任地はもともと北京だったが、中国人の暴力に悩まされ、南京、上海を転々としていた。その頃、周りの勧めで偶然、朝鮮にやって来たのだった。朴趾源宅の地球儀が甲申政変を起こしたといえないのと同じく、中国社会に馴染めなかったアレンが甲申政変を失敗に導いたとはいえない。ただ、甲申政変のせいで、あるいは地球儀のせいで、朝鮮の地に初めてクリスチャンが生まれたとは言えるかもしれない。アレンに朝鮮語を教えていた盧春京《ノチュンギョン》は、甲申政変が起こった日の夜、アレンが重傷を負った閔泳翊を介抱している隙に、読むなと言われていたマタイによる福音とルカによる福音をこっそりアレンの書斎から盗んできて、ひと晩で二度も読んだ。盧春京はその二年後に洗礼を受けた。歴史とは何なのか。僕たちはなぜ離婚をしたのか。この問いに答えるのが難しいのは、僕たちの人生が腹を空かせた獣の内臓のように真っ暗で湿っていて、曲がりくねっていて、それでいて空っぽの、果てしなく続く路地のようなものだからだ。まだ納得がいかないと思うので、もうひとつつけ足そう。甲申政変が失敗に終わり、洪英植が悲惨な死を遂げたのち、アレンは閔泳翊の助けを借りて、幽霊屋敷となっていた洪英植の家に朝鮮で初めての西洋式医院である済衆院《チェジュンウォン》*を設立した。済衆院の中庭には一本の樹が植わっていた。朴趾源の家にあった樹であり、洪英植の家にあった樹だ。あの日、僕と彼女がさまよっていたとき、路地の中心に立っていた樹でもある。彼女と別れたいま思う。果たしてこれらはただの偶然だったのか、と。

前にも話したように、僕は決して平凡な人間とは言えないけれど、かといって平凡じゃないとも言えない三十四歳の会社員で、時折、どこで人生を誤ってしまったのだろうと思ったりする。僕は生まれつき面白くない人間だ。車を運転するとき、道路を見ずに左右の車線にばかり気を遣う。誰かがほめてくれたらうまくやる自信はあるけれど、誰にもほめてもらえないことを自分ひとりでやるとなると、どうしてよいかわからない。また、僕のようなタイプは冗談が言えない。それどころか、他人の冗談もわからない。そんな退屈な人間だから、暇さえあれば歴史書なんかを読んで時間を潰している。歴史書には冗談が書かれていないから。原因と結果だけが羅列されているから。だから壁に貼った地図の線を眺めても、彼女の冗談が理解できないのは無理もない。彼女は冗談を言ったのだ。僕はいまごろ気づいた。でも、なぜそんな冗談を言ったのかは依然としてわからない。やはり三十四歳で世界を理解しようなんて無理がある。ある日、僕は朝起きてネクタイを持ったまま、壁に貼ってある地図をじっと眺めた。ふと、もう一度きちんと線を引きたいという強い欲望に駆られた。ところで、不運がこれから訪れるよ、と前もって知らせてくれる場合もあるだろうか。僕が思うに、不運というのは、たぶん自分の思っている因果関係から外れたものを説明するために作られた言葉だ。僕は、僕に降りかかった不運が本当に偶然なのか、それとも必然的な要素が含まれているのか、確かめようと思った。

その日、僕は午前の仕事を終えると会社を出て、地下鉄で安国《アングク》駅に行った。安国駅で降りた僕は、地図に引いた線のとおりに歩き始めた。松峴洞《ソンヒョンドン》と安国洞に挟まれた道を通り、正読《チョンドク》図書館をぐるっと一周したあと、嘉会洞《カフェドン》のメイン通りに出て斎洞《チェドン》の交差点を渡り、百想《ペクサン》記念館の前まで戻ってくるというコースだった。梅雨が明ける前に、最後にソウルに雨を降らせた日だった。嘉会洞の路地で多少のミスはあったけれど、僕が引いた線はそれなりに正確だった。問題はそこからだった。徳成《トクソン》女子高を通り過ぎた所で、彼女は急に右側の狭い路地に入っていった。入り口の電信柱に「教育一街《キョユクイルガ》」という矢印型の案内板が掛けられ、進行方向を示していた。その頃から僕の頭の中はあらぬことでいっぱいになった。例の樹のことを考えたり、僕たちはなぜ離婚しなければならなかったのかと自問したり。彼女が何を考えていたのかはわからない。僕は一枚扉のそばにある手入れの行き届いた小さな花壇とか、鉄条網が張りめぐらされた塀の上に垂れ下がった、どこかの家の背戸に植わった杏の木の葉などを見ながら歩いた。屋根の低い韓屋《ハノク》〔韓国の伝統家屋〕の軒に沿って何度も路地を曲がったあと、「教育二街《イガ》」に抜ける道や、そこから右に少し歩いて行くと見えてくる三叉路、尹潽善《ユンボソン》旧宅の塀に沿って敷かれた別宮《ピョルグン》通りまでは、僕の引いた線は正確だった。でも、部屋を見に来た若奥さんかと訊いたおばあさんに会ってからの記憶はあやふやだった。地図の上でも、そのあいだの行路は空白になっていた。

　僕は傘を手に、もう一度その日のことを思い出そうとした。花柄模様のスカートを履いたおばあさんに会ったとき、僕はいったい何をしていたんだろう。そう思うと急に虚しくなった。部屋を見に来た若奥さんじゃないかって？　どういう意味だ？　いずれにせよ、彼女はもう二度と幸せな若妻にはなれない。それは僕のせいかもしれないし、彼女のせいかもしれないし、ふたりのせいかもしれないし、誰のせいでもないかもしれない。それにしても、偶然会った人が勘違いして言った言葉で気づかされるとは。僕はわけもわからず怒りがこみ上がった。そのとき彼女が突然、ずっと前に僕が彼女のポケベルに残した音声メッセージのことを話し始めた。彼女によると、いつだったか酒に酔っぱらった僕が「じつは僕、君のことが好きなんだ」と言っておいて、一分も経たないうちにまじめな声で「さっきのは冗談だから」とメッセージを残したらしい。僕たちがまだ付き合う前のことだ。僕はまったく覚えていなかったから、それもまた冗談なら面白いね、と言って彼女の話を聞き流した。別宮通りを歩いていた彼女が左の路地に入りながら、僕に「あれって冗談だったの?」と訊いた。「君も知ってるだろうけど、僕は冗談が言えない人間なんだ」と答えると、彼女は、そんなことない、あなたはもともと冗談をよく言うわよ、と言った。ぷっと笑いながら、なんだよそれ、と言う僕に、彼女はもう一度、あなたはもともと冗談をよく言う人だったと言い張った。僕はため息をつきながら、せっかく会えたのにこんなことで喧嘩したくないよ、と言った。そのときのことをあれこれと思い出しながら歩いていると、彼女が入っていった路地の入り口に、郵便局なんかなさそうなのに「郵便局通り」と書かれていることに気づいた。僕は路地の入り口で地図を広げ、線を引いた。

郵便局通りは、安国洞や嘉会洞の通りに似た、狭い迷路だった。地図にも小さく書かれていた。彼女はその通りを南の方へと歩いて行ったかと思うと、左側に向きを変え、また少し歩いてから左に伸びた路地に入っていった。道はそこで行き止まりになっていた。彼女はまたもと来た道を引き返し、今度は入ってきた道の反対側へと歩いて行った。すると、藤の木の蔓《つる》が伸びてもいいように、路地を挟んだ両脇の塀の上に数本の棒切れを当てているのが見えた。僕は彼女に、いったいどこに行くつもりなのかと尋ねたけれど、彼女の耳には届かず、結局は独りごとになってしまった。相変わらず僕の話を聞かないんだなと思うと腹が立った。僕は大声でもう一度訊いた。どこに行くんだ、と。彼女はしばらく思いにふけっていたが、辺りを見まわしてから僕の顔をじっと見た。やがて絡んだ蔓の下にあるベンチに崩れるように座り、泣きだした。泣くのは、とくに彼女が泣くのはうんざりだった。あらためて思ったのだが、そもそも僕たちの出会いは間違っていた。僕たちは再会してはいけなかったのだ。会っても知らん顔をするべきだった。僕はいまごろになって気づいた。雨のしずくが落ちる藤棚の下に立って、歩いてきた道を確かめ、地図に線を引いた。地図の片方の耳が雨に濡れて垂れていた。僕は地図の上に落ちた水滴を手の甲で拭《ぬぐ》い、あの日僕たちが歩いた道をしばらく見つめた。

彼女は、夢の中で僕と寝たと言った。現実に起きたことが夢に出てきたんじゃなくて、ただの夢だった。夢の中で僕たちはまだ別れていなかったし、すごく幸せそうだった。そのうち彼女は気づいた。これは夢なんだと。自分たちは離婚しているし、もう二度と幸せな気持ちでベッドをともにする仲ではないのだと。そう思った途端、夢から醒めた。彼女はその幸せな感じがとても心地よかったので、目を閉じてもう一度夢の中に入ろうとした。でも、一度去ってしまった夢は二度と戻ってこなかった。しばらくして完全に目が覚めたとき、彼女は、とっくの昔に心の中から姿を消したはずの僕という人間が夢の中に出てきたことに居たたまれなくなった。彼女は何日も不快な気持ちで過ごしたが、ようやく自分でも納得のいく理由を見つけた。つまり、肉体の生理的な働きによってたまたま引き起こされた連想作用であって、そこには何の意味もない。しばらく泣いていた彼女がそう言った。僕は、本気でそう思っているのかと尋ねた。彼女は僕の顔をじっと見つめながら、なら、あなたは何か意味があるとでも思ってる？　と訊き返した。それから、わたしはいま冗談を言ったのにそんなこともわからないの？　とも言った。僕はあきれて、冗談だって？　なぜそんな冗談が言えるんだ？　と強く言い放った。彼女は僕の視線を避けずに言った。ウケない？　すごく笑えると思うけど。

　僕は地図をくるくる丸め、藤棚の下から抜け出して歩き始めた。あの日、僕たちはまたもと来た道を引き返したので、この道は一緒に歩いていない。そして栗谷路《ユルゴンノ》の銀行の前で並んで煙草を吸ったあと、さよならも言わずにどちらからともなく別れた。薄暗くてうっとうしい藤棚の下を通って路地を抜けると、広い駐車場が目に留まった。その駐車場に沿って歩いて行くと希望《ヒマン》通りが見えた。そこからさらに左の方へ行くと憲法裁判所があった。僕はその建物を見ながら歩いた。あの日、僕たちが歩いた道に何か意味があるとしたら、希望通りを目の前にして引き返したことが運命のメタファーだったことくらいだろうか。でも僕はそう思わない。なぜなら、ただの偶然なのだから。あの日、僕たちはたまたまその道を歩いた。道は他にいくらでもあった。僕が地図に引いた線は、振り返ってみると結果的にそうなっていただけなのだ。それだけのことだ。もちろん僕は、何でも素直に納得するような人間ではないけれど、この歳になると無理して受け入れた方がいいんじゃないかと思うこともある。だから彼女が泣いた場所を確かめ、憲法裁判所の裏にある樹を見に行こうと思った。自然のなりゆきだった。

さあ、これまで僕は三十四年を生き、あの樹は六百年を生きた。六百年生きるというのはいったいどんな気分だろう。そのくらい生きれば、地下鉄で僕が彼女に目配せしたことがよかったのか悪かったのか、わかるのだろうか。僕も彼女も、いまでは人生の行路そのものがひとつの大きな冗談だと思えるようになった。でもやはり、そんな冗談はまったく面白いと思わないし、胸が痛むだけだ。僕たちは相も変わらずそれも冗談なのかと怒ったり、どうして笑わないのかと激しく反論したりする。三十四歳の僕にとって、人生はまだ不可解なのだ。僕は傘を後ろに反《そ》らし、雨に濡れながら白松を見上げた。一つの枝は北漢山《プッカンサン》のある北の方に、もう一つの枝は漢江《ハンガン》のある南に向かっている一本の樹が、ぼんやりと僕を見下ろしていた。冷たい梅雨が僕の顔を叩きつけているせいで、青い梢《こずえ》はよく見えなかった。僕はうつむいて右手で水滴を拭った。それからまた白松を見上げた。根元から分かれた二つの枝は、病んだ人のように鉄製の支え柱に寄りかかっていた。それだけでも足りないのか、さらに細い針金でくくりつけられていたので、互いに抱き合った格好になっていた。針金を切って支え柱を取ったら、二本の枝はあっというまに倒れてしまうだろう。顔を雨に打たれながら僕はひとりつぶやいた。倒れてもいいから放っておけばいいのに。僕は囲いの中に入り、芝生を踏みながら白松に近づいていった。天然記念物第八号という名の白松が、僕の頭に濡れた葉を垂らしていた。雨が降っているにもかかわらず、僕は樹を見上げて問い続けた。なぜ放っておかないのだろう。鉄製の柱と針金に支えられて六百年も持ちこたえている？　他の木はとっくに死んでしまったのに、ひとりだけ生き延びて天然記念物になるなんて。ひょっとしてこれも冗談だろうか。おい、白松よ、これも冗談なのか？　時が経てば偶然も必然になるのか？　幼い白松も天然記念物になるのか？　僕たちが出会ったり別れたりするのも、あの日迷子の子どものように路地をさまよったのも、いずれは必然になるのか？　白松の葉の隙間を縫うようにして雨水が僕の顔に落ちたが、それで開けていた目が痛くなったが、僕は顔を背《そむ》けなかった。ずっと問い続けようと思った。僕自身、力尽きるまで持ちこたえてみようと思った。六百歳を過ぎた天然記念物と、たかが三十四歳にしかならない退屈な人間のうち、どちらの冗談がもっと笑えるか、問いただしてみたかったから。

あれは鳥だったのかな、ネズミ

彼女について話そうと思う。僕たちが留《とど》まっているこの世界に、まるで潮が満ちるように暮色《ぼしょく》の迫ってくる光景が、三階の屋根裏部屋の窓から見える。フルートカルテットの演奏者たちが、さあこれから演奏を始めようというときに、大きく息を吸って互いに視線を交わすように、近所の空き地に植わった栗の木や、赤レンガの塀、灯りのついたキッチンの窓などが、それぞれ夜に向かってそっとまぶたを開け始める。僕はいま、そんな風景が見下ろせる窓ぎわの小さな机の前に座って、これを書いている。雨もあがって涼しくなったこの夕闇の世界に、夜の本隊はまだ進駐していないが、これを書き終えた頃にはフレアスカートみたいな黒いカーテンを垂らして、僕たちを孤立させるだろう。僕たちはそれぞれ暗闇の中に沁みていき、孤独な存在になるだろう。互いに異なる海流に乗って泳ぐ魚のように、自分の意志とは関係なく近づいたかと思うと、暗い顔をして遠ざかっていくだろう。さよならも言わずに。夢うつつ。死や忘却、恐怖も充分に暗澹《あんたん》たるものだけれど、自分だけの暗い穴の中で孤立することよりはましだ。なのに人間は、孤独に包まれていれば理解されなくてもかまわないと思うのだから、本能的に暗闇に愛着を感じているのかもしれない。この二律背反《アンチノミー》的な愛着について、僕はもう少し考えてみたい。明るい光とか暖かい昼じゃなくて、真っ暗な闇や冷たい夜に対して僕たちが抱く愛着について。

僕が雨と激しい風の中を駆けつけ、玄関のドアノッカーを力いっぱい叩いたとき、セヒはキッチンとリビングを結ぶアーチ型の廊下の壁にもたれて泣いていた。共同住宅の屋根を打つ雨音の中に、だぶだぶと水の揺れるような音が、リビングに敷かれたカーペットを伝って玄関のドアの隙間から聞こえてきた。いくら叩いても返事がないので、焦った僕はノブをまわした。ドアは開いていた。はじめ、薄暗いリビングにセヒの姿は見えなかった。夜になるにはまだ少し早かったが、部屋の中には光がなかった。僕はリビングに立って、暮色の迫っている裏庭が見える廊下の方を見た。その片隅で、何かがガタガタ震えていた。僕たちを震わせるものはなんだろう。悲しみ？　それとも恐れ？　暗くなってから泣きだしたのなら、灯りを消す余裕はなかっただろうから、室内がこんなに暗いはずはない。ということは、その前から泣いているのか。もしかすると、僕にいますぐ来てくれと電話をしてから、ずっと泣いているのかもしれない。なのに僕は、セヒを抱いてやることもできなかった。とりあえず、キッチンの明かり窓に向かって猛烈に湯気を吐き出しているやかんの火を止め、それから長く垂れた受話器を、リビングの壁に掛かっている電話機に戻した。

セヒは何でも先まわりして怖がった。セヒと僕は国籍も性格も違ったけれど、そのくらいはわかる。いつだったかセヒが、もしあたしを捨てたら殺してやる、と僕を脅したことがあった。ソーホーにある豪華な中華料理店で食事をしたあと、ふたりでチャリング・クロス駅の前で深夜バスを待っているときだった。あんまり唐突だったので、本当は死んでやると言いたかったのに、誤って殺してやると言ったんじゃないかと思った。でも冷たいセヒの表情を見ると、それ以上訊けなかった。帰りのバスの中で僕は、いずれにせよ死ぬまで君の助けを借りるつもりはないから、と何度も言った。セヒは僕に、先に別れようなんて絶対に言わないで、と叫んだ。僕は何度も誓った。僕たちは運転席の隣の、窓を背にした席でそんな悲壮な話をしていたので、黒人の運転手は信号で停まるたびに、僕たちの方をちらちら横目で見た。絶対に、たしかに、はっきり、のような言葉を使っていると、唇をキッと嚙みしめるので、口の中が乾いたり顎《あご》が痛くなったりすることを、そのとき初めて知った。セヒは、中華料理店で隣の席にいたカップルの話を盗み聞きしているうちに不安になったのかもしれない、と言って謝った。僕は隣に誰がいたかなんて覚えていなかった。それが僕とセヒの違うところだった。彼らは離婚したカップルだったらしい。三か月に一度、中華料理店とかイタリア料理店などで、友人として夕食をともにしているのだそうだ。でもセヒは、それがなぜ自分を捨てたら僕を殺してやるという宣言につながるのか、きちんと説明できなかった。それは僕も同じだった。セヒが僕を殺すと言うのなら、喜んで殺される自信があった。けれど、なぜそう思うのか説明してみろと言われると、難しかった。

セヒはきっと早とちりをして泣いているのだろうから、僕は早く落ち着いてくれることを願いながらセヒを抱きしめた。涙はほとんど乾いていた。僕は向かいのテレビの上にある、デジタル受信機の緑色のランプをじっと見つめながら、セヒの髪を撫《な》でた。もう三十代半ばだというのに、涙を流すときのセヒは傷を負った幼い動物みたいだった。しばらくして、僕の肩にもたれて洟《はな》をすすっていたセヒが顔を背けた。シャツの肩のあたりがセヒの流した涙と洟水で濡れていた。

「どうしよう。どうしたらいい？　ネズミ」

セヒは僕の名前を呼びながらしゃくり上げた。僕はセヒの顔を両手で持ち上げ、髪をかき上げた。キッチンの白熱電球の光が、セヒのまつ毛についた涙で光った。

「どうしたんだ？　何かあったの？」

「電話があったの。ソウルから。死んだって、妹が自殺したって」

前後の脈絡もなくセヒがそう言うと、僕の胸には、まるで船が通り過ぎたあとの川岸に波が押し寄せてくるように、次から次へと悲しみが襲ってきた。あっというまに僕は悲しみに浸《ひた》ってしまった。

「死んだダンナに会いたかったのよ。なのに、あたしはあの子の痛みに気づいてやれなかった。あの子もあの子よ。自殺したいほどつらいとか、話してくれたらいいのに。いつもニコニコ笑って。ネズミ、どうしよう。どうしたらいい？　なんとか言って」

セヒがつぶやいているあいだ、僕は他のことを考えていた。彼女が見たと言っていた桜の木を思い浮かべていた。そよ風にひどく揺れながら、白い花びらを振り落としていたという桜の木のこと。無言のままぼんやりしている僕の胸を、セヒが強く叩いた。

「慰めの言葉もないの？　死んで残念だとか。あんたたち、愛し合ってたんでしょ？　なんで黙ってるの？　なんとか言いなさいよ！」

つらかった。僕は何も言わずにセヒを抱きしめた。セヒは知らないことが多すぎた。セヒの妹は僕のことが好きじゃなかった。姉の同居人としても。ひとりの人間としても。もし自殺しなかったとしても、僕たちが再び会うことはなかったと思う。それに、彼女の自殺には何か他の理由があったはずだ。死んだ夫が忘れられなかったからじゃない。絶対に。たしかに。はっきり。世の中の人たちがみんなそうだと言っても、僕にはわかる。

夫に子どもを作らないかと言われて、彼女は長いあいだ悩んだ。いや、夫の言葉を正確に言うと、「僕たちは子どもを産まなきゃ」だった。それは引越し祝いをして家の中が散らかっている翌日、顔はやつれ、胃はもたれているのに、キッチンで皿洗いをしなきゃ、と独りごとを言うのと似ている。「〇〇をしなきゃ」というのは、必然的に「もし〇〇をしないと」という言葉を呼び起こす。たとえば、皿洗いをしないと朝ご飯が食べられない、と先に想像してこそ、「皿洗いをしなきゃ」という言葉が出てくる。「子どもを産まなきゃ」と言うときだって同じだ。あなたはいったい何を想像して、そんな恐ろしいことを言うの？　できれば彼女は夫にそう訊きたかったはずだ。でも、世の中の出来事は過ぎ去ってしまうと口を閉じる。過去とは、犯人が現場に自分に有利な証拠だけを残して逃走してしまうのと似ている。過ぎ去ったことを理解しようと記憶をたどっても、僕たちは真実を見つけることはできない。彼女は夫が何を想像してそう言ったのかを考えているうちに、なら自分の記憶は本当に正しいのだろうか、と思い始めた。

とりあえず、夫には「もう少し、もう少しあとで」と答えた。彼女は結婚してから、「子どもは産まないの？」と周りの人に訊かれるたびにそう答えていたのだが、その気持ちに変わりなかった。ただ、夫はあまり子どもが好きではないと思っていたので、初めてそう言われたときは意外な感じがした。子どもと一緒に遊んでいる夫の姿なんて、想像できなかった。そこに自分の姿を入れてみても同じだった。でも、そう答えるべきではなかった、とあとになって思った。彼女の答えは間違いだった。採点をするなら、◯ではなく×になるという意味だ。夫がもし「子どもを産もう」と言ったのなら、そう答えてもいい。でも「子どもを産まなきゃ」と言ったのだ。そのとき夫は彼女の答えが間違っていることに気づいたはずなのに、何も指摘せずにすぐ「子どもを産まなきゃ」の世界に入ったのだ。もしかしたらそれまでに何度も、充分に、指摘したのかもしれない。彼女が気づいてくれることを願って。でも、鈍感な彼女は気づかなかった。そのうち夫と彼女のあいだに少しずつ、うっすらと点線が引かれた。点線とは、仮想の実線を念頭に置いているときにできるものだ。夫はいったいどんな実線を想像していたのだろう。

夫もそんな結果になるとは想像もしていなかったはずだ。いまとなっては夫と自分のあいだに引かれた点線が――つまり「子どもを産まなきゃ」という言葉は何を念頭に置いたものだったのか、彼女にはもうどうでもよかった。要は、自分が夫をどれだけ理解していたのかということ。歴史とは、個人であれ集団であれ、必然的に起こったものの連続体だと僕は思う。つまり、いったん何かが起こると、それらは起こるべくして起こったという証明書が自動的に添付される。証明書が見つからなかったり理解できないと思ったら、それは自分の思っていることと、起こったことがあまりにかけ離れているからだ。彼女としては、自分は夫のことを何もわかっていなかった、ということに耐えられなかった。彼がどんな車を運転しているのか知らないのと同じくらい、知らなかった。そのような強迫観念は、時には悪夢となって現れた。僕と一緒に眠ったあの夜も、彼女は叫びながら目を覚ました。夢の中で彼女は、大勢の人たちと舷窓《げんそう》もない船の三等客室に閉じ込められていた。周りは知らない人ばかりで、いくら捜しても夫の姿はなかった。絶望したまま横たわっていた彼女は、体じゅうが揺れているのを感じた。誰かが自分を救ってくれるかもしれない、そんな希望すらなかった。ただ揺れていた。僕は彼女の悲鳴に驚いて目を覚まし、背中をさすりながら顔を覗き込むと、彼女は何度も吐きそうにしながら体を起こした。悪夢にうなされる夜はいつもそうだが、その日も彼女は、「もう少し、もう少しあとで」と言ったとき夫の見せた反応を思い出そうとした。でも記憶はいつもあやふやで、その代わりに満開の桜の木がはっきりと頭に浮かんだ。彼女は口ごもりながらつぶやいた。

　夫がそう言ったのは、昨年、ふたりで雙磎寺《サンゲサ》という寺に行ったときのことだった。日曜日なので大勢の花見客が押し寄せ、桜並木のある川辺の道は上下線どちらも渋滞していた。ボリュームを小さくしていたラジオから、FM新作歌曲〔KBSの番組〕で〈三月が過ぎてしまうまえに〉という歌が流れたのをはっきり覚えているので、たしか三月の下旬だった。彼女は渋滞した車の中で窓を開け、道路沿いに植わっている桜の木を見上げた。もう少し、もう少しあとで。夫の顔も見ずにそう答えた。そのとき、そよ風にずいぶん揺れている枝が目に留まった。窓から顔を出して見上げると、一羽の小さな鳥が枝の上を飛びまわっていた。あんな小さな鳥が桜を揺さぶっていたとは。夫が見せた反応は思い出せないのに、そんなことだけがぼんやりと浮かび上がった。「なぜあのとき、小さな鳥が桜の木を揺さぶってたんだろう。どんなに過去を振り返ったって、夫を完璧に理解するなんてできないよって言いたかったのかな」。彼女はそう言うと、背中を丸めて涙を流した。「あれは鳥だったのかな、ネズミ。本当に鳥だったのかな」。僕は手のひらで、背骨が竹の節のように飛び出た彼女の背中を撫でた。いつもなら二階に上がると朝までぐっすり眠るセヒが、どうしたわけか階段を下りながら「さっき何か音がしな……」と言いかけて、踊り場に立ち尽くした夜のことだった。

夫を交通事故で亡くしてからずっとふさぎこんでいた妹をロンドンに呼んだのはセヒだったが、昼間は窓に日よけを垂らし、漆黒のように暗い三階の屋根裏部屋にひきこもっている彼女を外に連れ出したり、ナショナルギャラリーやコベントガーデンなどの観光地を案内したりするのは僕の役目だった。セヒは優しい姉になるには忙しすぎた。夜の九時三分にウォータールー駅からサウスウェストトレインに乗ると、キングストン駅に着くのは九時半頃だ。キングストン駅からニューモルデン〔韓国人街〕方向に歩いて十五分ほど離れた所にあるアパートに帰る途中、セヒはよくガソリンスタンドと隣り合わせになっている店に寄り、テスコ〔大手チェーン〕のようなスーパーよりもずっと高い値段で売っているワインを何本か買ってきて、三階の屋根裏部屋にいる妹を呼び出した。でもセヒ自身は、コルクを開けるときから欠伸《あくび》をしていた。僕は、姉妹のあいだに流れる微妙な感情に気をとられて、何度もワインをつぐタイミングを逃した。彼女は、年下の日本人留学生と一緒に暮らしている姉に無関心だったのに、セヒの方は、自分は妹に軽蔑されていると思っていた。それは彼女がよく笑ったからだ。セヒは、不慮の事故で夫を失った妹を慰めることで、ずっと疎遠になっていた姉妹の仲を取り戻そうとしたが、彼女の笑いはセヒの期待を裏切った。セヒはときどき笑っている妹に向かって目をつり上げ、咎《とが》めるように何か言った。そういうときはいつも韓国語だった。僕が、なんて言ったのと訊くと、セヒは他人のことに口出ししないでと言い放つ。そうやって三人でワインを飲んでいるとき、疲れたと先に席を立つのはいつもセヒだった。立ち上がる前にセヒは、まるで戸締まりでもするかのように僕に惜しみなく愛情を注いだ。妹が見ていてもおかまいなしに、僕を抱いて激しく唇を吸った。セックスをするときもそうだ。すぐ上の階で妹が寝ているのに喘ぎ声をあげた。以前はそうじゃなかったから、彼女を意識しているのだろう。

　その夜、セヒが二階に上がっていったあと、彼女は僕に、どうしてネズミと呼ばれているの？と訊いた。

「お姉ちゃんは日本語、ぜんぜんわかんないんだよ。ネズミが何なのかも知らないんだから。漫画の主人公ならまだしも、人間の名前がネズミなんてありえる？　そうでしょ？　ミスター・ネズミ・ヨシヒロ？　あんたはいったい誰？」

「僕のニックネームなんだ。本名は別にあるけれど、ここで暮らすぶんには何の支障もない。日本人に会わなきゃね。ネズミって名前だと思えばいいだろ。意味なんてどうでもいいんだよ」

　僕は優しくそう言った。

「あんたは誰？　本当の名前は？」

彼女の英語はあまり流暢ではなかったので、何を言ってもきつく聞こえた。笑いながら断固とした口調で、明確に、そして簡潔に話す彼女を、セヒは誤解しているのかもしれなかった。僕は彼女に本名を明かすつもりはなかった。その世界をずいぶん前に離れてしまったから。

「ネズミだろうとサルだろうとかまわない。大事なのは名前じゃなくて、いまの僕なんだ。僕がどう生きてきたかとか、本当の名前は何なのかなんて、知り合ってまだ一週間にもならない君には関係ないと思うけどね」

「お姉ちゃんがイギリスに行ってから七年間、あたしにはいろんなことが起こった。姉妹でも七年も離れていると赤の他人ね。なのにどう？　お姉ちゃんはまるであたしのことを何でも知ってるみたいじゃない？　あんたはそんな彼女を愛してるんでしょ？　だから一緒に暮らしてるんでしょ？　でも、お姉ちゃんはあんたの名前が日本語でどういう意味なのかすら知らない。七年ぶりに会った妹には、何でもわかるよって顔するくせに。ねえ、お姉ちゃんとはどうやって知り合ったの？」

「書店で偶然会ったんだ。ウォーターストーンズ*のピカデリー店で」

「どっちが先に話しかけたの？　お姉ちゃん、それともあんた？」

　僕は記憶をたどった。その日、僕はチャールズ・ラルフ・ボクサー*のコレクションのリストが載ったカタログをもらいに、バークレースクエアにあるマグズ・ブラザーズ*という書店に行った。東洋の古書を扱うその書店の二階にいるスタッフたちは、潜在的な顧客である東洋人の歴史学徒をとても親切に迎えてくれた。でも、平凡な十九世紀の日本の画帖《がじょう》に一万八千ポンドもの高値がついていたので、そこでは買わなかった。僕はカタログだけを手に入れてから、ウォーターストーンズのピカデリー店に行き、出版されたばかりの、十六世紀の末に初めて日本に上陸した英国人、ウィリアム・アダムス*に関する本を買った。

「たぶん僕の方だと思う」

「確かなの?」

確かなのは、その店で十六世紀の日本に関心があるというふたりのイギリス人につかまったことと、その日の夜はセヒの家で眠ったことだけだ。僕が持っていたカタログの表紙に東洋風の絵が描かれていたのがきっかけだったのかもしれない。彼女はワインを飲んで真っ赤になった顔でフッと笑うと、僕を指さして言った。

「あんたはお姉ちゃんを愛してないわね。彼女のことを知りたいと思う気持ちがないもの。どうやって知り合ったのかすら覚えていない。まあ、お姉ちゃんだって同じだけど。あんたたちはわかり合ってるふりをしているだけで、何にもわかっちゃいない。お互いを騙して人生を無駄にしてるだけよ」

そうかもしれない。でも他人のすべてを理解するなんてありえるのだろうか。いや、そもそも人間は理解されうる存在なのか。生涯を病に苦しみ孤独に生きた元禄時代の俳人、内藤丈草《じょうそう》は独り身の侘び住まいをこう歌った。「春雨や抜け出たままの夜着《よぎ》の穴」。しとしとと春雨が降らなければ、夜着の中にいる孤独な丈草を揺さぶるものはなかったはずだ。丈草は、春雨に心を動かされ外に出たあと、体の形を残した「夜着」の穴を見たのだ。人は誰でもそうした暗い穴を持っている。それは理解するとかしないとかの問題ではない。ただの穴なのだ。暗い穴の中では互いを騙したり、騙されたりすることはない。

その夜、僕と彼女のどちらが先に相手を誘ったのか覚えていない。たぶん僕の方だと言えば、彼女はまたフッと笑うかもしれないが、彼女の言ったことが僕の気持ちを揺さぶったのはたしかだった。でもそれだけで、僕が覚えているのは背骨の浮き出た彼女の背中だった。「あれは鳥だったのかな、ネズミ。本当に鳥だったのかな」と言って泣いたとき、上下に揺れていた小さな背中。後日、サイレンセスターのパブでふたりきりになったとき、彼女は、親しい人を裏切るというのはどういうことなのか知りたくて僕とセックスをしたと言った。僕はセヒを愛していなかった。もちろん彼女のことも。でも彼女がそう言ったとき、僕は死んだ彼女の夫に嫉妬を覚えた。相手のすべてを知りたいと思うのは無謀な情熱だ。でも、そうした情熱の対象になれるのは羨ましかった。もしかしたら、そのとき僕は彼女が自殺することに気づいていたのかもしれない。

「夜着」の暗い穴を理解しようなんて無理だ。僕たちは憶測するだけだ。貿易会社に勤めていた僕は、あるとき突然、歴史学を学びたくなってイギリス行きのJALの航空券を予約した。その一番の動機は、杉山登《と》志《し》*というCMディレクターの遺書だった。彼はこんなメモを残して自殺した。「リッチでないのにリッチな世界などわかりません。ハッピーでないのにハッピーな世界などえがけません。『夢』がないのに『夢』をうることなどは……とても嘘をついてもばれるものです」。僕は真実が知りたかった。歴史学は僕にとって真実に近づくための道具だった。ところが、歴史を学べば学ぶほど、嘘がばれるのではなくて、ばれたものが嘘になるということを知った。背骨の出た彼女の背中を、もう二度と見ることはできない。親しい人を裏切るのはどういうことなのか知りたくて僕とセックスをしたという彼女を、僕は決して理解できないだろう。

それから数日間、セヒは僕と口をきかなかった。僕が姉妹を裏切り、弄《もてあそ》んだと思っていたようだ。でなければ、妹にはいままでどおり優しく接するくせに、僕にだけ冷たいはずがなかった。この世界を、予想どおりに起こったことと、予想外に起こったことのふたつに分けてしか考えられないセヒにうんざりしていた頃、セヒがようやく口を開いた。今度の週末までに荷物をまとめて、自分の家から出て行ってほしいと言うのだ。

「その代わりお願いがあるの。セヨンは今週の金曜日にソウルに帰るんだけど、あたしたちが別れること、あの子には言わないでくれる?」

セヒは僕と目を合わせず、ずっと窓の外の庭を見ていた。

「あと、残りの時間で田舎を旅行しようと思ってる。東洋人の女同士だと不便なことも多いから、あんたが運転してよ。この一年間、家賃は取らなかったんだから、それくらいしてくれるよね。ただし言っておくけど、あの子はダンナを亡くして心細くなってるだけだから。今度バカなことをしたら、あたしはあんたを殺す」

僕が地図を覗き込んでいるあいだ、彼女は道路から下りて、大きなオークの木の陰に入っていった。彼女の顔に、オークの葉をかき分けるようにして入ってきた陽ざしがちらついた。僕は地図を畳み、アスファルトの道路に沿って走った。坂を少しのぼった所で、周りの地形を見まわした。黄色、栗色、緑色、濃い灰色にくっきりと分かれた野原の風景が目に入った。僕たちはボートン・オン・ザ・ウォーターまで行くと、パブリック・フットパス*に沿って一・五マイルほど歩いた。旧イングランドの田舎の情趣がそっくり残っているというロワー・スローターに行く計画だった。ガイドブックには、アッパー・スローターとロワー・スローターには駐車場が少ないので、車はボートン・オン・ザ・ウォーターにとめて、歩いて行くのがよいと書いてあった。二マイルなら歩いてすぐかと思ったのに、辺りは一面の野原でなかなか方向がつかめなかった。幸いにもトレッキング用のフットパスが続いていたので、その道に沿って歩いて行ったのだけれど、途中で、私有地により立ち入りを禁ずる、と書かれた表札の掛かった木の門が目に留まった。

　そこから歩いて引き返してくるまで、彼女はオークの葉ばかり眺めていた。僕は足を止め、彼女を見つめた。彼女はゆっくりと顔を下ろし、僕を見て言った。

「あたしがお姉ちゃんだったらどうしたかな、ってちょっと考えちゃった。いまとは何もかもが違ってるよね」

　僕は彼女が何を言っているのかわからなくて、目をぱちぱちさせた。

「昨日のこと？」

　ロンドンでM3高速道路に乗ってから、コッツウォルズ地方に着くまでのあいだ、ずっと気まずかった。助手席にいたセヒは、韓国語で幼い頃の思い出を話しては、彼女が覚えているか確かめようとした。あのことがあってから、セヒは自分たちが何を話しているのか僕に説明しなくなった。僕が割り込む隙はまったくなかった。韓国にいるときのふたりはごくふつうの姉妹で、時には喧嘩をしたり、時には親友のように仲が良かったらしい。でも、彼女の言うようにもう昔の話だった。彼女は後ろの席で、セヒが何か確かめてくるたびに生返事をするだけで、たいていは窓の外をよぎる風景を眺めていた。話が途切れると、僕は前の日にガイドブックで読んだコッツウォルズに関する情報をいくつか諳《そら》んじた。

そしてその日の晩、泊まることになっていたサイレンセスターのベア・インというパブで、ずっと危なっかしかったセヒの感情がついに爆発した。セヒは酔っぱらって、僕にはわからない韓国語で彼女にありとあらゆる言葉を吐き出した。地元の人たちの視線に居たたまれなくなって僕が仲介に入ると、セヒは僕に英語で「おまえもおんなじだ。畜生にも劣るやつめ。とんでもない男だ、あたしの妹と寝るなんて」と叫び、それを聞いた僕を含むパブの中にいる人たちはようやく、セヒがいま怒鳴っているのだということに気づいた。姉に怒鳴られているあいだ、彼女は笑っているのか泣いているのかわからない顔をしていた。彼女と僕が何の反応も見せないので、セヒはすっくと立ち上がり、店を出て行ってしまった。僕はすぐに追いかけたけれど、セヒは振り返りもせずに中世に造られた古い教会のある中心街をずんずん歩いて行った。古い石造りの建物が並んでいる狭い路地には、すでに夜の闇が重く垂れ込めていたが、教会の高い塔にかかった空には、まだ青い光が残っていた。

「お姉ちゃんとあんたは、もうダメになったんだよね？」

僕は一瞬ためらったけれど他に方法がなかったので、私有地と書かれた表札のついた門を押して小麦畑に入った。その中の狭い道を歩いているとき、彼女が嫌味っぽく言った。セヒは朝になっても、酒のせいで胃がむかむかすると言って、ベッドから起きてこなかった。いままで守ってきた姉としてのプライドが一瞬にして崩れてしまったからだろう。だから僕は彼女とふたりだけで有名な村をいくつか見てまわったあと、サイレンセスターにいるセヒを連れてロンドンに帰ることにした。

「たぶん」

「勉強終わったらどうするの？　お姉ちゃんは韓国に帰るつもりはないみたいだけど」

「とくに計画はないよ。日本に帰るか、ここに残るか。ひとつだけ確かなのは、セヒのところには戻らないってことだな。家賃はかかるけど」

　彼女はけらけら笑った。コッツウォルズ丘陵地帯をぐるっと一周して黄色く染まった風が、彼女の髪をなびかせた。道は少し弓なりになった地平線に向かって果てしなく続き、その道が終わる所には、壁に写真を貼りつけたように、いくつかの雲が青空にかかっていた。

「あたしたち、もう二度と会わないよね」

　やはり必要な単語だけを、断固とした口調で彼女が言った。もちろん僕たちが会うことはもう二度とないだろうけれど、いざそう言われると胸が締めつけられた。僕は風に揺れる小麦畑の中にある、さっき僕たちが入ってきた道の反対側の果てを眺めている、彼女の目をじっと見つめた。

「子どもを産まなきゃって夫に言われてから、半年が過ぎた頃だったかな。一緒に弦楽四重奏団のコンサートに行ったの。シューベルト。死と乙女。アレグロ・ヴィヴァーチェ。アンダンテ・コン・モート。再びスケルツォ、アレグロ・モルト。その夜はずっとテンポに酔ってた。どんなテンポを指示されても、それが速いとか遅いとか感じられないのが最高の演奏だと思う。人生も同じだよね。聞いて、ネズミ。あたしにも充分、人生を楽しむ資格があったんだよ。あたたかい家庭に生まれ育って、愛する人と出会って結婚もした。自分の人生のテンポが速いか遅いかなんて、一度も考えたことなかったんだから。カーテンコールが二度あって、そのあと客席に照明がついた。あたしが夫と腕を組んで階段を上っているとき、緊急時に避難階段の位置を知らせるライトが一つ、消えていた。寒くなるにはまだ早いのに、真っ赤なマフラーをした女の人もいた。みんな覚えてる」

彼女は歩くスピードを少しも落とさなかった。僕たちを囲む小麦畑は黄色くなっているのに、農夫もいなければ農機具も見当たらなかった。

「ねえ、ネズミ。人生って、つくづくつまんないよね。あの日、家に帰る車の中で、あたし、まじめな顔して夫に訊いたの。あたしに何か隠し事してる？　って。彼はびっくりした顔で、首を横に振りながら、いや、何も隠してないって言った。全部知ってて訊いてるんだから、正直に話して。あたしに隠してることあるよね？　あたしはもう一度訊いた。そしたら唾を呑み込んで遠くの光を眺めるの。だからもう一度、もっと断固とした口調で訊いた。話して、早く。そしたら夫が、わかった、僕もこれ以上隠してるのはつらい、僕は他に好きな人がいる、そう言った。そのときあたしは、ポケットの中で封筒をぎゅっと握りしめていた。その日、大韓住宅公社から一通の手紙を受け取ったの。内容はこうよ。『住宅供給規則の入居者選定法に従い、貴下が当選されたことをお知らせします』。あたしがその封筒を握っているあいだ、彼が言ったの。全部話したらすっきりしたって。そして笑い声か何かわからない声をあげた。あとになって思ったんだよね。あんなに何度も問いつめなければどうなっていたんだろうって。彼が答える前に、ジャジャーン！　って封筒を見せていればどうなってたんだろうって。彼があたしに内緒で請約《チョンヤク》*を申し込むほど、まじめに未来の設計をするような人じゃなければ、どうなっていたんだろうって」

僕は立ち止まった。独りごとを言いながらずっと先を歩いていた彼女は、後ろを振り返って、僕がついて来ないのを見ると、右手を挙げて手招きをした。僕は引き返したかった。ローワー・スローターの村もどうせ他の村と大して変わらない。いや、違う。正直言うと、彼女の話をもう聞きたくなかったのだ。

「僕たち、道を誤ったみたいだ。さっき言わなかったけど、ここはパブリック・フットパスじゃなくて私有地だよ。引き返そう」

「無理よ、ネズミ。前に進まなきゃ。あたしたちはもう二度と会えないんだから、あんたはあたしの話を聞かなくちゃ。一生覚えてていいし、すぐに忘れてもいいけど。さあ早く。早く来なさいよ」

彼女がまた手を振った。僕は目を閉じ、そしてまた歩き始めた。

「そのあとは何もなかった。夫がそう言ったとき、殴ったり泣きわめいたりすればよかったのよ。でもあたしは彼の気持ちがすごくよくわかったんだよね。生きていれば妻じゃない人を好きになることもあるよ。離婚だってする。そう思ったら気持ちがすーっと落ち着いた。だからそれまでどおり、朝になったら一緒にご飯食べて、夜は並んでテレビを見た。ときどき歯を磨きながら鏡を見ているると、あたしには怒りというものがないのかな？　一度胸の中を調べてみようかって思うときもあったし、五年も一途に愛してきたのが悔しくないのかって自問自答したこともあった。でも何も感じなかった。しばらく経った頃、名前も顔も知らないその女とは別れたって、夫が言ったの。ときどき彼は酔っぱらったら、寝ているあたしを起こして土下座して謝るの。あたしは寝ぼけた顔で、そんな彼を引っ張り起こした。本当よ。彼を責めるつもりはなかったから。少しも。彼はただ、あたしが大事にしていたグラスを誤って割っただけ。そう、ちょっと誤っただけなのよ。グラスのせいじゃない。それからしばらくして事故があったの」

僕は彼女の白い手を握った。ずっと手が震えていたからだ。僕が手を握ると、彼女は立ち止まって僕を見た。そして僕に口づけをした。麦畑の真ん中で、僕たちは長いあいだキスをした。野原が風を黄色く染める音が聞こえた。唇を離したとき、彼女は泣いていた。彼女は僕の胸の中で小鳥のようにつぶやいた。

「田舎にある彼の実家に行った日のことよ。ひと晩泊まるつもりだったんだけど、彼が急に怒りだして、もう帰ろうって言うの。車に乗る前から大声でわめいてた。これからはおまえだけを愛するって。いままでだっておまえのためにいっぱい努力もしたし、つらいことも我慢してきたって。俺は……俺の人生すらあきらめたんだ、それなのにおまえは心を開いてくれなかったって言った。決して誤解はするなと前置きしてから、こんなふうに暮らすんだったら別れた方がましだ、とも言った。そのあとは口をつぐんで、前方ばかり見てた。運転は荒かった。でもね、あたしの方がもっと努力したんだよ。ちょっとしたミスだったたって、そう納得するために。自分のグラスのことなんか考えてる余裕もなかった。でもうまくいかなかった。それだけのこと。彼がどんな努力をしているのか、訊く暇がなかっただけ。なのに彼は、俺には俺の人生があったって言うのよ。だからあたしは泣いたの。大声でわんわん。彼は、もういいかげんにしてくれって叫んだ。あたしはもっと大きな声で泣いた。そうしているうちに事故が起こったの。車が田んぼに落ちて。あとで聞いた話だと、あたし、車の中で二時間ぐらい泣き続けたんだって。そのあいだに彼は死んじゃった。医者は、あなたが泣いてばかりいなければ……って舌打ちをした。あたしが泣いてばかりいなければ、夫は死ななかったかもしれない」

「いや。君が泣かずにすぐ病院に連れて行ったとしても、彼は助からなかったと思うよ。起きてしまったことは、もう取り返しがつかないんだ」

僕が言った。彼女は僕の腰をぎゅっと抱きしめて、胸の中で首を横に振った。

「違うの、ネズミ。そうじゃない。あのとき、誰かを呼びに行くこともできたはず。正直言うと、そうしようかとも思った。でもあたしはじっと動かなかった。人生において五年という年月は、長いといえば長いし、短いといえば短いのよ。五年のあいだ一途に愛したのに、彼には自分だけの人生があった。死ぬまで愛するって何度も誓ったのに、その人について何も知らなかった。彼が死んでゆくあいだ、あたしはただ座ってた。じっと座って、その年の春に見た桜の木を思い出していた。そよ風に吹かれているわりには、枝は激しく揺れていた。そう。小さな鳥だったのかな。そうだった」

僕は彼女の髪を撫でた。彼女が顔を上げた。

「ねえ、ネズミ。あれは本当に鳥だったのかな。もしかしてあたしが見間違えたのかな」

「いや、見間違えたんじゃないと思う。そう信じるしかないよ」

僕は首を横に振った。すると彼女は僕から離れて言った。

「ネズミ、行くよ。さあ早く、もう一度行こう。ローワー・スローターに」


フランスの歴史家ジョルジュ・デュビー*は自身の人生を顧《かえり》みながら、クロード・シモン*の文章を引用して次のように書いている。「彼が私に聞かせてくれた話は、たしかに作為的で間違ったものだった。事件が起きたあとで聞いた話がすべてそうであるように。誰かの口を経ると、事件やくだらない事実などが、当時にはなかった厳粛で重要な様相を帯びるのはやむをえない」。自分の目で見て、経験したこと――たとえば、リンドバーグの大西洋横断飛行、スペインの内戦、ドイツ軍の進撃で空っぽになったパリについて、マルク・ブロック*やリュシアン・フェーヴル*らアナール学派との出会いを書き記したあと、彼は文章を次のように締めくくった。「こう書いてはみたけれど、どうも納得がいかない。自分が経験した過去の記憶を記すのに、歴史家は本当に有利な立場にいるのか確信が持てない。むしろ大多数の人々よりも不利な立場にいるのではないだろうか」。ジョルジュ・デュビーの言ったことは正しいと、僕は思う。人生は取り返しのつかないものだという点で、僕たちはみんな不利な立場にいる歴史家と同じだ。くだらない事実でも、厳《おごそ》かで意義あるものになっていくのだ。仕方がない。

彼女について書いているうちに、夜もすっかり深まった。誰にも理解してもらえない夜。「夜《よ》着《ぎ》」の暗い穴のような夜。また雨が屋根を叩き始めた。僕は書いたものを折ってポケットに入れると、屋根裏部屋の窓の日よけを下ろし、灯りを消す。木目《きめ》も感じられない完璧な暗闇が、僕を包み込む。僕は手探りで木の階段を下りていく。春の日の午後、玄関のドアから風が入ってくるように、セヒはしきりに不安な夢が出たり入ったりする眠りに落ちている。僕は声を出さずに唇だけ、さよならと動かしてドアを閉める。一階に下り、キッチンの引き出しから鍵を取り出し、灯りを順に消す。カチッ、カチッ、カチッ。ドアを開けて外に出たあと、鍵をかけ、ドアについている郵便受けの中にその鍵を放り投げる。振り返ると、黒い雨風が僕の顔に吹きつけてきた。僕たちはもう二度と会えないんだよね？　会ってはいけないんだよね？　記憶の中のどこかで僕が叫ぶ。そうよ。頷いている彼女の顔が次第に霞《かす》んでいく。深い深い夜のように、夢のように、果てしない暗闇の中に僕は去っていく。

不能説《ブーヌンシュオ》

さて、何から話そうか。雨の話なんかどうだね？　胸の奥底にまで染みわたり、生を根底から揺さぶる雨のことじゃよ。兵士に人生のすべてを賭けさせる雨脚。あれは一九五〇年、十月十九日のことだった。辺境の空に一日じゅう雲が押し寄せてきて暗くなったかと思うと、夕暮れて雨がぽつぽつ降り始めた。軍装の点検を終え、行軍を控えた兵士にしか味わえない、ぴんと張りつめた沈黙もいつしか和らぎ、冷たい秋の雨が背嚢《はいのう》と毛帽子にじんわりと染み入る。雨に濡れなくとも、兵士たちの視線がただただ落ちていく、そんな日だった。怖かったのかだと？　とんでもない。軍人が恐れをなすなどあるものか。「戦争の勝敗は予測できるものではない／恥辱に耐え忍んでこそ男だ（勝敗兵家事不期／包羞忍恥是男児）」。出兵を目前にした兵士の胸の内には、自ずとこんな詩があふれてくるものじゃよ。老兵士たちは知っておる。人間の心なぞ、所詮は女々しいものだということをな。掌中にしっかりと握られていた胡桃《くるみ》も、いつのまにか鷲《わし》となり青空で自由を満喫する。体に火薬のにおいが染みついて生涯消えることのない老兵士にとっても、戦争はそのつど新鮮なもの。恐ろしいほどに艶《なまめ》かしく、身も心も震い上がるものなんじゃ。わしらは国民党のやつらを追って海南島《ハイナンダオ》まで兵を進めた四十軍だった*。海南島を完全に解放させたとき、互いに抱き合って喜びながらも、心のどこかで戦争が終わったことを名残り惜しく思っていた。野原を寝台がわりに、天空を布団がわりにかぶって寝たことがある男なら、その気持ちがわかるはずじゃ。戦争が終わってしまえば、もはや胸の奥底から奮い立つことはなくなるのだから。度胸と涙。真の男たるものは、何が必要なのかよく心得ておる。そんなわしらが降ってくる雨粒に恐れをなしただと？　なんという冒瀆《ぼうとく》。恐しいほどに妖艶《ようえん》だからこそ、拒んでも溺れてしまうからこそ、わしらは少年のように震える眼差しを向けたのだ。わかるかい？　体はそういうときに震えるんじゃよ。そうして兵士たちの生を根底から揺さぶる雨がゆっくりと暗闇の中に消えていく頃、ついに出撃の命が下り、わしらは鴨緑江《アムノッカン》*の鉄橋を渡り始めた。その日の夜、同じ時刻に、中国人民志願軍*三十八軍、三十九軍、四十軍、四十二軍と三つの砲兵師団は安東、長甸河口、集安の三か所の渡し場からいっせいに河を渡った。君は韓国人だからどう思うか知らないが、まさに歴史を変えてしまわんばかりの渡河だったよ。四十軍に所属していたわしは安東《アンドン》――つまり現在の丹東《ダンドン》を経て朝鮮の地に入った。あの日、河の音がじつにやかましかった。いや、雨で河は見えなかったのだから、降りしきる雨の音と言った方がいいな。河の流れる音だと言ってもかまわん。わしはその音に耳を傾けた。はじめは空から、次に河から聞こえてきたかと思うと、やがて体の中から聞こえてきた。ついに出撃だ、そう思うと肉体が張り裂けそうだった。あのときの凄まじい音は、いまでも忘れん。世を轟《とどろ》かせる音、歴史が一変する音――君の体の中からそんな音が聞こえてきたと想像してみたまえ。すぐにでも女どもに見せてやりたくなる。それこそ男の体というものだ。ここに座ってわしが読みたい顔とは、手とは、そういうものなんじゃよ。

面白くはないが、もう一度記憶をたどってみるとするか。おそらく君は知らんだろう。韓国人はあの戦争のことを記憶しようとせんからな。まあ、それはさておき。米軍はノルマンディーでの経験を生かして仁川《インチョン》に上陸*し、朝鮮戦争の戦局を一気に逆転させた。じつに素晴らしい作戦だった。本物の軍人なら、女たちが宝石箱に装身具をしまうように、あの日の作戦を記憶の中におさめるだろう。朝鮮人民軍の腰をへし折って勢いづいた米軍は、一九五〇年十月七日、三十八度線を越えて北進し続けた。中国人民革命軍事委員会の毛沢東主席が、彭徳懐《ポンドーファイ》を中国人民志願軍司令官兼政治委員に任命し、電報を打ったのは、翌日の十月八日だった。わしの記憶に間違いなければこういう内容だ。「朝鮮人民の解放戦争を支援し、アメリカ帝国主義およびその手下の侵攻に反対する。朝鮮人民と東邦諸国の人民の利益を守るために、中国人民志願軍は速やかに朝鮮の地に赴き、朝鮮の同志たちとともに協同作戦を行うことによって、輝かしい勝利を勝ち取らんことを命ずる」。中国人民志願軍――なぜこんな名前をつけたと思う？　中国政府は戦争を宣布していない、志願した人民が軍を組織し戦地に赴いた、そういう事実を作るためだったんじゃよ。つまり、制空権を掌握した米軍に中朝の辺境部を焼け野原にされて援軍を送り込めなくなる前に、秘密裏に朝鮮の地に忍び込ませたのだった。だからわしらは解放軍の帽章も胸の徽章《きしょう》もつけず、朝鮮人民軍と同じ軍服を着た。ただ、赤い五つの星が刻まれたボタンだけがわしらが誰であるかを証明していた。鴨緑江を渡る前の日、十月十八日に下った毛沢東の命令にはこういうのもあったらしい。「渡江部隊はまず黄昏時から翌日の明け方四時までに渡り、五時前には陣地の隠蔽を終え、必ず点検を行うこと。次に、初日の夜はまず二、三の師団を残すこと。翌日の夜、軍を増やすか減らすかは状況に応じて決めること」。わしらには名前がなかった。闇のごとく、黒い川のごとく、朝鮮の地に忍び込んだ。口をきくことすら許されなかった。誰とも口をきいてはいけなかった。だから退却する朝鮮人民軍でさえも、わしらがどこの軍隊なのか気づかなかったよ。翌日の十月十九日、アメリカ第一軍団の三つの師団は平壌《ピョンヤン》を占領し、中国人民志願軍は鴨緑江を渡った。十月二十日、米軍第一八七空挺師団は、平壌から退却する朝鮮人民軍の退路を断つために、粛川《スクチョン》や順川《スンチョン》〔ともに、現北朝鮮平安南道〕に南下していた。だから中国人民志願軍は、松や雑木が生い茂る平《ピョン》安北道《アンプクト》の東倉《トンチャン》と北鎮《プクチン》のあいだにある丘陵地帯にまで進んだ。米軍司令部は、いくつかの理由で中国軍は朝鮮戦争に参戦できないだろうと思っていた。そうじゃ。いくつかの理由だ。すべてを変えてしまうにはそれだけで充分なのじゃ。正しかろうが正しくなかろうがどうだっていい。すべてが変わってしまったあとではな。ところで、君は戦争を何度経験したんだい？　一度もないだと？　そうか、そういうこともありうるのだな。時代は変わったのだから。いいかい、戦争は人生に似ておる。いくつか理由があればまったく違ったものになってしまう。ハハハ、面白いかい？　だが気をつけた方がいいぞ。戦争はたしかに面白いが、戦争の話はつまらんからね。戦争そのものには真実味があるが、戦争の話には真実などないんじゃよ。さっき戦争は人生に似ておると言っただろう？　もし誰かが君に自分の人生について語ったら、しかもかなり面白い話を聞かせてくれたら、まずは欠伸《あくび》をするんだな。人生とは生きていくものであって、誰かが話して聞かせるもんじゃない。抗日戦争、解放戦争〔国共内戦〕、朝鮮戦争に至るまで、あわせて三度の戦争を経験したわしの体は、戦史などに耳を貸したりするものか。まあ、欠伸が出そうになっても辛抱するんだな。わしの指がなぜ切り落とされたのか先に訊いてきたのは君なのだから。

人間の運命は肉体と似ている。絶えず変わり続けるものだ。手相を見たり、人相を見たりするのは、そうやって変わりゆく体を見るということなんじゃ。目に見えるのは、いまの運命だけだ。いまの君が誰なのかによって、運命は狂ったように揺れ動く。それを生の新陳代謝というのだよ。戦線が絶え間なく上り下りするように、人の肉体が休みなく変わっていくように、人間の運命もまたひと所に留まることなく動き続ける。変わらないのはすでに死んだ者の運命だけだ。だから運命を言葉にすることはできやしない。口に出した途端に変わってしまうからな。不能説《ブーヌンシュオ》。不能説。だが、あえてそういう馬鹿げたことをやってみるとするか。いまわしらが腰を下ろしている、ここ人民路の中国銀行の前が戦場だと想像してみたまえ。そして向こうの西市場の方から三発の銃声が鳴り響いたとしよう。そのとき君は何かを見たり読んだりできるだろうか。君の両目に焼きついた光景を言葉にできるかね？　さあ答えてごらん。早く。ハハハ。いや、できんだろうな。戦場で三発の銃声を聞いて、心の内に絵が描けるはずない。その瞬間、人間にできることといえば、せいぜい泣き叫ぶか、夢中で逃げて行くことくらいだ。一度でも全身全霊で人を愛したことがあれば、胸の内に絵など描いている暇はないだろう。勝手に体が動くだけだ。不能説《ブーヌンシュオ》。運命が姿を現した途端、言葉は完全に消え失せてしまうんじゃ。臨津江《イムジンガン》*という河を知ってるかね？　臨津江で中国人民志願軍の第三次戦役が始まったのは、一九五〇年十二月三十一日だった。なぜ十二月三十一日か。それは他に方法がなかったからだ。昆虫が本能で自分の巣に帰っていくのと同じだ。戦場では最も本能的な者だけが生き残る。戦史にはこう書かれている。米軍に制空権を奪われた人民志願軍は、夜に戦闘を交えた、と。そのためには少しでも多くの月の光が必要だった。戦役は七日ほど要する。その七日間、月の光を頼りにするのなら、満月まで残り少ない十二月三十一日に攻撃を開始するのが妥当だろう。だが、わしは信じなかった。わしらは本能で銃を取り、敵を攻めた。それがちょうど十二月三十一日だったんじゃ。その頃、人民志願軍はすでに三十八度線まで攻め込んでいた。われわれ四十軍は、三十一日十八時三十分、臨津江を渡った。「十里先まで雲が立ちこめて陽の光も薄暗い／北風が雁《かり》を吹いて雪は乱れ飛ぶ／行く先に知《ち》己《き》が無いことを心配するなかれ／天下に君のことを知らぬ者はいないのだから（十里黄雲白日曛／北風吹雁雪紛紛／莫愁前路無知己／天下誰人不識君）」。日付が変わる前に、わしらは川を一つ渡った。長い道のりだった。夜が明けると、川辺に死体がずらりと並んでいた。言っただろ？　わしらが百戦錬磨であることは過去の歴史が証明していると。だがその光景を見て、あらためて戦争とは何なのか思い知らされたのだ。戦争とはそういうもんなんじゃ。昨日わしは死ぬかもしれなかった。ところが今日まだ生きておる。戦場でわしは毎日生まれ変わった。あんな光景を見たら自ずと頭が下がってくる。とても空を見上げる気にはなりゃせん。空を見上げるのは死んだ戦友の遺体を土に埋め、空に向かって三発の銃声を轟《とどろ》かせて哀悼の意を表するときだけだった。戦場に響く三発の銃声とはな、ひとつはそういう意味なんじゃよ。それは恨みでも怒りでもない。ただ人間であること、どんなにあがいても人間でしかないということ。それを言葉で説明することができないから三発の銃声にして撃つ。そうやって葬られた戦友たちの青春は、ボロボロになった地図の上で座標としてのみ残る。人間の体はじつに表現力に乏しいものでな。そんな状況に陥ると、泣きわめいたり乾いた涙を流すことくらいしかできん。自分の心臓を取り出して戦友の遺体とともに埋めてやるとか、両目を差し出して傷ついた目を治してやるとか、そんなことができると思うかね？　できないから空に向かって銃を放ち、すべてを託すのだよ。わかるかね？　三発の銃声の意味が。

君は信じるかい？　わしもその三発の銃声の主人公になったことがあると言ったら。きょとんとしておるな。信じるか信じないかは君の自由だ。わしだって聞いてすぐに信じられるような話をする人間にはなりたくないからな。だが、いずれ君は信じることになるだろう。なぜなら君が作家だからだ。はて、自分が何者なのか当てられて驚いているようだね。言っただろう？　ひとりの人間の運命がいまどんな形をしているか言い当てるのは容易《たやす》いことだと。相手の体を自分の体だと思って食い入るように凝視すれば、すべてが透き通って見えてくる。見てのとおり、わしは右手の指がないから文字を書くことはままならんが、目の前に座っておるのがどういう人間なのか言い当てる才能はまだ枯れておらん。もちろん、君が明日どうなるかはわしにもわからない。明日のわが身がどうなるか自分でもわからないように。それがわかれば、毎朝これほど激しく心臓が鼓動することもあるまい。人生は狩人に追われる鹿のようなものだから、絶えず動くんじゃ。

そういう意味で戦争も人生だといえるだろうな。さて、話を続けよう。一九五一年の一月初旬まで、人民志願軍は湧き水のごとく南へ南へと押し進んでいった。米軍と傀儡軍は三十七度線まで退却を余儀なくされた。そこでもうひと押ししておれば、おそらく朝鮮は解放されていただろう。だが、人民志願軍は三十八度線の南方にあるソウルを掌握した地点で、三度目の戦役を終結させなければならなかった。政治的、もしくは外交的な問題があったからではない。補給線が延びきっておったからなんじゃ。だから三十七度線ではなく、三十八度線で進攻をやめざるをえなかった。いま君の祖国を切り裂いている線はもともとそういう意味なんじゃよ。人民志願軍の補給線の手が届くぎりぎりの地点だった。戦略的に三十七度線まで後退していた米国の指揮部はすぐさまこのことを感知した。一月十五日から水原《スウォン》〔現韓国京畿道〕や仁川《インチョン》などの地で、小部隊を利用してじわじわ索敵《さくてき》しながら反撃を試みていたのだが、二十五日に本格的な攻勢に出たんじゃ。あまりの素早い反応にわしらはうろたえた。彭《ポン》総司令をはじめとする人民志願軍指揮部は、秘密裏に主力を東部戦線に移動させ、横城《フェンソン》と原州《ウォンジュ》〔ともに、現韓国江原道〕を確保した。それから西部戦線と東部戦線の両方にまたがっている兵力の腰をへし折ったのち、西部戦線にいる米第八軍*主力の側面を攻撃する計画を立てた。二月十一日、人民志願軍の第四次戦役はこうして始まったのだ。二日後、人民志願軍は横城を守備していた傀儡軍第八師団を撃破し、その夜の二十二時に、米第二十三連隊が防御していた砥平里《チピョンニ》〔現韓国京畿道〕を攻撃*し始めた。砥平里を手中におさめたら、驪州《ヨジュ》や利川《イチョン》〔ともに、現韓国京畿道〕を通って、すぐさま西部戦線に集結した米第八軍主力を包囲できるからね。砥平里は互いに譲れない戦略地だったわけだ。この頃、この地にやって来る人たちの話によると、人民幣で八万元ほどあれば韓国に行けるそうな。こうして日がな一日、他人の運命を占うという口実でうさんくさい話ばかりしておるわしには贅沢な望みかもしれんが、もしいま八万元という金があれば、砥平里に行って余生を遂げたいと思う。冗談じゃない。人間に対する礼儀が残っているなら当然のことじゃよ。「少しお訊ねするが、この梅花の笛の音はどこから聞こえてくるのですか／ひと晩のうちに、風に吹かれてこの関の山に満ちてしまった（借問梅花何処落／風吹一夜満関山）」。寒い辺境に梅の花が落ちるはずがない。ひと晩で野原に数えきれないほど落ちたのは若い兵士たちだった。わしが死ぬべき場所はそこなのだが、なんせ遠すぎる。この先もう二度と行くことはないだろう。韓国に戻って機会があったらぜひ、砥平里に行ってみるといい。少なくとも君が作家なら、その地に立って、野原いっぱいに梅の花が敷きつめられた光景を想像してみるんだ。それができないのなら、筆なんか片っ端からへし折ってしまうがいい。二月十六日、儚《はかな》く散った梅の花のごとく敷きつめられた兵士たちの死体をあとに、人民志願軍はとうとう砥平里から撤退することになった。その後は、それまで四回にわたる成功をおさめたわしらが反撃を受けることになる。前日の晩、わしらはひと晩じゅう松明《たいまつ》を灯して戦死した兵士と負傷兵を担架にのせて運んだ。米軍の砲兵射撃は朝まで続いた。砲弾が降ってくるたびに野原の花が舞い散った。赤い花びらが粉々に砕け散った。怒りとか悲しみという言葉ではとても言い表せない光景だった。涙を流すことすら、生き残った者にしか許されない贅沢に思えた。次の瞬間、わしもひとひらの花びらになって飛んだ。笛の音とともに、わしらはみな花びらとなって山をすっぽり覆ってしまった。翌朝、左脚と下腹部の肉が吹き飛ばされて死んでいる戦友たちに囲まれて横たわっているわしは、死を予期し、そばに落ちていた銃を握って、妖《あや》しいほどにがらんとした蒼空に向かって三発の銃弾を撃った。一発目はわし自身のために、二発目は死んだ戦友たちのために、最後の一発はわしら全員の運命のために。その三発の銃声が、すべてを変えてしまったのじゃ。わしは意識を失った。

延辺《ヨンビョン》*という所は滅多に雨が降らない。とくに春はそうだ。五、六回ほど春雨に会えたら運がいいのだ。だからわしは雨を楽しむことにしておる。どんなに深い眠りについても、明け方にかすかに春雨の降る音が聞こえてくると目を覚ます。悩みがあるからでも、悲しみが押し寄せてくるからでもない。春雨の降る音が聞こえてくると、眠ってなどいられないのだ。歳をとるにつれてそう思うようになった。程度の差こそあれ、雨の音に耳を傾けるのはずいぶん昔からの習慣だ。考えてみれば汪清《ワンチョン》〔現延辺朝鮮族自治州の県〕で中学校に通っていた頃からそうだった。雨がやんだあとの世界はどう変わるのだろうかと考えるだけで、体じゅうがむずむずしたものだ。わしは何をやってもまじめで熱心だという理由で、連絡員の仕事を任された。尊敬する先輩や教師たちが可愛がってくれるから得意になって使い走りをしたのだが、のちにそれが地下党員たちのあいだで交わされた書信だったことを知った。わしはあちこちを走りまわりながら革命の原理を学んだんじゃよ。そんな緊迫した時代でも、春雨が降れば立ち止まって雨の音にそっと耳を傾けた。自分の気づかないうちに花が咲き、散ってしまうのではないかと思うと、どんな急ぎの手紙も春雨に耳を傾けたいわしの気持ちを拒むことはできなかった。雨の音に耳を傾けているわしを見て、先輩たちは「小孟《シャオモン》」、つまりチビの孟浩然《モンハオラン》*さんとからかったものだ。「ひと晩じゅう雨交じりの風が吹く音が聞こえてきたが／花はどれくらい散ってしまっただろうか（夜来風雨声／花落知多少）」という詩を書いた孟浩然のことじゃよ。世の中に戦士や、詩人、英雄があふれていた時代だ。その頃はこの世で一番小さな音にも耳を澄ませていた人々がいっぱいいた。そういう人たちが存在するからこそ、花が咲き、散っていくのだ。そうでなけりゃ、春が来たからといってあれほど多くの花を咲かせるだろうか。わしが撃った三発の銃声を聞いたのもまさにそういう人だった。戦場に鳴り響く三発の銃声は、戦死者を哀悼するものであると同時に、負傷兵の緊急救護サインでもあったんじゃ。わしの所に駆けつけた女性救護隊員は、軍服を引き裂いて負傷した部位を止血したのち、自分の血をわしに三百グラムくれた。その血が体の中に入ってきて、わしは意識を取り戻したのだ。目を開けると、わしをじっと見ているその女性の目が見えた。どんぐりのように色の濃い瞳をしていた。一つじゃなくて二つあってよかったと安堵するほど美しい瞳だった。その瞳を見た途端、自分は助かったんだと思い、恥ずかしげもなく声を出しておんおん泣いた。それはむしろ排泄のようなものだった。体の中にぎっしり詰まっていた恐怖が、体液として分泌され排出されたんじゃ。死線を越えた所から戻ってきた負傷兵たちはみなそうやって泣くのか、彼女はとくに驚いた様子もなく片手でわしの手をつかみ、もう一方の手で目から流れ出る涙を拭いてくれた。ようやく涙が止まり、落ち着いたわしを見て、彼女は空に向かって拳銃を射った。救護隊の仲間に負傷兵がいることを知らせたのだ。やがて救護隊員たちがやって来てわしを担架にのせ、大通りに運んだ。そのあいだも、わしは彼女の手をずっと握ったままだった。手を離したら死んでしまうような気がしたんじゃ。彼女の方もぎゅっと握っているわしの手を振り払うわけにもいかず、手をつかまれたままついて来た。礼を言うわしに、気にしなくていいと答えるのを聞いたとき、わしは初めて彼女が朝鮮人であることを知ったのだ。大通りには撤退する味方の軍勢があふれていた。救護隊も撤退しなければならない。救護隊長は彼女に、車を拾ってわしを病院に送ってから部隊に戻ってこいと命令した。結局わしらふたりだけが取り残された。至る所に死体が転がっているというのに、負傷兵がひとりいるからといって命がけで車を停めるような馬鹿はいないだろう。その後、車が何台も通り過ぎた。わしは寒さで体じゅうがぶるぶる震えた。再び死の恐怖が襲ってきたんじゃ。怖くなったわしは声を出して詩を暗誦した。「葡萄《ぶどう》を醸《かも》したうま酒を夜光《やこう》杯《はい》に注ぎ／飲もうとしていると琵琶の音色が馬上で響きわたる（葡萄美酒夜光杯／欲飲琵琶馬上催）」。歌い終わると、今度は彼女が歌いだした。「酒に酔いつぶれ砂漠の上に倒れ伏してしまったと笑わないでおくれ／昔から戦《いくさ》に行って帰ってくる人などいないのだから（酔臥沙場君莫笑／古来征戦幾人回）」。わしは彼女の顔を穴があくほどじっと見つめた。そんな状況でいったい何が言えるだろう。彼女は拳銃を取り出し、わしらの方に近づいてくる車に向かって発射した。タイヤに銃丸を撃たれた車はずるずると停まった。彼女は運転手に事情を説明した。彼女があまりに断固とした声で、この人をいますぐ病院へ運ばなければならないと言うので、文句を言っていた運転手も仕方なくタイヤを換えた。彼女は運転手と一緒にわしを車に乗せた。それからわしの心臓に手を置いて、あなたはいま生きているのよ、と中国語で言った。わしは彼女の手を握り、ありがとう、この心臓はあなたのものだ、と答えた。わしはずっと手を握っていた。運転手にもういいかげんに降りてくれと言われても、そして返事に待ちくたびれた運転手がわしらを乗せた車を走らせても、わしは手を離すことができなかった。なぜなら彼女が涙を流したからだ。そしてわしのそばで倒れるようにして眠ってしまったから。のちにわしは、彼女が砥平里《チピョンニ》での戦闘で計八百グラムもの血を採ったということを知った。

韓国で朝鮮戦争に関する本を読んだことがあるかね？　砥平里の戦闘はどう記されているんだい？　戦闘で死んだ人民志願兵についてはどう書かれているのか。この地の歴史書に記録されている死んだ米軍と同じく、どうせ数字だけが残っているんだろう。しかもぱんぱんに膨《ふく》らませた数字だけが。砥平里の戦闘で死んだ人民志願軍の数は五千にものぼる。あの凄惨たる光景を言葉でどう言い表せばよいのか。不能説《ブーヌンシュオ》。不能説。歴史というものは、書物や記念碑に記録されるものではない。人間の歴史は人間の体に記録されるのだ。それこそが真実だ。震える体が、あふれ出る涙が物語るものこそが歴史なのだ。この手、人さし指と中指が切り落とされたこの手が、本当の歴史なんじゃよ。考えてごらん。朝鮮戦争が終わってまだ百年も経っていないというのに、かつてこの国で傀儡軍と呼んでいた韓国人が自由に往来するようになった。砥平里で死んだ兵士たちのことなど、とっくに忘れてしまったんだ。たかが百年で忘れ去られてしまうような史実を記録したところで何の意味がある？　いま君が手に持っているのもそういう本だろう？　捨てた方がいいな。わしの指の方がずっとましじゃ。わしは死んでもこの指のことは忘れんだろう。これこそが歴史なのだから。この指はいつでも語ることができる。あの日、わしらが乗っていたトラックは、走り始めて一時間も経たんうちに米軍の戦闘機に攻撃された。運転手は即死し、トラックは脇の谷に転落した。わしは意識が戻ったとき、大通りから十数キロメートル離れた谷間の農家に寝ていた。いったいどうやってそこに運ばれたのだろう。というのも、その農家にいるのはわしと彼女だけだったからじゃ。途中でわしが意識を取り戻して、彼女のあとをついてきたのだろうか。あるいは彼女がわしを背負ってきたとか。わしらは二日間眠り続けた。かなり寒い日だったから互いに抱き合って寝た。死よりも深い眠りだった。目が覚めたら炒《い》り粉《こ》を飲んで、また眠った。わしは彼女のやせ細った胸を、彼女はしなびたわしの性器をつかんだ。性欲が湧いたが睡魔には勝てなかった。それから二日過ぎた。わしらは体を交えた。そうせずにはいられなかったのじゃ。わしらは梅の花で覆われた野原を見てしまったのだからな。わしはとても動ける状態ではなかったから、彼女が上になって体を揺り動かしたのだが、そのたびに恐ろしいほど傷が疼《うず》いた。あまりの痛みに悲鳴をあげ、涙を流しながらも、わしは彼女にそのまま続けてくれと頼み、彼女はしきりに謝りながらも体を動かし続けた。いまでも忘れられんよ、そのときのことを。生きているということはとんでもなく恥ずかしく、恍惚で、痛いものなのじゃ。痛いということが、悲鳴をあげられることが、涙を流せるということが、あのときほどうれしかったことはなかった。だから痛くてたまらないのに、続けてくれとせがんだんじゃよ。わしらは休むことなく体を交えた。死は目の前に迫っていた。砥平里《チピョンニ》で見たものは忘れられないだろうと彼女が言った。砥平里で彼女が見たもの、それはおそらく、わしが見たものと変わらない。つまり、舞い散った梅の花が敷きつめられた野原のことだ。わしは訊いた。砥平里で何を見たのかと。彼女はこう答えた。不能説《ブーヌンシュオ》。不能説。言えないわ。とても言えません。わしはいまでもその言葉が忘れられんのだよ。わしらは農家の周辺で食糧をかき集め、一週間ものあいだ隠れ住んだ。わしは足が不自由だったし、彼女は戦争に幻滅して本隊復帰を断念していた。そのあいだ、四方から戦闘機の轟音や砲声、銃声は聞こえてきたが、敵であれ味方であれ、わしらを捜しに来る者はいなかった。昼間は敵の空襲を避けて森の中でじっとし、夜になるとまた農家に潜り込んで、痛いと声をあげながら、ごめんなさいと謝りながら、互いの体をむさぼった。恐怖も、不安も、絶望すらない日々だった。森の中では、互いに諳《そら》んじている詩を聞かせ合って時間を過ごした。「峨眉山月《がびさんげつ》にかかった半輪の秋／影は平羌江水《へいきょうこうすい》に入って流れる／夜、清渓を発して三峡に向かう／君を思えども見えず渝州《ゆしゅう》に下る（峨眉山月半輪秋／影入平羌江水流／夜発清渓向三峡／思君不見下渝州）」やら、「秋の雨が降り注ぐ河に沿って夜、呉の地にやって来た／明け方に友人を見送る楚の国の山がぽつんと見える／洛陽の友人がもし安否を尋ねたら／一片の氷のような心を玉壺の中に大切にしまったと言ってくれ（寒雨連江夜入呉／平明送客楚山孤／洛陽親友如相問／一片氷心在玉壺）」といった詩を。とても言葉では言い表せない、心臓で語る詩を。とても耳では理解できない、心臓で聞く詩を。ある明け方のことだった。わしらは戦闘機の音で目を覚ました。戦闘機が上空を旋回するものだから、わしらはてっきり家が砲撃されると思い、外に飛び出した。東の空に鳥の羽のような細い下弦《かげん》の月がかかっていた。じつに美しかった。あまりの美しさにおのずと手が彼女の肩の方に動いた。わしはこう言った。正義は俺たちの味方だから、この戦争には必ず勝つだろう。戦争が終わったら君に会いに行く。あの下弦の月のように美しい世界は俺たちのものだ。そのためなら俺は喜んで死ねる、と。ところが彼女はわしの手を振り払って言うんじゃ。戦場で見る下弦の月なんかちっとも美しくないわ。それからなんと言ったと思う？　自分を愛しているかと訊くんじゃよ。愛している。どのくらい？　死ぬほど愛している。すぐにでも彼女を抱きたくなったわしは哀願するように答えた。だが彼女はこう言った。どこもかしこも死であふれているのに、私は人間の命なんか欲しくない。命なんか、正義にでも捧げてしまえばいいのよ。どんなに血を採っても助けてやれなかった大勢の兵士たちが眠る砥平里にでもくれてやれ――。わしは息が詰まりそうになった。命でもっても証明できないものが世の中にはあるのだということを、そのとき初めて知ったよ。国家が欲しがるのはせいぜい命だが、彼女が望むものはそれ以上のものだった。すっくと立ち上がる彼女にわしはひれ伏して乞うた。お願いだ。もう一度だけ俺を抱いてくれ。頼む。

わしの年代で右手の人さし指と中指のない者など、人間扱いしてもらえん。生涯、わしは嘲《あざけ》られ蔑視されながら生きてきた。誰かが指のない事情を訊いてきたら、いま君に話したようなことを語って聞かせたよ。すると、たいていの者はわしの顔に唾を吐きかける。嘘をつくな、虫けらめ。戦争に行きたくないから切ったんだろ。この臆病者めが。わしが抗日戦争や海南《ハイナン》戦役のこと、朝鮮戦争についてどんなに話しても無駄だった。君もそう思っているのかね？　戦争に行きたくないから自分でこの指を切り落とした？　どうとでも思うがいい。こういう話は小説には使えるかもしれんが、歴史書では絶対お目にかかれないだろう。百年足らずの歴史など。まあそれはともかく、さっきの話を最後までするとするかな。その後、彼女はわしと体を交えようとしなかった。砲声は次第に北上していった。昼間は森の中で北の方に飛んでいく米軍の戦闘機を見上げ、夜は農家に忍び込み、彼女にもう一度抱いてくれとせがんだ。そうしているうちに食糧が尽きてしまった。体を引きずってでも退却する部隊をつかまえないことには、落後するのは目に見えておる。だが、わしらふたりは身動きする気力すらなかった。落後したことがはっきりすると、わしはさらに強く彼女に哀願した。悲鳴をあげさせてくれ。涙を流させてくれ。痛みを感じさせてくれと。すると彼女はわしの手を握って言った。砥平里《チピョンニ》で私が見たものを言葉にすることなんかできないわ。不能説《ブーヌンシュオ》、不能説。あの晩、八百グラムもの血を兵士たちに分けてやりながら、この世の男たちの指をみんな切り落としてしまいたいと思った心の内をどうやって話せばいいの？ そんなことできやしない。二度と銃が握れないように指を切り落としてやりたいと思ったあのときの気持ちをいったいどうやって――。血の気の引いた虚《うつ》ろな瞳で、わしは彼女の前にひれ伏して言った。お願いだ、頼む、頼むからもう一度、俺を抱いてくれ、と。切実な声で、必死になって乞うたよ。彼女はわしの顔を両手で挟んでじっと見つめた。私の血をどれだけ分けても、死んだ兵士たちは戻ってこなかった。あなただけは死なせるわけにはいかないのよ。私の血が必要だったらいくらでも分けてあげる。でもあなたは生きなきゃ。わかるわね？ わしはわけもわからず頷いた。俺を助けてくれと、頼むから抱いてくれと言いながら。彼女はわしの目をじっと見つめた。わしはようやく落ち着いた。その家でわしらはどのくらい過ごしただろう。二月の末に人民志願軍と朝鮮人民軍が主力を三十八度線まで退却させた。だが三月七日、米軍と傀儡軍は五つの軍団を合わせた十四個の師団、三つの旅団、二つの連隊の兵力を集合させ、すべての戦線で全体的な攻撃態勢に出たんだよ。三月十四日、人民志願軍と朝鮮人民軍はソウルから撤退し、その翌日、米軍第三師団と傀儡軍第一師団がソウルを占領したのだ。三月二十三日、敵は高陽《コヤン》、議《ウィ》政府《ジョンブ》、嘉平《カピョン》、春川《チュンチョン》の一線を占領し、米軍一八七空輸旅団を汶山《ムンサン》に投入し、人民軍第一軍団の退路を妨げた。四月十日、戦線は漢江《ハンガン》の入り口から臨津江《イムジンガン》に沿って、三十八度線以北地域を経て襄陽《ヤンヤン》の一線まで北上してきたのだ。そして四月十二日、敵は進攻の主力を鉄原《チョロン》、平康《ピョンガン》、金化《クムファ》地区、つまり鉄の三角地帯に集中させた。わしらがいつまでその家にいたのかわからない。いずれにしても、わしらはそこで数えきれないほど体を交えた。痛いと声をあげながら。涙を流しながら。そのうち、まず彼女の方が、それからわしが気を失った。どれだけの日が昇って暮れたのか、何度月が丸くなり欠けたのか、わしにはわからない。傀儡軍の捜索隊が家の中に入ってきたとき、仰向けに横たわっているわしらを見て死んでいると思ったのだろうか、鼻をふさいで出て行ったこともあった。わしはその光景を見て、自分たちは死んでいるのか、それとも意識だけは残っているのか、わからなかった。床にはわしが流した血がどっぷり溜まっており、その血の上にふたりで横たわっていた。彼女の表情はとても安らかだった。再度、捜索隊がやって来たとき、わしはまだ自分が生きていることを、そして彼女はすでに死んでいたことを知った。捜索隊に体を引きずられながら、わしは彼女のために詩を詠んだ。「このとき互いに見つめ合うだけで何の消息も伝えられない／願わくは月の光とともにあなたのそばに流れて行って照らしたい／雁《かり》は遠くに飛び立つが月の光を越えることはできず／魚は水中に入ったり出たりするが、水に波紋をなすだけだ／昨夜静かな淵で花が落ちる夢を見た／ああ、春が過ぎようとしているというのに家に帰れない（此時相望不相聞／願逐月華流照君／鴻雁長飛光不度／魚龍潜躍水成文／昨夜閑潭夢落花／可憐春半不還家）」。わしが中国語で詩を詠んでいると、何のことやらわからない南朝鮮《ナムチョソン》の兵士たちは台尻《だいじり》でわしの頭を殴った。わしはそのまま気を失ってしまったよ。あの家でわしは、彼女から千グラムを超える血を分けてもらった。わしは砥平里でそうやって生き延びたのだ。彼女は死に、わしだけ生き残ったんじゃよ。

ほう、蝶が飛んでいる。もうすぐ春になるのだな。ここに座って人を占うのももう十年になる。占いというのは易しいもんだ。目で蝶を見て、口で春がやってくると言えばいい。心も体も思いきり開いて、熱い眼差しでこの世界を見つめ、耳を傾けることなのだ。人は本に書かれていれば嘘ばかり並べ立てても信じるくせに、なぜ口で話すことは信じようとしないのか。人間の運命や歴史とはつまるところ、いまここで起きていることに全身全霊で耳を傾けることだというのに、テレビやラジオから聞こえてくる言葉だけを鵜呑みにしておる。身をもって歴史を体験してきた者たちが一様に不能説《ブーヌンシュオ》と言っても、歴史を作る側はそこに論理を適用し、それとなく文脈をつなぎ合わせて、もっともらしい話を作り上げる。子どもたちはまさにそうした話を学校で学び、また記念館に行って見学するのだ。何の疑いもなく、中国人民志願軍は砥平里戦闘で攻勢的に退却したのだと、そしてソウルから主導的に撤兵したというふうにな。君が読んでいる歴史書とて同じだろう。互いを傀儡軍と呼び、撃滅させたと言い張るのだ。そういう歴史書は信じるくせに、わしの話は嘘だといって唾を吐きかける。たかだか百年足らずで紙屑になってしまう信念を最高に価値あるものだと考え、容赦なくわしを蹴り飛ばす。自分こそがれっきとした男だと信じてやまない世の男たちはみなそういうものだ。なぜなら、わしの手が真実を物語っているからなのじゃよ。歴史書に出てこない真実を。これでわかってもらえただろうか。春になるとなぜ蝶が舞う光景を見ながら夢を見なければならないのか。蝶が飛ばない春はありえないのだ。本に書かれている話ではなく、自分の目で見たものについて語りたまえ。目に見えるその光景が何を意味するのか、体全体で話してみたまえ。不能説《ブーヌンシュオ》、不能説。これ以外の言葉が見つからなくなるまで話し続けるんじゃや。言葉ではとても語り尽くせないことを、君が知っているかぎりの、この世で最も信じがたい話をわしに聞かせてくれ。そうすれば君がどういう人間なのか、どんな運命をもってこの世に生まれてきたのか、わしが教えてやろう。本に書かれているような話ではなく、君の体でもって経験した話を、不能説《ブーヌンシュオ》、不能説、そう言わずにはいられないことを語るのだ。さあ、早く。

偽りの心の歴史

一八八八年三月十三日　サンフランシスコ

尊敬してやまない、親愛なるジョージ・ワシントン・ブルックス様

ここしばらく海ばかり見て過ごしました。「風がひゅうひゅう唸《うな》り、波が、尊大な大波が高鳴り、限りない青海原が四方に広がる」とウォルト・ホイットマンが書いていますが、自らの領域を広げるために波しぶきを立てながら浜辺と闘っている海を見ながら、私は「恐れずに運命をまっとうする」ことについて考えました。ボストン出身の私にとって、海とは幅の広い国境線にすぎませんでした。過去、数世紀にわたり、多くのヨーロッパ人は大西洋を見ながら想像を膨らませてきました。その結果がまさに自由の帝国、アメリカ合衆国なのです。いまでは、大西洋はわれわれにとって正真正銘の海になりましたけれどね。ところが、サンフランシスコで貴下からの便りを待っているあいだ、毎日のように海辺を歩いているうちに、この世の中にはまだフロンティアになりうる海があるということを知りました。フロンティアとは、新しい活躍の場とでもいいますか。想像豊かな者が勝利する所ですからね。海と陸の境界線で生きている生物たちを見て

いますと、フロンティアが彼らをどれだけ強くするのかわかります。これは歴史が証明していま す。私はそうした例をここでも発見しました。ここ西海岸では毎年春の大潮の時期になると、トウゴロウイワシという魚の群れが遠くの海岸にさかのぼって卵を産むのですが、これがまた壮観なのです。彼らは次の引き潮のときに卵が波に流されないよう、自分たちが想像できるかぎり遠くの境界線にまで押し進んでいくわけです。こういう意味でトウゴロウイワシは強い魚です。

未知のフロンティアを想像する能力でいうと、トウゴロウイワシよりも少しましな生き物に中国人がいます。ここに来て私は、中国人がサンフランシスコのことを金山（Golden Mountain）と呼んでいることを知りました。ご存じだと思いますが、一八四八年にジェームズ・マーシャル*がサクラメントで小さな鉱物を発見したからなのです。北極が羅針盤の針を引き寄せるように、黄金は人間を引きつけます。これは万有引力のようなもので、東洋と西洋のどちらにも適用する原理です。サンフランシスコだけでも八万人ほどいる中国人が、「アジアのゴミ」「下品な人種」などと罵《ののし》られながら暮らしています。というのも、彼らがサンフランシスコを黄金の山だと想像したからなのです。できるかぎり遠くの陸地にさかのぼって排卵する魚のように、中国人も自分たちが知るかぎりの世界の果てにまでやって来たというわけです。トウゴロウイワシよりは少し内陸に入っていますが、そこが異教徒たちの想像できる限界だったのです。奴隷船さながらの貨物船で、吃水線《きっすい》より下にある三等客室に耐え抜いたさすがの中国人でも、遠くの方に見え始める新大陸が、黄金の山ではなく、自分たちの故郷と大して違わないことがわかると、ずいぶん失望するそうです。その後、サンフランシスコ州政府が中国人には採鉱すら禁じていることを知り、自分たちを騙して偽《ニセ》の黄金山に連れてきた中国人貿易商を恨むのですが、とりあえずその失意はおあずけにしておきましょう。

これはまったくもって黄色人種の想像力が乏しいからなのですから——魚よりはましでしょうけれど、誰を恨むことができましょう。今日、ゴールデンマウンテンとは、サンフランシスコの金融街、マーケットストリートのビル群を指しますよね。肩につるはしを担いだ矮小な黄色人種たちは、そこに連れて行かれたら、黄金の山はいったいどこにあるのだろうときょろきょろするでしょう。自由と進歩と文明の光に輝かなければ、たとえそれが金山だとしても何の意味もないということを、彼らは知らないのです。ですから、金銭にしか目のない苦力《クーリー》(coolie)たちは、シエラネバダ山脈で鉄路を建設するとき、奴隷のような扱いを受けても、抗議ひとつできなかったのです。トウゴロウイワシも中国人も、目がないという意味では同じです。もちろん、想像の目のことです。ラルフ・ワルド・エマーソン*の言う「神聖で高潔な心」でもって世界を見なければ、いかなる自由の映像も映らないでしょう。

先頃亡くなったアラン・ピンカートン*は、幼い頃から私の英雄《ヒーロー》でした。私が探偵になったのも、彼に影響されたからなのです。故郷のボストンにあった彼の探偵事務所には、彼の固い決意を見せるかのように「われわれは眠らない」と太字《ボールド》で刻印されていました。いつも両目を見開いているぞという意味です。つまり、現象の内部に隠された本質を見つけ出せ、荒漠たるフロンティアの中に隠れた新世界の秩序を見抜け、という意味なのです。私は、リンカーン大統領の代理人であり、奴隷制の廃止を強く支持したピンカートンに学びました。実存する黄金の山ではなく、すべての人間の心の中に潜んでいる黄金の山を見つけなければならないということを。マーケットストリートを動かしているのは、本当はわれわれ人間の心の中に聳《そび》える黄金の山なのです。永遠の愛とか、人間の夢、自由の帝国アメリカ合衆国、などというのはこれと似ています。

貴下がこの件を私に依頼してよかったと思われるよう、最善を尽くしましょう。私がお捜しするのは、貴下の愛に納得できず隠者の国*に姿を消した貴下のフィアンセだけではありません。アメリカ合衆国を――すべての人間の願いを叶えてくれる偉大な想像力の所産であるわが国を、異邦の地で探してみたいという野望があるのです。その女性は隠者の国にいるとおっしゃいましたね？　つねに見開いた心の目で世界を見ている私には、隠者の国などありません。あるのは文明国と野蛮国だけ。想像の地平を世界の果てにまで広げられる私にとって、太平洋も幅の広い国境線にすぎません。ああ、アメリカの歌が聞こえてきます。頌歌《しょうか》も聞こえてきます。ひとりの女性が私を待っています。ホイットマンの言うように、カリフォルニアの海岸から西へ西へと冒険をしていけば、世界を見ています。われわれアメリカ人はいつのときも想像の力で目を見開いて、世界を見て探しているものがきっと見つかるでしょう。最後に、そろそろ出発したいのですが、まだ次の送金が届いていないので、本格的に仕事を始めることができません。もしまだ送ってくださっていないのなら、三月下旬までには、ここハイバーニア銀行までお願いします。幸運を祈ります。

一八八八年四月二日　サンフランシスコ

尊敬してやまない、親愛なるジョージ・ワシントン・ブルックス様

予想していたより少ない額ですが、ともあれ小切手は無事に届きました。途中で金を紛失することなどないでしょうに、貴下はわざわざ残金をヨコハマ（横浜）のグランドホテルに送られたそうですね。いずれにしても、ありがとうございます。ただし、ご存じのとおり私は探偵ですから、職業的なプライドに若干の傷をつけられたことはお察しいただけると思います。朝鮮行きの船に乗る日を今かいまかと待ちながら、ずいぶん退屈な日々を送っておりましたが、これでようやく本格的な仕事に取り組めます。そう思うと体じゅうがむずむずします。世界を変えた『コモン・センス』でトマス・ペイン*は、アメリカの独立を訴えるために「いまこそ分離すべきだ！」と叫びました。私も彼にならって叫びます。「私もそうしよう！」と。

サンフランシスコの元老、チャールス・H・パウロ監督──彼はアメリカ・メソジスト宣教部に所属しており、朝鮮に何度も宣教師を送った経験があります──にあれこれ尋ねてみたところ、先日まで定期蒸気船の北京号とオセアニック号が太平洋の航路を行き来していましたが、何しろおんぼろだったので、いまは運航していないそうです。現在、手配できるのは、カナディアン・パシフィック鉄道会社所属の貨物船と、ポートオーガスタ号です。前者は、三年前に建設が終わったカナディアン・パシフィック鉄路敷設公社に従事していた苦力《クーリー》たちを、契約どおり本国に送還するための特別船で、ヨコハマを経由して、シャンハイ（上海）に入港するそうです。中国人と

一緒に航海するのは気が進みませんが、他にこれといった方法が見つかりません。私はヨコハマで船を降り、トウキョウ（東京）にいるロバート・Ｓ・マコーレー博士にお会いするつもりです。パウロ監督によりますと、彼は朝鮮事情にとてもくわしいようなので、隠者の国に居住する誠実なジョナサンたち、つまりわれわれアメリカ人の事情について尋ねたり、手伝ってくれそうな朝鮮人も紹介していただこうと思っています。ヨコハマからナガサキ（長崎）までは汽車で移動し、そこからチェムルポ（済物浦）〔現在の仁川〕までは、日本郵便船舶会社のヒゴマル（肥後丸）に乗ればよいということです。サンフランシスコからヨコハマまでは約二十三日、ヨコハマからナガサキまでは二日、ナガサキから最終目的地のチェムルポまでは約三日かかるそうですから、私が隠者の国に入国するには、少なくとも二十九日はかかるでしょう。

この航海をするにあたって、ひとつだけ問題があります。五年前だったか、ワシントンに集まった専門家たちによって、本初子午線が通過するグリニッジの対蹠点《たいしょてん》に、経度百八十度線を示す国際日付変更線が引かれました。これによると、実際には航海するのにもう一日を要するそうです。昨日、貴下が送ってくださった小切手を現金に換えたあと、金融機関の立ち並ぶマーケットストリートを歩きながら、ここの活気はいったいどこから来るのだろうかと考えました。そのうちふと、はるか彼方の大洋に引かれたという線に思いを馳せました。地球の裏側に引かれた想像の線です。この想像の線こそが、たとえて言えば世界史の畝間《うねま》を耕すことなのです。ルイジアナ買収、メキシコ戦争、ユニオン・パシフィックとセントラル・パシフィックの大陸横断鉄道の連結など、めまぐるしい歴史的な出来事を経験した平凡なアメリカ人として、私は、想像がいかに文明の地平を広げてくれるのかよく知っています。アメリカ合衆国の「明白なる運命」は、残りの世界を併合した巨大な自由帝国を地理学的に想像できたときに初めて実現するものです。いまこそわれわれアメリカ人は、南部を再建したように世界のすべての辺境を再建し、偉大なるアメリカ合衆国の時代を築いていくべきなのです。

ジョン・チャールズ・フレモント*とチャールズ・プロイス*が作成した「オレゴンと北部カリフォルニアの地図」は、まさにいまのアメリカ合衆国の理念を具現化した、今世紀最大の芸術作品ではないかと私は思います。その地図には、試練に屈することなく、「神聖で高潔な心」を持ってフロンティアを開拓する勇敢な市民だけが想像できる道、すなわちオレゴン通路が記されています。マーケットストリートの高層ビルを見上げていますと、その想像の道が、かつて異教徒でひしめき合っていた野蛮な風景をどのように浄化させたのか、よくわかります。いまや世界中がニューヨークやボストンのようです。人間もみなアメリカ人のようになってきています。アメリカ人とは、才能を充分に発揮できる人間を指す普通名詞になりました。インディアンであれ黒人であれ、あるいは極東の隠者であれ、一人ひとりの才能を解放させることが文明だとしたとき、人類をより高い次元へと導くヤコブの梯子《はしご》が姿を現すのです。地球の裏側に引かれた経度百八十度線は、いまや想像の光、文明の光、進歩の光が、世界をまんべんなく照らすようになったことを意味します。私はいまからその百八十度線を越えて、野蛮の地に入ろうと思います。私の信念が気に入らないと、あなたは遠まわしに手紙に書いていらっしゃいましたね。アメリカ合衆国の理念を野蛮の地で実現させるのは無理だとお思いですか。もちろん、私の役目はあなたのフィアンセをアメリカ合衆国に連れ戻すことです。よくわかっています。しかし、その女性に永遠の愛を信じさせることと、野蛮人にアメリカ合衆国を想像させることとは同じなのです。すべては想像なのです。隠者の国に姿を消した貴下のフィアンセは、あなたを愛していないのではなくて、その愛を想像することができないだけなのです。ウォルト・ホイットマンが「諸外国への挨拶」という詩で言ったことがあります。「私は聞いた、〝新世界〟というこの謎を解き明かし／アメリカを、その壮健な〝デモクラシー〟を定義する何かのようすがをあなた方が求めているということを／そこで私はあなた方に私の詩を送る、この中にお望むのものが見つかるように」。ホイットマンの詩心さえあれば、異邦の地で望むものを見つけることができるのです。必ず私がお連れします。ダッチ嬢をあなたのもとに。あなたは礼服でも用意して待っていてください。幸運と事業の成功を祈ります。

一八八八年五月一日　ヨコハマ

親愛なるジョージ・ワシントン・ブルックス様

お約束どおり、いま私はヨコハマの外国人居留地二十番地にあるグランドホテルに滞在しています。とりあえずこれまでの状況をお知らせします。ここに来ていろいろな情報を得ましたが、それは次回の手紙でお話しすることにしましょう。なぜなら私はまだ体調が回復していないからです。不幸にも、あるいは予期せぬことに、苦力《クーリー》のように大西洋の彼方には黄金の山があると信じていたスペインのやくざ者バスコ・ヌーニェス・デ・バルボア*が発見した太平洋は、貿易風の治める赤道近くではその名前が似合うかもしれませんが、それ以外の所は別の名前に変えた方がよいと思われるほどひどいものでした。セントラル・パシフィックに乗って西部に着くまでは、平和そうな名前を持つこの海がこんなにも荒いとは想像すらしていませんでした。ハデスがポセイドンの助けを借りて地獄の人口を増やすつもりでも、これほどの暴風雨に遭うことはないでしょう。今回の運航で、ポートオーガスタ号が太平洋を航海するのは初めてだったことや、悪天候ですっかり統制力を失い、船長室に閉じこもってしまったスコットランド人の船長には冒険より養生が必要だということなどが証明されましたが、それにしても私たちの払った代価は凄まじいものでした。

暴風雨に襲われ、船長に代わって舵《かじ》をとっていた一等航海士が、自分なりに中国人に配慮するつもりで、三等客室のそばの船倉にあった貨物をすべて他の場所に移すようにと指示したのですが、じつはそれが致命的だったのです。船はあたかも水面に浮いた風船のように、荒れ狂う波頭の上で激しく揺れました。後甲板《こうかんぱん》の一等客室にいたわれわれが瀕死状態だったのですから、甲板の下の三等客室にいた中国人労働者たちはいうまでもありません。中国人たちは年老いた順に、ひとり、またひとりと死んでいきました。生きているときより死んでからの方を重んじる彼らは、死者が出るたびに、黄色い偽《ニセ》の紙幣を花びらのようにまき散らすのです。その騒然たる様子を見ていると嘆かわしくなりました。あの世に行くための旅費を渡しているのでしょうけれど、生きているときはゴールデンマウンテンという非現実的なものを、死んでからは旅費という現実的なものを想像する彼らの世界は、私の目には逆立ちをしているようにしか見えませんでした。しかし、生と死の境界を何度も往来しているうちに、私の気持ちも少しずつ慰められました。トウゴロウイワシと同じレベルですけれど、彼らも自分たちなりに魂を労《いたわ》っているのです。その反面、苦難の生涯を送り、帰国船の三等客室で惨《むご》たらしく死んでいく彼らには、民主主義なんかより、あの世に行く旅費を想像する方がずっとましではないかとも思いました。

軽くなった船は上下に、左右に、狂ったように揺れ続け、スクリューが空まわりし、いくつかの機関が故障しました。その後、船はアリューシャン列島の近くにまで押し流され、漂流し始めたのです。それだけではありません。死も恐れない中国人が、遺体だけはどうしても故郷に連れて帰ると言い張り、甲板は騒然としていました。船員が死者を海に投げ捨てるのを見た中国人たちは、そんな渦中でも暴動を起こさんばかりの勢いで抵抗したので、私みたいな者まで銃を持って三等客室の出入り口を見張らなければなりませんでした。ただし、金山へ旅立つときにすでにこうなることを予想していて、契約書には、遺体だけは中国に送還するという項目があったようです。船員はとうとう彼らの要求を聞き入れました。遺体に塩をふりかけて船べりの小さなボートに詰めることで妥協したのです。でも船が揺れるたびに、そのボートが一等客室の舷窓を目がけて押し寄せてくるので、恐ろしくてなりませんでした。私はてっきりステュクス川〔三途の川〕を渡ったものだと思いましたが、じつは龍王の海だったようです。ついにフジヤマ（富士山）が姿を現すと、中国人たちはいっせいに甲板に上がり、今度は本物の紙幣を海にまき始めました。彼らは海に龍王が棲んでいると信じているのです。想像ではなく、本当に信じているのです。そのためか、そこには容易に拒めない真実がありました。だから私も苦力たちにならって海にドルを投げました。中国の龍王がアンクル・サムの紙幣をお好きかどうかはわかりませんが。

私はいま、無責任な船長と同じく、肉体的にも精神的にも養生をしなければならない状態です。当分のあいだはグランドホテルで情報収集をしながら体調を整えるつもりです。ですが問題は心と体ではありません。前回、サンフランシスコで受け取った貴下の手紙には、ヨコハマのグランドホテルに小切手を送ったと書いてありましたが、ここに着いてもう五日目になるのに、いまだ届いていません。何か手違いがあったのでしょうか。しかも龍王に感謝の気持ちを表すときに少し無理をしすぎたので、このままでは貴下のフィアンセを連れ戻せなくなるのではないかと心配です。あなたは今回のことを私に依頼されたとき、ダッチ嬢の気持ちを取り戻せるのなら地獄に落ちてもかまわないとおっしゃいましたよね？　しかし、ハデスの地下世界を通ったのはこの私の方です。実を結ぶのももうすぐです。まさかとは思いますが、送金するのを忘れていらっしゃるかもしれませんからご確認をお願いします。なぜそんなに金がないのかと不審に思われるかもしれませんが、この任務をお請けしたときにいただいた前金で、イーストマン写真乾板会社から出た最新のロールカメラ・コダックを購入したことをお忘れになっては困ります。ダッチ嬢がブルックスさんの胸に抱かれるまで、せめて写真に撮ってそのお姿をお見せしたいという、私のささやかな配慮なのですから。チェムルポ（済物浦）に向かう途中で、もしまた暴風雨に襲われるようなことがあったら、そのときは放り投げるかもしれません。では、ご確認をお願いします。お元気で。

一八八八年五月二十六日　ナガサキ

ジョージ・ワシントン・ブルックス様

いま、ウラジオストク発の小型汽船、ヒゴマル（肥後丸）の出航を待っているところです。トウキョウでは毎日が憂鬱でした。不幸なことに私はホームシックにかかってしまったのです。理由は簡単です。トウキョウにはギンザ（銀座）という繁華街があります。この街は一八七二年に大きな火災に見舞われ、赤レンガの建物で再建されました。広い道の両脇に桜の木が植えられ、花びらの舞う春になるとたいへん趣《おもむき》があります。ただ、ギンザには想像力がありません。ボストンやニューヨークの街並みを模倣しているだけです。アメリカ合衆国の想像力を東アジアに適用させるのは難しいということを、ここまで克明に見せている例もないでしょう。この偽物《ニセモノ》を前にして、本物に対する私のホームシックが発病したのです。そんなこともあって、トウキョウに思いのほか長く滞在してしまいました。私の気持ちを慰めてくれたのは、赤レンガの建物が並ぶギンザでもなければ、日本が西洋に劣らないことを建築学的に表現したロクメイカン（鹿鳴館）でもありませんでした。私の心は時が流れるにつれ、上野公園の散策路を順番に占拠していた桜の花、桃の花、梨の花や、霧雨に濡れながら立っていた寛永寺の黒い碑石、神社の垣根に沿って立っている竹の、羽毛のような金色の葉……、そういうものに癒されました。もちろん、私がトウキョウで長いあいだぐずついていたのは、貴下からの小切手が届かないからでもあります。

ヨコハマの外国人居留地で、私はマコーレー博士からソン(孫)という朝鮮人を紹介され、親交を深めました。朝鮮政府の元官吏だったソンは、私のカメラにとても関心を示しました。彼はソウルで写真館を営んでおり、朝鮮に行って自分と一緒に国王一家の専属写真師になれば、金儲けができるだろうと言いました。そもそもソンの関心は、見知らぬアメリカ人を宮廷に入れるという危険極まりない冒険をすることよりも、私のカメラを手に入れることにあるようでした。どこかしら謎めいた彼を私は初めから信用していませんでした。彼はその後、暗殺未遂の容疑で日本から追放されました。ソンは、クーデターを起こして三日で失敗し日本に亡命した若い革命家を暗殺するために派遣された刺客だったのです。さしずめアメリカのチャールズ・サムナー*とプレストン・ブルックス*といったところでしょうか。骨の髄から奴隷制に反対するチャールズ・サムナーに侮辱されたアンドリュー・バトラー*の代わりに、彼の甥にあたるプレストン・ブルックスが上院会議室に座っていたサムナーに暴力を振るったことは覚えていらっしゃいますよね?進歩した人類の姿を想像することのできない者が犯した、あの野蛮な暴力事件を思うと、いまでも怒りがこみ上がってきます。まだ朝鮮の情勢についてくわしく知らないので、ソンが彼のような卑劣な人間なのかどうかはわかりません。いずれにせよ、秘密の任務を負っていたからでしょう。ソンはずいぶん現金を持っていました。なので旅費の足りない私は、ソウルに着いたらカメラの本体を譲るという約束をして金を借りました。

とりあえずはソンに借りた金でチェムルポ（済物浦）に行けることになったものの、これからはどうすればよいのか見当もつきません。先ほどヨコハマのグランドホテルに電報を打って、アメリカ合衆国から私宛てに手紙が届いたら、チェムルポにあるタウンサンド商社に回送してほしいと頼みました。私がこんな厳しい状況にあるというのに、貴下はなぜ不誠実な態度をとるのかわかりませんが、まあ、これもすべてあの海のせいだということにしておきましょう。私は今日の午後、ヒゴマルに乗り、五島列島と対馬を経由して朝鮮の港に入るつもりです。何かありましたらチェムルポのタウンサンド商社にご連絡ください。では。

一八八八年六月三日　チェムルポ

ブルックス様

私はいま、チェムルポ（済物浦）にあるテブル（大仏）ホテルの素敵なサロンにいます。ここはシートをすべて新調したばかりの西欧風のホテルで、黄昏が西の海を染める時刻になると、私はいつもここのサロンに入り浸っています。なぜですって？　トルコ語とアラビア語はもちろん、朝鮮語も日本語も、地球上のありとあらゆる言語を流暢に操り、この世で一番チャーミングで、センスも教養もあるハンガリーの女性が、カウンターで差し出す酒のグラスにそっぽを向ける男はいるでしょうか。しかも、日付変更線を越えて極東の小さな王国にまでやって来たというのに、無一文になってしまった、孤独でさびしい若い男ならいうまでもありません。だから私はなけなしの金をはたいて、今日も酒を飲んでいます。さっきも彼女は、この手紙を書いている私に、何を書いているのかと尋ねました。心変わりをした女性に別れの手紙を書いているのだと言うと、教養あふれる彼女はこのようなソネット〔十四行詩〕を詠みました。「君の顔はそばにいても、君の心はよそにいる／君の瞳には憎しみなど宿るはずがないので／私は君の心変わりを知るよしもない／多くの人の顔には、偽りの心の歴史が／ひそめた眉、しかめっ面、苦々しい皺《しわ》で書かれているが／天なる神は君を創造するときに布告を出して／この顔にはつねに優しい愛が宿るべしと申された」。今日、ヨコハマのグランドホテルから手紙が回送されてきました。あなたの手紙を読んでとても驚きました。リンカーン大統領とアラン・ピンカートンは、あなたの家系と深い悪縁があったのですね。私はあなたがプレストン・ブルックスと親戚関係にあるなんて、夢にも思っていませんでした。いやはや、姓が同じだというのにまったく気がつかないなんて。たいへん失礼しました。私はただ、野蛮の地へと旅立つときに、新しいアメリカ合衆国を想像したかっただけで、あなたやあなたの家系を侮辱するつもりはありませんでした……。あなたがこのことをわかってくだされればよいのですが、時間的にも距離的にも……あなたの決心を変えるには遅すぎたこと、たとえ思い直してくれても、郵便船の往来にかかる時間などを考えたらいまの私には何の役にも立たないということ、私は一文無しで隠者の王国に捨てられるだろう、などといったことを直視せざるをえなくなりました。ううむ、この話をすれば私の善意がわかってもらえるでしょうか。チェムルポ（済物浦）に来る途中で聞いた話です。アメリカ合衆国の軍隊が朝鮮に初めて公式に贈った物はなんだと思いますか。それは十本のバス（Bass）ビールの空き瓶でした。一八七一年、アジア艦隊司令官だったロジャース少将の率いる遠征隊は、船に訪ねてきた三人の朝鮮の官吏に贈り物として空き瓶を十本渡しました。ニューヨークにいるあなたにとっては、アフリカのゴリラが寵臣《ちょうしん》を嚙み殺したそうだ、と同じくらい耳を疑う話かもしれませんが、これもまた本当のことなのです。極東で空き瓶は親しみを表す贈り物なので、ボーイたちにチップとして渡すこともあります。

だからといって空き瓶だけを渡すわけにもいかないので、軍人たちはボストンで発刊されるエブリサタデー（Every Saturday）誌に包んで、官吏の胸に抱かせ、記念写真を撮りました。これが空《から》のバスビール瓶を抱いた朝鮮人という有名な写真です。ところでこの写真にはひとつ、興味深い点があります。写真に写っているエブリサタデーの一面には、「すべての民族は個人と同様に道徳的責任感をもって行動せよ」と主張したチャールズ・サムナーの写真が大きく載っていたのです。われわれが隠者の国に贈るべきものは、まさにこのような思想です。しかし、朝鮮人はこの思想を受け入れませんでした。ロジャース少将が率いる五隻の遠征隊は、朝鮮の虎の狩人《ハンター》たちを相手にわずかな勝利を得たものの、結局は引き揚げることになりました。極東ではアメリカの軍隊が朝鮮に敗れたという噂が広がりました。朝鮮人はなぜ、友人として仲良くしようと手を差し出すアメリカ人を拒むのでしょう。生まれつき隠者の気質があるからでしょうか。ここで見るかぎり、そうではありません。彼らは隠者ではなく、傷を負った獣《けもの》なのです。だから近づくと、死にもの狂いでなきさけぶのです。いったい誰がこの善良な野蛮人に傷を負わせたのでしょう。それはプレストン氏です。いきなり何を言いだすのかと思われるかもしれませんが、プレストン氏なのです。もちろん、あなたと親戚関係にあるという方ではなく、W・B・プレストンという人です。

一八六六年、ジェネラル・シャーマン号*という帆船に乗っていたプレストンは、天津《ティエンジン》や芝罘《チーフー》〔山東半島のいまの煙台〕などを往来しているとき、隠者の国の北部にある平壌《ピョンヤン》に純金でできた王陵があるという中国人の噂を鵜呑みにし（中国人がサンフランシスコを金山と呼んだことを思い出してください）、重武装して河をさかのぼり始めたのです。どの人種もすべて同等である――つまり、すべての人間が真のアメリカ人になれると想像したチャールズ・サムナーに比べ、プレストンの想像は低劣極まりないものでした。その低劣な想像に見合う代価を、プレストンは払うことになったのです。その二年前、リンカーン大統領の忠実な軍人だったウィリアム・シャーマン将軍は、海への進軍によって南部サバナを解放しましたが、ジェネラル・シャーマン号は死への進軍を敢行しました。ジェネラル・シャーマン号は炎上し、プレストンをはじめ、すべての船員が殺されたのですから。おわかりですか？　ひとり残らず死んだのです。だからアメリカ国務省は、北京《ペキン》駐在公使ローと、アジア艦隊司令官ロジャース少将に朝鮮遠征を命じました。五隻の艦隊が朝鮮に向かったのはこの事件があったからなのです。ヒゴマル（肥後丸）のドイツ人船長からこの話を聞いたとき、私がどんな気持ちだったかわかりますか。アメリカ人だって黄金の山を想像するんじゃないか、そう思うと恥ずかしくなりました。それからこんなことも思いました。われわれはみんな自分の置かれた状況でしかフロンティアを想像できない、そういう意味ではアメリカ人も中国人も、はたまたトウゴロウイワシも同じなんだ、と。私は自らを恥じ、プレストンを心から憎みました。もちろん、W・B・プレストンのことです。あなたの親戚にあたるプレストン・ブルックス氏ではなく。私はこういう人間です。これでも私があなたとあなたの家系を侮辱したと思いますか。私がリンカーン大統領やアラン・ピンカートンについて、そして再建されたアメリカ合衆国についてお話ししたのは、あなたのような南部出身者を侮《あなど》っているからではありません。私はアメリカ合衆国の本質とは何なのか、知りたかったのです。あなたはどう思われますか。あなたが想像するアメリカ合衆国はプレストンの国ですか、それともサムナーの国ですか。それぞれの境遇によって想像する国も違ってくるでしょう。だとしたら、アメリカ合衆国というのは本当は存在しない虚像なのかもしれません。あなたはこの世界の構成についてまったくわかっていませんね。南部連合の愚かな政治家たちと同じです。あなたはダッチ嬢を本当に愛しているのですか。それもまた妄想ではありませんか。ああ、私はいま、潮の満ち干の差が三十フィートにもなる、勇敢なアメリカ合衆国の軍隊さえ上陸作戦に失敗した極東の小さな王国に来ているのですが、金はもう底をついてしまいました。正直にお話ししましょう。女性をひとり連れ戻すだけなら、ヤンキーにでも頼めばいいでしょう。あなたの永遠の愛を証明すればいいだけなのですから。どうかもう一度よくお考えください。私は初めから、あなたとあなたの家系を侮辱するつもりなど毛頭ありませんでした。ただ、われわれの国について、その国の理念についてお話ししたかっただけです。しかしいま考えると、これもまた黄金の山なのではないかという気もします。私は明日、ソウルへ向かいます。ホテルの宿泊費も払えなくなってしまいましたから。あなたのダッチ嬢への愛を証明する道はひとつしかないことを肝に銘じてください。幸運がまだ残っていることを祈ります。

一八八八年六月二十七日　ソウル

ジョージ・ワシントン・ブルックス様

私は朝鮮駐在のアメリカ公使館の書記官、ジョン・L・パーカーといいます。先日、朝鮮の首都ソウルである事件が起こったのですが、その事件に貴下の代理人が巻き込まれたことをお伝えします。最近、朝鮮人のあいだで流言飛語が飛び交っています。外国人が朝鮮の子どもたちを連れ去って、食い殺したり薬にしたり、目玉をくりぬいて写真を焼き付けているというものです。中国駐在のアメリカ公使館から送られてきた外交封印袋によると、一八六〇年に天津でも似たような理由で外国人相手に暴動が起きたらしいので、公使館側は朝鮮政府に厳重に対処するよう警告しました。そして朝鮮に居住するアメリカ人には、外出を控え、やむをえない場合にだけ自衛権を行使するようにと告げました。やがて流言飛語は収まり、被害もほとんどなかったのですが、唯一の例外があるとすれば、貴下の代理人であるベンジャミン・スティーブンソン氏です。

彼は六月四日、徒歩でチェムルポ（済物浦）を出発し、翌朝、ソウルの城内に着きました。おかしな流言飛語は依然として飛び交っていましたが、朝鮮の人たちはおしなべて外国人に対して好意的です。スティーブンソン氏がソウルに向かう道中、好奇心旺盛な朝鮮人が彼につきまとうこともありましたが、とりたてて衝突はありませんでした。ところが彼が丘を下り、アメリカ公使館の方を振り向いたときのことです。朝鮮人の父親が子どもを殴っている光景を目にしたのです。朝鮮では珍しくありませんが、アメリカ人には理解できないことです。しかしたいていの場合、異邦の都市で暮らしている外国人は現地の民のことには関与しませんし、それが礼儀なのですが、スティーブンソン氏の人類愛はとりわけ強かったようです。彼はすぐに持っていた写真機でその光景を写し、野蛮な暴行をやめさせようとしました。お話ししたとおり、写真機と子どもにまつわる噂が広まっていた最中としては、これは非常に危険な行為でした。スティーブンソン氏が父親から子どもを引き離したとき、集まっていた朝鮮人たちが彼に飛びかかりました。スティーブンソン氏は六十フィートほど逃げたところで集団で殴られ、意識を失いました。さらに運の悪いことに、倒れたときに顔を溝《どぶ》に突っ込んでしまったのです。このため彼はマラリアにかかってしまいました。

ベンジャミン・スティーブンソン氏は現在、朝鮮国王の支援を得ている病院に入院しています。アメリカ人の医療宣教師が運営している病院なので、とくにご心配なさらなくても大丈夫です。この病院で看護師として働いているエリザベス・ダッチ嬢によると、心身ともにかなり衰弱している状態ですが、早ければ二週間以内に歩けるようになるそうです。そうはいってもいまはまだ病人です。彼にどうしてもと頼まれたので、私が代わりに手紙を出すことになりました。貴下の愛を証明するつもりがまだおありなら、ソウルのアメリカ公使館宛てにいますぐ送金し、貴下の想像力を見せてほしいとのことです。さもなければ隠者の国にいる自分が想像の無限の力を見せつけることになるだろうと、必ず伝えてくれとスティーブンソン氏に頼まれました。貴下に代わって異邦の地でひどい目に遭った彼が、一日も早く回復するようお祈りください。

一八八八年十月十七日　ソウル

尊敬してやまない、親愛なるジョージ・ワシントン・ブルックス様

お元気ですか？　いま頃はブロードウェイも秋の陽ざしに包まれていることでしょう。久しぶりにお便りします。アメリカ公使館に呼ばれて行ってみると、貴下の手紙が届いていました。遅すぎた小切手も一緒に。アメリカ公使館を出たとき、秋の空があまりに高いので、思わず足を止めて見上げてしまいました。ブルックスさん、私はいま、秋の空気に胡椒《こしょう》のにおいが漂う隠者の国にいます。朝鮮に暮らす私に、アメリカ合衆国の小切手が何の役に立つでしょう。こんなにも素敵な空が広がっているのに。貴下は本当にこの世界がどのように動いているのか、まったくご

存じないのですね。

これまで私がどう過ごしたのか気になるでしょうから、近況をお知らせします。ここで私は、ヨコハマで知り合ったソン（孫）とともに、国王一家をはじめ王室のあれこれを写真におさめる王立写真館を運営しています。朝鮮の国王は写真を撮るとき、いつも同じ表情で、同じポーズをとります。ただ、以前と比べると少し憂いを帯びてきているような感じがします。秋の陽ざしが次第に消えていくように。そんなとき私は、危ない橋を渡っている国の王の写真を撮っているのだということにあらためて気づかされます。そうした想いが積もるにつれ、国王の表情や、朝鮮に垂れ込める不安を、少しずつ理解するようになりました。

四方が城壁で巡らされたこの中世風の都市は、城壁の中で眺めるとき、その真価を見せてくれます。城壁の外側では、いくら想像しても中の光景を思い浮かべることができません。アメリカ人の目には何の役にも立たないような物が並んでいる商店街の前を行き交う、白い外套《トゥルマギ》姿の人たち。城門を閉める時間になると、藁葺《わらぶ》き屋根の家が立ち並ぶ町に響く鐘の音。夜になり男たちの通行が禁じられると、魔法がとけたように町にあふれ出す女たち。泥だらけになっても、秋の空のように穢《けが》れのない澄んだ笑みを浮かべて走りまわる裸の子どもたち。それと同じくらい汚い犬たち。ときどき夜巡りたちが打つ拍子木の音に重なるようにして聞こえてくる、砧《きぬた》の音と蛙《かえる》の鳴き声……。こんな静かな夜には、遠くの方からいろいろな音が聞こえてくる夜には、私は病院から帰ってきた優しい妻のために、ウォルト・ホイットマンの詩を詠みます。「雑踏する都会をかつて通り過ぎたとき、私はさまざまな光景や建築や習慣や伝統をいつか役立てようとしっかり脳裏に刻みつけた／だが、あの都会のことで私がいま覚えているのは、恋しさから引きとめてくれたゆきずりのひとりの女だけ」。私たちは、太陽が昇っては沈み、月が昇っては沈む日々をともにしたので、それ以外のことは全部忘れてしまいました。私が詩を詠むと、妻もまた「素朴な贈り物」という歌で応えてくれます。この素朴な贈り物を、この心安らかな贈り物を、ようやく手にした贈り物を、私は心ゆくまで享受しています。

太平洋を渡る途中で、私の人生から一日が消えました。チェムルポ（済物浦）で貴下の手紙をまだかまだかと待ちながら酒に酔っているとき、私はよくその一日について考えました。私の人生から消え去った一日はいったいどこに行ってしまったのか、と。その後、私は朝鮮の人たちに殴られて、もう少しで死線を越えそうになりました。そんな目に遭うと、永遠の愛とか、人間の夢とか、自由、進歩などというものはすべて――たとえて言えばですが――消えてしまった一日のようなものではないだろうか、と思ってしまうのです。ある意味、貴下と私のアメリカ合衆国が決してひとつになることのない想像力の所産であるように、隠者の国で見つけた私の真の愛もまた、消えてしまった一日のようなものかもしれません。だからといってどうなるわけでもありませんけれど。私の人生から一日が消えていようがいまいが、私たちが本当に愛し合っていようがいまいが、そんなことはどうだっていいのです。肝心なのは、この世界が想像によって作られているということです。

私は朝鮮で幸せに暮らしています。貴下にとって真の愛とは何なのかよくわかりませんが、日付変更線を越えてまで、この遠い東アジアまでやって来る必要はありません。来たところで貴下の捜しているエリザベス・ダッチ嬢はいないのですから。いるのはエリザベス・スティーブンソン夫人です。私たちはいつも昨日の体で、明日を生きています。なぜここを隠者の国というのかご存じですか。武器を持ってここに来ても、私たちを見つけることはできないからです。なぜなら、人間の目には自分が想像したものしか映らないのですから。ここで暮らす私たちについて、貴下は何も想像できないでしょう。人生から消えてしまった一日について、私はこんなことを考えます。無傷で日付変更線を越えられる人はいないのではないか、と。幸運を祈ります。

さらにもうひと月、雪山を越えたら

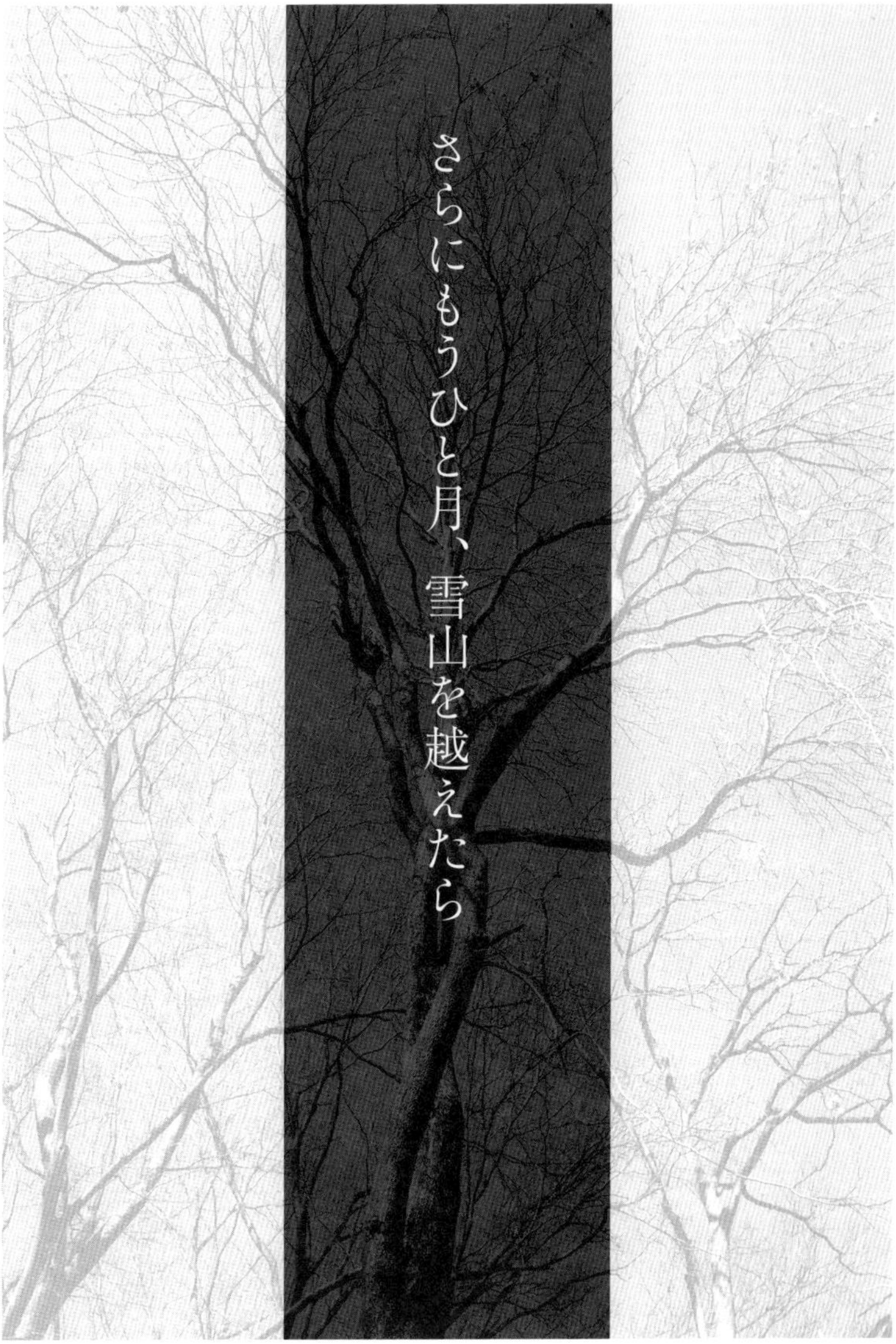

一

私はこう書いた。「百二十二行目の最初の三文字が消えている。消えた三文字を順に推測してみよう。まず、百二十一行目の最後にある『蒱』は、古代の漢語において『蒲』と同じ文字だ。二つ目の文字については百二十三行目の『蔗』を見てほしい。『蔗』の前にある文字は消えてよく見えないが、その跡からしておそらく『甘』だと思われる。『甘蔗《かんしゃ》』とはインドで作られるサトウキビのことである。サトウキビは作物の名前だ。これは百二十行目の『土地宜大麦小麦／全無黍粟及稲』、すなわち『土地は大麦と小麦に適しており、キビ、アワ、イネはまったくない』と符合する。つまり、百二十行から百二十三行目までは、『健駄羅国《ガンダーラ》』の作物のことを述べているのだ。再び、百二十一行目の『蒱』に戻ろう。そのあとに続く文字としては『桃』と『陶』が妥当だろう。『葡萄《ぶどう》』という言葉は、ラテン語の『botrus』に由来する。この単語は現代英語にも『botryoid』——つまり、葡萄の房のような形を表す形容詞として残っている。『プータオ』という音を持つ単語がいくつかある。『蒲桃』も『蒲陶』も、もともとは『葡萄』を指す言葉であった」。
読書灯に照らされた脚注はぼやけていた。彼はこう思った。「蒱」と「蒲」が同じ文字なら、次に来る文字としては「桃」か「陶」だろう。しかし、どちらなのかは作者の慧超《ヘチョ》*だけが知っている。読者は想像するしかないのだ。数年前、恋愛小説ばかり読みふけっていた彼が、見知らぬ主人公たちの生を思い浮かべたり、彼らの一年後、三年後を想像したように。この世の中、男と女が出会って恋に落ちることほど陳腐なものはない。彼らがどうなるか、誰にだってわかる。とくに何事もなければ、結婚して子どもをつくるだろう。とくに何事もなければ、ともにいろいろな人生模様を見るだろうし、ひとりの死をもうひとりが見守ることになるだろう。とくに何事もなければ。もし、「蒱」のあとに「桃」や「陶」が来ても当たり前だと思えるのなら。かといって、必ずしも「蒱」のあとに「桃」「陶」と続くわけではない。同じように、愛し合った男女がみんな結婚し、子どもをつくるわけではないのだ。

そこから数行前に視線を移すと、次のような文章がある。「其大勃律／元是小勃律王所住之処／為吐蕃来逼／走入小勃律国坐／首領百姓在彼大勃律不来」。これは「大勃律《だいぼつりつ》（パルチスタン）はもともと小勃律《しょうぼつりつ》（ギルギット）の王が住んでいる所だったが、吐蕃《とばん》が侵略してきたため王は小勃律に逃げ、そこで暮らすことになった。首領と百姓は大勃律に残った」という意味だ。歴史的に見ると、勃律は大勃律と小勃律の二つの国から成っていた。大勃律はいまのインドの北部、バルティスターン地域にあり、元来インドに属する。一方パキスタンの北部、ギルギット地域にあった小勃律は、世界の境界だった。東西南北どこから見ても、この地域は彼らにとって世界の果てだった。小勃律は、西にはアラブ人の大食国、南にはインド人の天竺国、東にはチベット人の吐蕃国、北には中国人の唐に接していた。ペルシアを退けたアレクサンドロス大王*がヒンドゥークシュ山脈を越えてたどり着いたのも、高仙芝《コソンジ》*がパミール高原を越え、最終的に着いたのも、まさにこの地域だった。慧超《ヘチョ》にとっても、イブン・バットゥータ*にとっても、小勃律は同じ意味を持っていた。

東洋文化と西洋文化の境界であるこの地域を通って、旅を続けたのはマルコ・ポーロ*だ。ただ、マルコ・ポーロが実際に小勃律に入ったかどうかはわからない。マルコ・ポーロは『東方見聞録』にこう書いた。「私がみなさんにお話しした道を三日かけて歩いたあと、東北と東方のあいだにある道を（約四十日かかる）、稜線と渓谷や、多くの川と荒野を通って紀行しなければならない。この四十日間は家も宿所もないので、旅人は前もって食べ物を用意しなければならない。この地域はベロールと呼ばれている。人々は高い山に生活する偶像崇拝者であり野蛮人で、狩猟をして暮らしている。彼らは動物の皮で作った衣服を着て、力が強く邪悪な者たちだ」。一方、慧超よりも先にこの地域を旅した玄奘《げんじょう》*は、『大唐西域記《だいとうさいいきき》』に次のように書いた。「鉢露羅《パローラ》国は周囲四千余里ある。大雪山に囲まれ、東西に長く南北に短い。麦類と豆が多く、金と銀がとれ、資金が多く豊かな国だ。気候はとても寒く、人々は粗暴である。仁義は薄く、礼儀を無視し、粗雑な行動をとり、容貌は醜く、衣服は獣の皮をまとう。文字はインドとおおむね同じで、言語は他の国々と異なる」

マルコ・ポーロと玄奘が記した内容は、旅行ガイドブック「ロンリープラネット」に収録してもよいほど正確だ。一九八八年、ギルギットを訪れた彼らは、そこには金も銀もないけれど、力の強い邪悪な者たちが多いことを知った。そして何より、ギルギットでは大雪山が見えた。なかでも、最も高い大雪山に多くの異邦人が訪れた。最初に頂上に登りつめたのは、ドイツのヘルマン・ブール*だった。彼はこう言った。「数日後、僕はこの山の麓に設置されたベースキャンプで傷んだ足のケアをしながら、高さが四千メートルを超える双頭峰を眺めた。その後ろには万年雪があった。空に向かって白い稜線を連ね、ひときわ引き立っていたのを記憶している。僕はその万年雪を心眼でいつまでも眺めた。僕にとってそれはひとつの夢のように、他の人にはわからない夢のように見えた。理解できなかったが、まさに現実の夢として迫ってきた」

ヘルマン・ブールは、鍛え上げた二十八歳の体で頂上を単独アタックし、数日後、すっかり老いた体で下山した。彼は生気を失っていた。自分が何をしたのかわかっていなかった。なぜなら、それは夢だったから。とても現実味のある、だが決して叶うことのない夢だったから。北緯三十五度十四分三十二秒、東経七十四度三十五分四十秒に位置する、高さ八一二五メートルのこの大雪山の名前はナンガ・パルバット*。ナンガ・パルバットとはサンスクリット語で「裸の山」という意味だ。文字はインドとほぼ同じで、言語は他の国々と異なると玄奘が言ったように、シナー語を使うディアモロイ渓谷の住民は、この山のことを「ディアミール」と呼んだ。「山々の帝王」という意味だ。

バンコク行きの飛行機の中で、彼は頭に浮かんだことをひとつ残らず手帳に書き記した。ちょっとした悩み、ふと頭に浮かんだこと、不思議に思ったこと、誰かに話したいこと、おそらく一生で一度しか見られない風景や、購入した品物の名前とその値段（ガムひとつに至るまで）、時間帯ごとに移動したコースと手段、いま自分が立っている場所の経度と緯度、高度など、内外の出来事すべてを、彼はさまざまな記号と単語を使った不完全な文章にして残した。それはかなり長いあいだの習慣だった。彼にはそのような手帳が二十冊ほどあった。一日のスケジュールを終えると、枕元にランプをつけ、手帳の中の不完全な文章を別のノートに書き写した。口の中が苦くなるほど茶を飲みながら、そのことに没頭した。日が暮れたあと、退屈な時間を過ごすのにはもってこいだった。

彼は新しいノートを買うたびに、表紙の見返しにリルケの言葉を記した。大学受験の頃からの習慣なので、全部空《そら》で覚えていた。「結局のところ、私たちに要求されるものは勇気だ。私たちに出あうかもしれぬ、最も奇妙なもの、奇異なもの、解き明かすことのできないものに向き合う勇気を持つこと。人間がこれまで、こういう意味において臆病であったことが、生に対して数限りない禍《わざわい》をもたらしたのである。〝幻影〟と呼ばれる体験や、いわゆる〝霊界〟なるものの一切や、死など、すべて私たちに非常に身近なこれらのものは、日ごとあまりにも生活から遠ざけられ、阻まれてしまったために、それらをとらえようにも私たちの感覚が萎縮してしまっている。神のことはさておきとして」。リルケの言葉は、彼がなぜ毎晩かじかんだ手に息を吐きながらノートに書き写すのかに対する答えでもあった。もう限界だというところまで書くと、彼の文章は固く口を閉じるのだった。

夢は、そこから始まる。書いているときは時間の流れが感じられない。白い峰、冷たい大気、反射する光の時間は、川が流れるように限りなく続くのに、人間の時間はクレバス〔雪渓に形成された深い割れ目〕のような暗い深淵に陥ってしまいがちだ。彼はノートを閉じ、灯りを消して寝袋の中に潜り込んだ。彼はずいぶん前からその夢を見ていた。ひと晩じゅう強い風が彼の眠りの中に押し寄せてきては出ていく。その一方で、納得のいかない記憶が浮かび上がっては消える。それらの記憶は、時には花を咲かせたツツジのように絡み合い、また時には雨が降った翌日の雲のように四方に散らばった。そのあいだ、彼はいくつか願い事をしては捨てた。夢と現実の境界ではよく起こることだ。

そんな彼が、もうこれ以上進めないという所にまで行きたいと思うのは、当然のことだった。彼のノートによると、彼らは一九八八年五月二十六日、経由地であるバンコクでパキスタン航空に乗り換え、四時間二十分かけてイスラマバード空港に着いた。その日の夜、彼はイスラマバードにあるホワイトパレスホテルのベッドに寝転んで、手帳にメモしてあった「小勃律のあの王はどこへ？↓時間があるときに質問すること」という文章を見ていた。彼はその文を次のように解釈した。「黒い肌のスチュワーデスに飴玉を勧められた。なにげなくもらって口に入れたらすごく甘かった。僕はすぐに飴玉を手のひらに吐き出した。乗客はみんな眠っていた。ふと気になって、バッグの中の『往五天竺国伝《おうごてんじくこくでん》』を取り出した。僕が読書灯をつけるなり、隣の席の人が体を横に向けた。僕は小勃律に逃亡した王がどうなったのか、続きが気になった。Hの注釈はこうだった。『東西南北の諸国が小勃律を自分たちの領域だと考えていた。小勃律にはギリシア、ペルシア、アラブ、インド、中国、チベットの文化が混在していた』。どの国にとっても、小勃律を越えた所は異邦の地だった。僕はいままさにその地に向かっている。あらゆるものが混在している所。王が首領と民を捨て、ひとりだけ逃げた所」

彼はいつも、真実と嘘、現実と幻想、生と死が混ざり合っている所に惹かれた。だから現地時間の午前一時四十分、イスラマバード空港に到着したとき、興奮気味だった。もちろん顔を高潮させているのは彼だけではなかった。隊員たちのほとんどがヒマラヤ登攀《とうはん》はもとより、海外遠征そのものが初めてだった。出発前、金浦《キムポ》空港にいるときはヒマラヤの万年雪や氷河などを想像するだけだったが、イスラマバード空港で彼らを待ち受けていたのはモンスーンだった。世の中のものがすべて押し流されてしまいそうな豪雨に見舞われた。当時はまだ西南アジアに来る韓国人は珍しかったので、真夜中だったにもかかわらず、ヒマラヤ遠征隊が来るという知らせを受けた大使館の職員たちが出迎えに来ていた。薄暗い空港のロビーでささやかな歓迎式が行われたあと、現地スタッフの案内で宿所のホワイトパレスに向かうあいだ、遠征隊は奇妙な興奮に包まれていた。彼らを乗せた古い日本製の二十人乗りバスは、窓が開かないので車内はムンムンしていた。誰も口をきかなかった。みんな暗闇の中で姿勢を正し、前方だけを見つめていた。

バスは暗い道を四十分ほど走ったのち、整然と区画されたイスラマバード市内へと入っていった。彼は小勃律に逃亡した王がその後どうなったのか知りたかった。私は『往五天竺国伝』の百二十二行目の消えた三文字を推測するのにずいぶん苦労したけれど、小勃律に逃げた王のその後については触れなかったからだ。彼が、私は果たして知っているのだろうかと思っている頃に、バスはホテルに到着した。大きな荷物はまだ通関手続きを終えていなかったので、それぞれ自分のリュックだけを背負ってバスから降りた。ホテルの玄関ドアには、誠意のない文字で書かれた紙が貼られていた。〈Welcome! The South Korean Nanga Parbat Expedition〉。もともと四隅をセロテープで留めていたようだが、右下のテープが剝《は》がれ、湿った風に揺れていた。遠征隊長はホテルに入るなり、「South」を取れと命令した。

イスラマバードからマイクロバスに乗り、北東部に位置するギルギットに移動するところから遠征は始まった。インド洋の熱気を帯びて北方に追いやられていたモンスーンは、高山に遮《さえぎ》られたまま谷間から抜け出せないでいた。モンスーンの熱気はそのまま彼らの体内に入り、彼らは体の中にこんなに多くの水が隠れていたのかと不思議に思うほど汗を流した。道路が途切れることもしばしばで、そんなときは川へと続くでこぼこ道を進んでいった。バスはいまにも転覆しそうなほど激しく揺れた。絡み合った髪の毛の先から汗が飛び散った。一度は完全に行き止まりになった。バスを降りて前方の様子を見に行った助手が戻ってくるなり、ドライバーはエンジンを切って大声で叫んだ。「No Way!」。それを聞いた隊員たちは川辺に走って行った。だが、誰ひとり水に手をつけようとしなかった。川の水は沸き立つ溶岩のような濃い灰色をしていた。故郷ははるか遠くにあり、異邦の川に彼らの顔は映らなかった。そのときようやく自分たちがいまどこにいるのか気づいた隊員たちは、再びバスに乗り、別の道を探すためにもと来た道を引き返した。

ギルギットが近づくにつれ、一本道は断崖絶壁に沿って高度を上げていった。角を曲がるたびに遠く万年雪をかぶった高山の峰々が見えた。汗びっしょりになった体で眺める雪山は、幻覚そのものだった。それらは決して叶うことのない夢のような形をしていた。一九八八年韓国ナンガ・パルバット遠征隊は、多くの難関にぶつかった。まず最初の難関は、モンスーンの熱気の中で見上げた白い峰々だ。誰も足を踏み入れたことのないその峰々は、寝苦しい夏の夜に押し寄せてきては跡形もなく消える夢の現象と似ていた。ぐっすり眠っているわけでもなく、かといって目が覚めているわけでもない朦朧とした境界で、決して叶うことのないそれらの夢は私たちの魂を誘惑する。彼らは挫折を知らないだけに、自分たちを渇望してやまない人間たちにすべての敗北をなすりつける。

その光景を前に遠征隊員たちは口をつぐんだ。彼らは眺めているだけで圧倒された。自分たちの夢がどれだけ偉大なものか、ようやく気づいたのだ。雪山の峰を我先にと眺めていた時間が過ぎ、その雪山をほめたたえていた時間も過ぎ、やがて言葉を失い、言葉を失ったところで隊員たちはそれぞれ別の場所を眺めた。窓から風が吹き込んできた。彼は手帳を開き、書き写してあった『往五天竺国伝』をくり返し読んだ。右手で眉と髪の毛を伝って滴《したた》り落ちる汗を拭《ぬぐ》い、熱い風でめくれる手帳を押さえていると、指先が触れた所のインクがにじんだ。激しく揺れるバスの中では、インクがにじまなくても読めるような状態ではなかった。でも彼は文章をすべて暗記していた。「従此巳東／並是大唐境界／諸人共知／不言可悉」

この文章は全部で二百二十七行ある中の二百十六行目にあった。「ここから東方はすべて唐の国の領域だ。周知の事実なのであらためて言う必要はないだろう」。ここで私は「悉」に次のような注釈をつけた。「『悉』は古代漢語で『知る』という意味で用いられた。ところがこの文字には『尽きる』という意味の『盡』が隠されているため、『悉』にはすべて知りつくしたという、つまり、もう知らないものはないという意味が込められている。慧超《ヘチョ》の旅が実質的に終わりを告げたのはこのときである」。もし道が良かったら、バスがあれほど揺れなければ、それでボールペンを握って余白に何か書き込む余裕があったら、彼はおそらくこう書いただろう。敗北は自分の中にある、ここに敗北は存在しない、と。私たちを寒々しい気分にさせる白い峰、下着までびっしょり濡らすほどの暑さ、濃い灰色の川に混じった澄んだ水、耐えられないほどの喉の乾き、昼のものと夜のものが入れ替わる時間、言葉では表せないほどゆっくりと押し寄せてくる疲労感、水煙のように立ち昇る苔《こけ》のにおい。ここには挫折などない。きっと。

ギルギットで一泊したのち、遠征隊は再びキャラバンの始まるタラシンに向かった。ギルギットから南西方向に、インダス川に沿って三十キロメートルほど離れた所にある村までの道はそれなりに良かったが、そこからアストール橋を通ってインダス川を渡ってからは、あちこちが流失していた。つまり本格的なキャラバンは、インダス川を渡る頃から始まったといえる。やがてラキオト方向にメルヘンビーゼ、ラキオト峰、モーレンコップ、シルバーザッテル、シルバープラトー、シルバー岩壁、頂上など、ナンガ・パルバットの姿がひと目で見渡せた。遠征隊長は激しく揺れるバスの中で立ち上がり、一九八八年韓国ナンガ・パルバット遠征隊の任務について力説した。はっきりとした口調で、意義ではなく任務だと言った。たしかに圧倒的な夢ではあるが、遠征隊はナンガ・パルバットを〝征服〟しなければならない。おそらく……いかなる犠牲を払っても。ナンガ・パルバットを征服せずに韓国に帰ることはありえないと、遠征隊長は何度も強調した。

だが、彼はうすうす気づいていた。夢は決して敗北しないということを。敗北するのはむしろ人間の方だということを。ようやくタラシンに着いたあと、遠征隊の荷物をベースキャンプに運ぶ低所ポーターを募集するときも、予算がまったく足りないせいで低所ポーターといざこざが起こったときも、結局話し合いが無駄に終わりタラシン周辺にテントを張ってナンガ・パルバットを眺めながら二日間過ごしたときも、彼の頭の中はそのことでいっぱいだった。彼は手帳に書き続けた。書かなくてもいい瞬間《とき》がくるまで。遠征隊はタラシンで二日間を無駄に過ごし、そのぶん予算を超過した。遠征隊長は焦っていた。ソウルオリンピックが開かれたその年、韓国ではいくつかの遠征隊が編成され、ヒマラヤへと向かった。オリンピックを記念して編成されただけに失敗は許されない。彼らはみな登頂に成功した。ただひとつ、一九八八年韓国ナンガ・パルバット遠征隊を除いては。

二

そもそも彼にはたくさんの文章があった。それらの文章に癒されることになろうとは、彼自身、思ってもいなかった。苦しくて眠れない夜が続くとき、本を読めば眠れるのではないかと思い、彼は小説を開いた。そのとき出合った文章だ。「これまでカーターはどんな状況になっても、すべて容易に解決してきた。ところがいまは、周りの平凡な男たちよりもずっと不自然な姿勢で立っている。この美しい女性とふたりっきりで会える機会を作りたいのだが、どうすればよいのかわからない。そこでこれまで本で読んだり、人から聞いた知識を総動員して、女店員たちの性格や習慣などを思い出そうと頭をひねった」。彼はそこを三回も大声で読んだ。そして本を閉じると、家族に泣き声を聞かれないように布団をかぶった。あの事件以来、酒を飲まずに泣いたのは初めてだった。彼は「これまで本で読んだり、人から聞いた知識を総動員して」というところで、小説の中の主人公が何を夢見ているのかわかるような気がした。とくに何事もなければ、その夢は、彼の夢見ているものと変わらないはずだ。

突然涙があふれ、ますます憂鬱になった。ずっとあの出来事を否定してきたのに、泣いたことで事実として受け入れたような気がしたからだ。総動員して――彼はそのとき、世の中にはいくら総動員しても叶わない夢があることを知った。涙が流れ、憂鬱な気分も去り、最後に自分の悲しみを理解した。あんなことがあったのに自分は生き残った、だから何かを学ばなければならないということに、苦しいけれど慰められた。以来、眠れない夜は、家にある本を一冊ずつ読んでいった。内容やテーマはどうだってよかった。大切なのは小説に出てくる、かつて自分にもあったかもしれない純粋な期待や、漠然とした願いが込められた文章をひとつずつ捨てて、自分に降りかかった悲しみを学ぶことだった。いまの彼はそうして生きていくしかなかった。ひと晩を潰すには、横書きの本なら二冊、縦書きなら一冊半くらいがちょうどだった。それより量が少ないと眠れない夜を明かすことになるので、自然にそのスピードが身についた。そうしているうちに彼はまた、いくつかの文章を見つけた。

「私は他にどうすることもできない状況に陥ってしまった。あなたは私と結婚するまで私の所には来てくれないようなので、私はすべてを投げ捨ててあなたを手に入れようと決心した。いま私たちは別の町に行っているところだ」。または、「『ところで、結婚したらどこに住むつもりなのかね?』と牧師が優しく訊いた。デュラントはびっくりした。『移住しようかと思っています』彼が答えた。『カナダに? それともどこか別の所に?』『カナダになると思います』『そうか、なかなかいい考えだね』」というような文章。以前読んだ本もあれば、買ったまま積んであった本や、妹や父親が買った本もあったが、ひと月ほどで家にある本をみんな読んでしまった。夜になると手当り次第に読みあさり、昼間は暗い部屋でずっと寝ている彼を、家族は放っておいた。どうせ家にある本は限られているし、何かに没頭している彼に必要なのは、そこから抜け出すための時間であることを知っていたからだ。だから二か月ぶりに彼が大学に行くと言いだしたとき、朝ご飯を食べていた家族は、朝早く彼の顔が見られてうれしいというよりは、ああ、これでやっと終わったんだと思った。

しかし、彼の手には図書貸出カードがあった。貸出カードがあれば、大学の図書館で二冊を十日間借りることができる。彼が出かけたあと、父親が妹に尋ねた。「あいつの頭の中にはいったい何が入ってるんだ?」スプーンを持ったままぼんやりと彼の後ろ姿を見ていた妹が言った。

「お兄ちゃんの頭の中に何が入っているのか知らないけど、お兄ちゃんの大学の図書館に何が入ってるのかは知ってる」。それを聞いた父親は言葉を失った。「お兄ちゃんの大学の図書館は五十万冊の蔵書数を誇ってるのよ」。妹がゆっくりとそう言うと、父親は今度は食欲を失った。「まさか全部読む気じゃないだろうな」。これまでずっと彼を見守ってきた家族としては、なんとも言えなかった。家族が知っているかぎり、彼はいったん何かに夢中になると、どこまでも没頭し、溺れた。今回はそれが本なのだろう。ただ、これまでの経験からして、放っておけばいずれまたもとの彼に戻るはずだ。それが彼にとって致命的な苦しみであることを知るよしもない家族は、そう結論を出し、食事を続けた。

　正門前のアスファルトが濡れていたので、昨日デモがあったんだな、と彼は思った。学期中なので会おうと思えば友達に会うこともできたが、彼はまっすぐ図書館へ向かった。一九八六年の大学のキャンパスは、規範から逃れようとする若い欲望に満ちあふれ、時にはキャンパスを揺るがすようなスローガンや喊声《かんせい》となって爆発した。そんななか、彼は正門からひたすら図書館へと歩いて行った。彼は古今東西の恋愛小説の文章に慰められていた。図書館に行き来する途中で友人に会うこともあった。家族と同じように彼らもまた、彼が本ばかり読んでいるのを訝《いぶか》しく思った。何かあるんだろうと推測するだけで、それ以上のことは誰も知らなかった。一度、道でばったり会った友人が、失恋したのかと訊いたことがあった。彼は、まだ失恋したわけではないと答えた。友人は情けないとでも言いたそうに彼を見つめ、ポンと肩を叩いた。「みんなそうやって生きてるんだぞ」。友人の言葉は、小説の主人公たちの叶わない夢ほどの慰めにもならなかった。

彼が何の反応も見せないので、友人は彼の手にある二冊の本を指さして「こんな本、読んだって……」、そう言いかけて口をつぐむと去っていった。

家族や友人たちの心配とは裏腹に、彼は図書館にある本を全部読んだりはしなかった。まもなくして彼は、もう「こんな本」——つまり、恋愛小説を読むのをやめた。きっかけは単純だった。ある日、いつものように申し込んであった二冊の本を司書から受け取り、学籍番号と名前を書こうと本の裏表紙に挟まっている図書貸出カードを取り出した。その瞬間、彼はどきりとした。貸出カードにある人の名前が書かれていたのだが、それは彼が付き合っていた彼女だった。彼は自分が申し込んだのとは違う本を受け取ったことに気づいた。でも彼はその本を戻さずに、貸出証の請求番号を書き直して持ち帰った。その後、彼は初めて返却期限をオーバーし、しかも失くしてしまったと司書に告げ、言われたとおりに大学前の書店で同じものを買って返した。もちろん図書館の本は彼のもとにあった。返却日を見ると、おそらく彼女が最後に読んだ本だろう。その本を返却してから数日後に、彼女は漢江《ハンガン》に投身自殺をしたのだから。「お父さん、お母さん、それからクラスのみんな！　勇気のない私を許してください。こんな野蛮な時代にこれ以上、日和見主義者として、傍観者として生きていけませんでした。後悔はしない」という内容の遺書を残して。彼ははじめ彼女の死が信じられず、ただただ恨めしかった。あんなに愛し合っていたのだから、少なくとも遺書のどこかで自分のことに触れてもいいはずだと思った。でも、遺書のどこにも彼の痕跡はなかった。彼女にとって彼は秘密の存在だったのだろうか、それとも何の意味もなかったのだろうか。

それから九か月間、彼は小説を書くことに没頭した。以前から自分に起こったことをすべて手帳にメモし、夜になるとその内容を文章にして書き直す訓練をしてきたので、それほど抵抗はなかった。しかし、その日の出来事をノートに書くのと、小説を書くのとはずいぶん違った。小説の文章は、互いの因果関係から一時《ひととき》も逃れることができない。一つひとつの文章が全体の影響下にあり、単独で存在することはなかった。彼の小説にはもちろん彼と死んだ彼女が出てくる。彼は自分と彼女のあいだに起こったことをひとつ残らず文章にしようとしたが、はじめは一文も書けなかった。なんとかして書き進めようともがいた。

長いあいだ登攀《とうはん》日誌を書いてきた彼は、生きていくうえでそれがどの領域に属するのかをよく知っていた。山岳部に入った新入生はまず最初に、先輩が登山靴になみなみ注いだマッコリを一気に飲み干すことを学び、その次に登攀日誌の書き方を学ぶ。たいていの山岳部員は登攀日誌を書くことを嫌ったが、彼は書けば書くほど面白くなった。山岳部に入って初めて登攀したのは道《ト》峰山《ボンサン》*だった。当時の山岳部は軍隊さながらの厳しい規律を課していた。新入生は、明け方四時まで睡魔と闘いながら先輩たちの注ぐ酒を飲み、これでようやく眠れると思ったら、夜が明けるなり起きて、食事の仕度をする二年生を手伝わなければならなかった。そんな状態で仙人峰《ソンニンボン》*に登れるはずがない。中腹に着いた頃には、すでに肉体の限界に達していた。当然のことだった。それでも彼は登りつめた。そこはまさに肉体の限界を超越した地点だった。そのことについては、他の人が書いた登攀日誌には出てこない。現実と夢が入り混じった所では、論理など通用しないからだ。登攀日誌を書くとき、その地点を理解しようと必死になったように、彼は納得できない彼女のことを理解しようと何度も何度も文章を書き直した。しかしその結果、彼が気づいたのは、どんなに頑張っても、自分の記憶をいくら〝総動員〟しても、文章にできないものが人生にも存在するということだった。

小説を書いているあいだは眠れた。明け方に起き、弁当を持って大学の図書館に行った。一階の閲覧室の隅っこに座って、大学ノートに小説を書く。五十分書くと十分休息をとる。書くのにずいぶん時間がかかった。因果関係に反するものは文章に残さなかった。小説が終わりに近づくにつれ、彼は自分が小説の中の彼女の人生から消えつつあることに気づいた。彼女にとって現実の彼は、秘密の存在か、もしくは無意味な存在のどちらかだったのかもしれないが、小説の中の彼は、どう考えても無意味な存在だった。現実の因果関係から外れたので、秘密の存在である彼を文章にすることはできなかった。彼は自分の書く小説の中から少しずつ消えていった。切実な夢、希望に満ちた未来、生きる目的だったはずの瞬間《とき》が、次第に消えていった。彼と彼女のあいだで起こったことを文章にできるかできないかは、最後の瞬間――つまり彼女が自殺したことを論理的に説明できるかどうかによって決まった。だからふたりが愛し合った時間はすべて、彼の小説から消えたのだ。結局は彼が登攀日誌に記したようなこと、たとえば食事をした時間や場所、メニュー、その日の風の向きや強さ、あるいはデートの場所や話をした時間などがすべてだった。ふたりが互いに心を通わせたことだけを文章にすると、こういうものしかなかった。

図書館の外では拡声器を用いた集会が連日のように行われ、午後になると、戦闘警察隊*が大学の外に出ようとするデモ隊に向けて催涙弾を放った。なのに彼は相変わらず閲覧室の隅で、自分でもつまらない小説を書き続けた。あるときデモ隊のひとりが図書館に入ってきて、仲間が連行されているから力を貸してくれ、と訴えたことがあった。その呼びかけにたいていの学生は動揺したが、彼は脇目も振らずに小説を書き続けた。小説の中の主人公ふたりは充分に不幸だった。愛し合っているようには見えなかった。彼らには当然あるべき人間的な交流もなかった。互いに向き合ったまま、他のことを考えているだけだった。彼らは現実から離れたこともなければ、夢を共有したこともなければ、一緒に同じものを見つめたこともなかった。少なくとも小説の中では。一九八六年に彼が書いたつまらない小説においては。世の中は建国《コングック》大学校事件*、金剛山《クムガンサン》ダム騒動*、金日成《キムイルソン》死亡説*などで、その翌年に起こる一時代の終焉を予告するかのように沸き立っていたが、そんな熱気も彼を避けて通った。小説を書けば書くほど、彼は誰とも心を通わせることのできない存在になっていった。

　小説を書き終えたあと、彼は一通の手紙を書いて送った。送り先はすでに大学を卒業した山岳部の先輩の家だった。手紙にはこう書いた。この一年間、人に言えない事情があって山岳部から離れていたが、いつかヒマラヤに行きたいとずっと思っていた。その夢を叶えるために体も鍛えた。来年、山岳部のOBが中心となってゴジュンバ・カン遠征隊*を結成するという話を聞いた。できれば自分を訓練隊員に入れてほしい。まだ経験は浅いが、最終隊員に選ばれる自信はあるのでチャンスをくれ。無理を言っているのはわかっている。でも、どうしてもヒマラヤに行きたい。先輩は手紙を読むなり彼に連絡してきた。ふたりは会った。先輩は彼に、この一年、彼がどう過ごしたか人づてに聞いて知っていると言った。「小説を書いてるんだって？　みんな噂してるぞ」「先輩だって大学のとき、詩を書いていたじゃないですか。体ばっかり動かしてるとよくないから、精神的なことをやってみたんです」「失恋したからか？」「まだ失恋したわけじゃありません。ちょっと人生のどん底で過ごしただけです。でも意外と明るかったですよ。それだけです。それから体力トレーニングもしました」「図書館の隅に座ってか？」「経験が浅いので、とにかくたくさんの本を読みました。僕は人間に対して、まだ希望を捨ててませんから。でないと僕たち、孤島のような存在になってしまう」。先輩は何も答えなかった。

目があれば、と先輩が口を開いた。「鏡を見てみろよ。いまおまえに一番ふさわしい場所はソファかベッドだ。ヒマラヤじゃない。ヒマラヤのことは忘れろ。もし小説家になったら酒でも奢《おご》ってくれ。ゴジュンバ・カンは俺に任せろ」。先輩は酒をぐっと飲み干してそう言った。彼はうつむいて、右手の中指の一番上の関節が節《ふし》くれ立っているのを見た。小説を書いていると、ザイル〔登山用の綱〕を握るときとは違う所にマメができる。「僕は一年生の冬休みに、冬季登攀で雪岳山《ソラクサン》に行きました。あの頃、先輩は本当に怖かった。こっそり逃げ出そうとする新入生もいたくらいです。登山靴をテントの外に出して寝たという理由で、先輩にぶん殴られたこともありました。先輩は殴ってから僕たちに訊きました。痛いか？　僕たちは当然、痛くありません、と大声で答えました。そのとき先輩がこう言ったんです。痛いときは痛さをそのまま感じろ。痛いくせに痛くないと嘘をつくな。嘘をつくのは死ぬのが怖いからだ。だから涙を見せるとからかわれ、痛いと言うと非難され、怖いと言うと無視されるんだ。だが、登山家ならすべてをありのままに受け入れろ。たとえ死ぬとわかっていても。真の登山家はあらゆる嘘に立ち向かうために山に登るんだ、って」「またずいぶん記憶力がいいな。だが、それは俺が言ったんじゃない」「いいえ、たしかに先輩はそう言いました。あのとき先輩が怖くてこっそり逃げ出そうとした新入生は、この僕ですから。でも結局逃げませんでした。先輩にそう言われて、僕は本当の山岳部員になったんです」「おまえは騙されやすいからな」「それは先輩だって同じです。この一年間、僕は体力トレーニングをしてきました。ヒマラヤに行きたい一心で。行きたいんです、どうしても。訓練隊員でもいいです。どうせ僕はテストに合格するでしょうから」「恥をかくことにならなきゃいいけどな」「ありがとうございます、先輩」。彼は先輩の手をがっしりと握った。先輩はあきれた顔をしていた。

日中訓練、夜間山行訓練、週末訓練、彼はどれも休まず参加した。贅肉《ぜいにく》がつき、動きが鈍くなった体をすでに人目に晒していたので、かなり年上の先輩たちに遅れをとってもそれほど気にならなかった。大事なのは一日も早く体力を作り、最終遠征隊員に選ばれることだった。幸い、会社勤めをしている先輩たちに比べ練習時間は多かったので、二か月が過ぎた頃にはある程度、体力を取り戻していた。遠征隊員を選抜する最後の冬季訓練は、翌年の二月、鬱陵島《ウルルンド》聖人峰《ソンインボン》で行われた。彼はソウルを発つ前、これまで書いた小説をどうしようか悩んだが、ふと、彼女が最後に図書館で借りた本のことを思い出した。本のあちこちに線が引かれていた。その中にこういう文章があった。「悪しき風習により、とんでもない婚姻関係を結ぶ。たとえば母親や姉妹を妻に娶《めと》ることもある。波斯《はし》国（ペルシア）でも母親を妻にする。そして吐火羅《とはら》国をはじめ、罽賓《けいひん》国、犯引国、謝颶国*では、兄弟が十人であれ五人であれ、あるいは三人であれ二人であれ、共同でひとりの妻を娶り、それぞれが自分の妻を持つことは許されない」。自殺をする前に下線を引いた文章にしては、ずいぶん奇妙だ。彼は、この『往五天竺国伝』を訳して注釈をつけた人に自分の書いた小説を郵送することにした。そして小説に書かなかったものはすべて、ヒマラヤに持っていこうと思った。もしゴジュンバ・カン遠征隊に選ばれたら。

第二次冬季訓練も終わったある日、彼は山岳部の先輩から、ゴジュンバ・カン遠征隊員の選抜に落ちたと知らされた。電話口で何も答えない彼に、先輩は低い声で、残念だったなと言った。おまえはまだ若いから、ヒマラヤに行く機会はこれからいくらでもあるだろう、とも言った。「大丈夫です。僕がよくないことを考えてるから、ヒマラヤが来るなって言ってるんでしょう」「よくないこと?」先輩が声を荒《あら》らげた。「おまえ、まさか」。そう言う先輩に向かって、はい、じつはヒマラヤで死にたいんです、とは言えなかった。「おまえは敬老思想が足りないからまた今度にしろってことでしょう。ユマール〔ザイルをつかむための器具〕もろくに使えない年寄りを差し置いて、ヒマラヤに登りたいなんて言っているんですから」「年寄りを言い訳にする暇があったら、おまえの人生を自己確保《セルフビレー》しろ。アンザイレンする〔互いにザイルで身体を結び合う〕つもりもないなら、初めから彼女なんか作るな」「どうせ僕の人生行路はホワイトアウト*ですから、状況をうかがいながらザイルを結ぶなんて無理なんです」「おまえはどちらかといえば登頂よりも登壇〔作家デビュー〕の方がお似合いだと思うけどな。こう思っているのは俺だけじゃないぞ。おまえは今回もチーム貢献度の点数がずいぶん低かった。俺の言いたいことわかるな？」「つまり、アルパインスタイル〔チームの支援を受けず自力を重視する登山スタイル〕で動けってことですよね」「自分ひとりでこの世の苦しみを背負い込もうとするな」先輩が叫んだ。電話を切ったあと、彼はこれで何もかも終わったと思った。すべて終わったのだ。結局、彼は生き残った。小説を書き始めたとき、自分は敗北したと思ったのにそうではなかった。「敗北は自分の中にある。ここに敗北は存在しない」。これは彼の書いた小説の冒頭だった。

その文章は、数日後、彼の家に届いた手紙にも書かれていた。手紙にはこうあった。「偶然、あなたの書いた小説を読みました。『敗北は自分の中にある。ここに敗北は存在しない』という始まりがとても気に入りました。少しぎこちない所もありますが、文章に意気込みが感じられ、人間への理解にあふれていました。いまの時代を生きる若者たちは共感するでしょう。できれば直接お会いしていろいろお話をうかがいたいので、下の番号にお電話いただけますか」。はじめ、彼は何のことやらわからなかった。それもそのはず、彼が小説の原稿を送った所は出版社ではなかったからだ。彼は自分の原稿がなぜ出版社に渡ったのかについて考えた。その小説は彼女の死を自分が納得するために書いたもので、出版したいとは思っていなかった。偶然にも登頂より登壇の方が似合うと言った先輩の言葉が的中したわけだが、書けないものの方がずっと多かったその小説を、出版するつもりなどなかった。彼はすぐに出版社に電話をして、どこで原稿を手に入れたのか尋ねた。編集長は私の名前を教えた。「きっとその方は誤解したんですね。僕は出版社を紹介してもらいたくて原稿を送ったのではありません」「ならどうして送ったんですか」編集長が訊いた。「頭のおかしなやつもいるもんだ、ここが出版社だとでも思ってるのか、そう言ってゴミ箱に捨てるだろうと思ったんです」「ゴミ箱ならお宅にもあるでしょう」「いっぱいなんです、くだらない原稿が多すぎて。でも、ようやくゴミ箱を片づけたので原稿を返してもらえますか」「ふむ、あなたのこの小説ですが、面白かったです。誰にも言われたことなどないでしょうけど」「父は面白いと言ってくれました」「こんな小説をお父さんに見せたんですか。愛してもいない人と会って、恋愛して、愛もないセックスをするような……」「僕にはちょっと変わった趣向がありましてね。ま、そんなことはどうだっていいんです。とにかく原稿を返してください」「なかなか面白いですよ。この頃の大学生はデモばかりしているもんだと思ったが……」「返してくれないと、火炎瓶を投げるのがうまい子たちを率いて出版社に火をつけますよ」「なら、直接取りに来てください。郵便物が届かなかったからって、出版社に火をつけられたら困りますからね」

翌日、彼は出版社を訪ねていった。小説を返してもらいに来たと言うと、社員のひとりが、それは編集長が持っていて、いま企画委員たちと会議中だからしばらく待つようにと言った。彼は社員に勧められるがままに、編集長の机の前にあるソファに座った。すぐに終わるはずの会議は思ったより長引き、ソファに座っていた彼はいつのまにか眠ってしまった。そのわずかな時間に、彼は夢と現実の微妙な境界でいろいろな夢を見た。その頃はまだ、死んだ彼女の夢をよく見た。彼と彼女は見知らぬ地方を旅していた。遠くに見える峰が万年雪をかぶっていたのは、おそらく彼の頭にヒマラヤのイメージが焼きついていたからだろう。木の生えていない荒涼とした野原を歩いているとき、彼女が、この先にオアシスがあるのよと言った。それを聞いた彼は、そこに行ったことがあるのかと尋ねた。彼女は、この前一緒に行ったでしょと言った。でも彼は思い出せなかった。彼女はオアシスについて一つひとつ説明した。ふたりで行った不思議な国についても。姉や妹と結婚したり、母親を娶る国についても。ふたりで一緒に行ったじゃない、と彼女が言った。僕たち、そんな遠くまで行ったっけ？　どんなに記憶をたどっても、彼は行った覚えがなかった。あたしたちが愛し合ってるときに。僕たちが愛し合ってるときに？　それでも彼は思い出せなかった。夢の中でとてもつらかった。でももっとつらいのは、彼女のいた夢から目を覚ますときだった。彼はいつも「あいつは死んだ、死んだんだ」という文章とともに目を覚ました。愛する人が死んだ世界で目を覚ますのは、いつもつらかった。

　彼が目を覚ましたとき、ソファにはふたり座っていた。ひとりは彼に手紙を送った編集長で、もうひとりは編集長に彼のノートを渡した私だった。編集長はいきなり、君はどんな仕事をしているのか、なぜ昼間から寝るんだと訊いた。「僕は趣向の変わったことをやっています」「何ですか、それは」「大学に通っています。おかしなことにもうすぐ卒業もします」。編集長はけらけら笑った。「小説を返してもらいに来ました。さあ、返してください」。すると編集長は思い出したように、彼に私を紹介した。彼は私と視線を合わせるなり目を伏せた。私は彼から目をそらさなかった。「もともと色黒なんですか」私が尋ねた。「雪《ヌン》のせいです」「目《ヌン》？　雪《ヌン》？」「空から降ってくる雪《ヌン》のことです」「今年の冬はほとんど雪が降らなかったでしょ。それに雪と肌が黒いのとどういう関係があるのかしら」。冬季訓練のあいだ、雪の積もった聖人峰《ソンインボン》で過ごしたために、彼の顔は黒く焼けていた。でも説明していると長くなりそうだと思ったのか、もともと色黒なのだと彼は答えた。「それは私とおんなじね。私も生まれつき色黒なのよ」。私がそう言うと、彼は再び私の方を見た。私はその視線を避けずに、ほほ笑みながらこう言った。「小説、読みました。まだ若いからかしら、女の気持ちがよくわかっていないみたい。彼女はあなたのことを、とてもとても愛してた。あなたはそれを認めたくなくて、あんな長い小説を書いたのでしょうけど。そんなことしたって彼女の愛はなくならないのに。あなたの書いた小説にも出てくるし、彼女の遺書にも出てくるでしょ?」「遺書のどこに出てくるんですか」「あなたのことに触れていないことがその証拠よ。死ぬ瞬間まで、あなたには許してくれと言わなかった。許しを乞わなくてもいいくらい愛してたから」。私がそう言うと、彼は首を横に振った。私は話を続けた。「あれはレポートみたいに、ふたりのあいだに起こったことを報告しただけね。それだけで本一冊になるのに、彼女は遺書であなたのことにまったく触れなかった。後悔しないほど愛してたから。私の言ってること、間違ってる?」 彼は私をじっと見つめた。「私はあなたたちが羨ましいのよ。愛のすべての局面を経験したあなたたちが。そのうえ死までも」。出版社に行って原稿を返してもらったらすぐに帰ろう、と思っていた彼の計画は狂ってしまった。

その日の夜、彼は出版社の企画委員たちと酒を飲んだ。彼は私についてきたと書いているけれど、私とはほとんど口をきかなかった。「朴鍾哲《パクジョンチョル》*が死んだとなりゃ、これだけでは済まないだろうな。軍部も黙っていないだろうし」「だからうまくやろうぜ」「何を?」「学生たちの動きが怪しいんだ。また誰か死ぬようなことがあったら、この国はとんでもない騒ぎになるぞ」「治安本部がまた机をバンと叩きゃいいんだよ」*。彼らは酒を飲みながら、混沌とした時局をめぐってとりとめのない話を交わした。そのうち、編集長が彼の小説の話を出した。このご時世にあんな小説が読まれるだろうか。誰かがそう言った。そうだよなあ、あんな小説が……。もうひとりがそう受け答えると、その場にいた人たちはいっせいに口をつぐんだ。彼は自分の小説が話題にされていることに居たたまれなくなり、トイレに行った。酒なら誰にも負けないはずなのに、冬季訓練で無理をしすぎたためか、その日はすぐに酔いがまわった。ふらつきながらトイレから出てくると、誰かが言った。俺は気に入らないな。デモで死んでいる学生たちもいるってときに恋愛だ？　彼が戻ってくると会話は途切れた。誰も何も言わなかった。編集長がその場の空気を変えようと乾杯の音頭をとり、空いているグラスに酒を注いでまわった。彼らはまたとりとめもない話を始めた。最後に編集長は彼に酒を注ごうとして、ついグラスを倒してしまった。グラスの中の水がテーブルを伝って彼のズボンを濡らした。酒に酔っていたせいか、それともその場の雰囲気に耐えられなかったからか、彼は思わず罵声を吐いた。ちょうど編集長がグラスを倒した音に驚いて、しんとなっていたときだったので、みんなに聞かれてしまった。クソったれ、濡らしやがって、と言ったのを。

企画委員のほとんどが大学教授だった。同じ席にいる大学四年生が口にするような言葉ではなかった。しかし、それは彼の頭を爆発させる雷管《らいかん》となった。驚いた顔で自分を見ている教授たちに向かって、彼はなおも罵声を浴びせ続けた。彼はなぜ自分がそんなことをしているのかわからなかった。それなのに胸の奥底から暴言を吐き続けた。彼の口をふさごうと編集長が立ち上がった拍子に、テーブルが揺れ、酒の瓶とグラスが倒れた。教授のひとりが声を荒らげた。「黙れ、黙れ！　このヤロー、黙らんか！」　でも彼はやめなかった。彼自身、どうすることもできなかった。編集長に口をふさがれてもなお罵声を浴びせようとあがいている自分の姿を見ながら、なんという狂気の沙汰だろうと思った。編集長は彼を外へ連れ出そうとした。ふたりのあいだに何度かこぜり合いがあった。やがて彼はみっともない真似をしてしまった自分に気づいた。そう思うと体じゅうの力が抜けたのか、編集長に引っ張られて表に出た。編集長がこぶしを振り上げたら自分も殴り返すつもりでいたのに、意外にも編集長は彼の皺《しわ》になった服の裾《すそ》を伸ばしながら言った。「飲みすぎたな。今日はこれで帰りなさい。話はまた今度だ。帰りの交通費はあるのかい？」　彼は頷いた。「歩いて帰りますから。すみませんでした」「大丈夫だ、気にするな。話はまた今度だ。それからあの原稿は、本にするつもりはないようだから、あとで郵便で送ろう」。そう言って編集長は店の中に入っていった。彼はその場にうずくまった。まだ風の冷たい、早春の夜だった。

黙って地面ばかり見ていた彼は、大丈夫？　と誰かが尋ねる声を聞いた。それは私の声だった。彼は顔を上げて私を見ると、またうなだれて言った。「いいえ、大丈夫じゃありません。さっきはどうかしてたんです。ごめんなさい。酒の席をめちゃめちゃにしてしまって」「どうしてあの小説を私に送ってきたの？」私は彼のそばに座って訊いた。「先生は慧超《ヘチョ》のこと、全部知ってるんでしょう？　母親を妻にする国についてもくわしいじゃないですか。読者が理解してくれないと困るから注釈までつけて。僕は彼女がなぜ自殺をしたのかもわからない。それが知りたくて小説まで書いたのに、それでもわからない。彼女が最後に読んだ本は、先生の書いた『往五天竺国伝』なんです。あいつはなんで死ぬまぎわにそんな本を読んだのか、それすらもわからない。でも先生にはわかるんでしょ？　たった二百二十七行しかない巻物について一冊の本を書くくらいだから」。最後まで聞かずに私は立ち上がり、彼の体を起こした。立って、早く立って。私の声に彼は腰を浮かした。彼が立ち上がるなり、私は両手で彼の頬を挟んでキスをした。通りがかりの人たちが見ているのに、私たちは長いあいだキスをした。彼と同じように、でも彼の予想に反して、その瞬間、私も恋に落ちた。

三

照りつける陽ざしと蒸し風呂のような暑さ、荒涼とした風景との闘いが終わった所に、ラトバがあった。一九八八年韓国ナンガ・パルバット遠征隊はラトバに着いたあと、グループ別にポーターの隊長格であるサーダーを呼んで賃金を清算した。ようやくキャラバンの目的地に着いたという安堵感と、しかしこれからが始まりだという緊張感が、同時に遠征隊員の頬をよぎった。彼らはひんやりと気だるい気持ちで、ルパール壁《へき》*を眺めながら休息をとった。草原地帯であるベースキャンプに座って、雪をかぶったヒマラヤを見上げるのは非現実的な感じがした。みんなは興奮するどころか無気力だった。やがてその理由がわかった。急に辺りが暗くなったかと思うと、バラバラバラと雹《ひょう》が降ってきた。ベースキャンプに着いたときはよく晴れていたのに、いったいどこから降ってきたのだろう。隊員たちはテントを張ろうとして慌てて立ち上がった。そのとき、無気力の正体を知ったのだ。程度の差こそあれ、彼らはみんな頭が痛かった。一番早い人はタラシンを出た頃に、一番遅い人は立ち上がったときから、三蔵法師が呪文を唱えると孫悟空の頭の輪が締めつけられるように、彼らの頭が押さえつけられた。それが本で読んだ高山病だということを、またその症状を和らげるためには下山するしかないことを知らない隊員はいなかった。しかし誰も、自分が高山病にかかっているとは口にしなかった。

突然ガスが湧き上がったかのように、高山病はベースキャンプに着いた遠征隊を一瞬にして包み込んでしまった。頭痛と嘔吐で始まり、次第に他の部位にも転移した。歯痛を訴える者もいれば、消化不良になる者もいた。テントを張り終えるなり死んだように眠りこけ、十二時間経っても目を覚まさない者がいるかと思えば、何日も不眠症に悩まされる者もいた。それが高山病であることは誰の目にも明らかだったが、吐き気がし、水すら飲めなくても、また一日じゅうテントから出てこられなくても、誰も自分が高山病にかかっていることを認めようとはしなかった。ただ食欲がないとか、キャラバンで疲れていると言うだけだった。黙っていればそのうち症状が消えてしまうとでもいうかのように。彼も例外ではなかった。彼の場合、頭痛はもちろん、ひと晩じゅう金縛りにかかって悪夢を見た。正体不明の黒い物体がテントの外をよぎった。その気配で目を覚まし、誰だ、と叫んだこともあった。もちろん黒い物体は答えるはずもない。時折それはベースキャンプが崩れるほど大声をあげて泣いたり、狂ったように走ったりした。寝袋に入って目を閉じていても見えたし、両手で耳をふさいでも声が聞こえた。彼はやがて、その黒い物体がじつは自分の内部にいることを知った。陽の光がテントに垂れ込めてくるときまで苦しみ続け、起きられないほど心も体も力尽きた。横になっていると息切れがし、胸に痛みを感じた。

三日目になると症状はきれいに消えた。呼吸は正常になり、胸の痛みもなくなって、ベースキャンプの周辺を見まわす余裕もできた。高山病がひどくても体を動かせる隊員たちは休まずベースキャンプを設営していたので、三日目に入村式を行った。初日は突然、雹が降ってきたが、その後はずっとよく晴れていたし、症状のひどい隊員もいなかったので、みんな浮かれていた。彼らは顔を洗い、髭《ひげ》を剃り、髪を洗ったりして大忙しだった。入村式は本部のテントの前で行われた。本部のテントと食堂のテントのあいだに固定のロープを垂らし、太極旗と五輪旗と後援企業の旗をつけた。入村式が行われているとき、彼は休めの姿勢で、風にはためく旗をずっと眺めていた。遠征隊長は、一九八八年は民族史の新しい転換期だと強調した。抑圧されていた民族の魂が雄飛しようとしている。このような重大な時期に結成された一九八八年ナンガ・パルバット遠征隊は、歴史的な任務を胸に刻み、何があっても頂上征服の朗報を故国の同胞に伝えなければならない。遠征隊長の話は思ったより長かった。遠征隊長がはじめに考えていたのはエベレストだった。韓国全体がお祭りムードだったし、ソウルオリンピック開催を記念して遠征に出かけると言えば、後援してくれる所はいくつかあった。しかしそう思ったのは遠征隊長だけでなかった。その年にエベレスト征服を目指すチームは一つや二つではなかったので、遠征隊長よりも経験豊かな人にそのチャンスが与えられた。国威を宣揚するのは一チームだけで充分だった。いくら支援金があり余っていた頃だったとはいえ、二番手に快く金を渡す者はいなかった。そこで遠征隊長は、ネパールではなくパキスタンを選んだ。時期もエベレスト遠征より早い六月登頂を目標にし、ナンガ・パルバットの中でも最も危険だといわれるルパール壁ルートを選んだ。にもかかわらず、後援者たちはエベレストしか知らないので、最高峰でなければ登頂そのものが無意味だった。遠征隊長は苦労に苦労を重ねた末、予定よりも少ない支援金に満足しなければならなかった。

しかし彼は、遠征隊長の言う歴史的な任務よりも、ナンガ・パルバットのどこかにあるケルンのことばかり考えていた。遠征隊長が捨て鉢になって選んだだけに、ナンガ・パルバットは、とくにルパール壁ルートは、多くの山岳人を犠牲にした所だった。だからどこかに必ず、途中で死んだ山岳人を称えるために積み上げられた石の墓、ケルンがあるに違いないと彼は思った。入村式が終わったあと、彼は午後の時間を利用してベースキャンプの周辺を歩いてみた。ナンガ・パルバットのベースキャンプは緑一色の牧草地だった。花もたくさん咲いており、遠くの方に湖も見えた。彼がケルンを見つけたのは、ベースキャンプと第一キャンプのあいだにある氷河地帯の手前だった。三日間、太陽の光に照らされて、氷河の向こうに積もっていた雪が解けた。ケルンにはこれまでナンガ・パルバットで命を落とした登攀家の名前が刻まれていた。彼は石の塔に小さな石をのせた。そうした行為は登頂を目の前にした山岳人にとって、自分のザイルの先が死とつながっているのを認めることでもあった。それから彼は顔を上げて氷河地帯の向こうに見えるルパール壁を眺めた。ナンガ・パルバットとは「裸の山」という意味なのだが、それは垂直の岩壁なので雪が積もることもなく、黒い体をさらけ出しているルパール壁に由来する。高山病にかかっていたときに見た黒い物体と似ている、と彼は思った。一方で、突然訪ねていった私の家を思い出していた。丘の上にある私の家は、さらに高さ三十メートルほどの石垣の上に立っていた。彼はその石垣の上の灯りを見ながら、しばらく立ち尽くしていた。私には夫と子どもがいたし、日常があった。でも彼は、想像することはできても、果たしてそれがどういう意味なのか知らなかった。彼は石垣の下で長いあいだ立っていた。

四週間にわたって、ベースキャンプから第一キャンプに、ベースキャンプに戻ってそこから第二キャンプに、またベースキャンプに戻って第二キャンプに、再びベースキャンプに戻って第二キャンプに、第二キャンプから第三キャンプに、第三キャンプから第四キャンプに、第四キャンプから第二キャンプに、そしてまたベースキャンプへと上り下りしているうちに、遠征隊は少しずつ疲弊していった。一緒についてきた政府連絡官は、遠征隊がルパール壁に上ると必ず大雪が降り、ベースキャンプに下りてきたら快晴になると嫌味を言った。遠征隊長は政府連絡官がそう言うたびに、「South Korea」から「South」を取ってくれと要求したが、政府連絡官は「South Korea」だと言い張った。時間が経つにつれ第一キャンプの地形は変わってしまい、第二キャンプ上のオーバーハングした岩壁〔傾斜角度が垂直以上〕からは、雪解け水が流れ落ちた。遠征隊長は、六月中になんとか登攀しようと隊員たちを急《せ》かしたが、大雪と雪崩《なだれ》の前ではなすすべがなかった。ただ、彼らが超人的な力でルートを開拓していったのは確かだった。彼らより遅れてやって来たベルギーの遠征隊は、隊長の命令のもとで無謀なスケジュールをこなしている韓国遠征隊を訝《いぶか》しげに見ていた。人間に不可能はないというが、ヒマラヤ登頂には当てはまらない。なぜならヒマラヤの高峰に登るためには、必ず死の地帯を通らなければならないからだ。意志だけでは無理なのだ。死の地帯とは、すべてのものをありのままに受け入れてこそ通過できる地点である。もちろん遠征隊長もそのくらいは心得ていた。ただ、資金と時間がもう底をついていたので、一番肝心な感覚を失っていたのかもしれない。その感覚とは、希望を持たず絶望を受け入れることだ。

　ひと月ほど固定ロープを備えつけたり、装備を運んだりしているうちに、遠征隊員たちは頂上に登るのは不可能かもしれないと思うようになった。マイナス三十度に近い寒さ、希薄な空気、一瞬にして視界を遮るホワイトアウト、雪洞の中に設置した狭いテントでの生活は、彼らの感覚を麻痺させた。彼らはますます寡黙になっていった。彼らは、ザイルを結んでともに行動している仲間ともほとんど口をきかなくなった。互いの気持ちを推し量るだけだった。しかしほとんどの場合、その憶測は外れ、互いを誤解する結果となった。仲間が懸垂《けんすい》下降リングを落としてカラビナ〔ザイルを通すための金属製の輪〕でゆっくりと降りてきているのに、自分だけ先にベースキャンプに撤収したり、ベースキャンプと第一キャンプのあいだのクレバス〔割れ目〕地帯がホワイトアウトの状態に陥り、一寸先は闇だというときに、さっさと下りてこいと無線で怒鳴りつけたりした。彼自身も高度を上げるにつれ再び高山病の症状が現れ、寝不足で判断力も鈍っていた。ルート開拓をし、第二キャンプに戻ってきたあとは、ほとんどの隊員が食事も適当に済ませて寝袋の中に潜った。彼も寒さのあまり寝袋に体をうずめたが、なかなか寝つけなかった。本でも読めたらいいのだけれど、第二キャンプに本はなかった。だから彼は寝袋の中で、いろいろな文章を思い浮かべた。以前読んだ恋愛小説や、『往五天竺国伝』にあった文章が頭に浮かんだ。彼女が死ぬ前に鉛筆で下線を引いた所だ。「惣無蒲〔桃〕○○〔甘〕蔗」もそうやって思い出したものだった。

私は百二十二行目の三つ目の字は「甘」に間違いないと書いた。だとすれば、その前の二つの文字はなんだろう。それについて私はこう書いた。「したがって全体の文章は『惣無蒲〔桃〕○○〔甘〕蔗』になる。これはガンダーラ、五天竺、崑崙《こんろん》などの国の農作物の実態を物語っている。ガンダーラは現在のパキスタンのラワルピンディとペシャワール、アフガニスタンのカブールを含むパンジャブ地方で、ここには葡萄《ぶどう》がない。しかし甘蔗《かんしゃ》、つまりサトウキビはあった。よって○○には『ある』という意味の漢字でなければならない。先の研究によると『唯有』だと思われる」。だが、氷の結晶がついたテントの中にいる彼は、その文章を正確に思い出すことができなかった。「どこにも葡萄はないが、甘蔗はある」という意味だったのは思い出したが、原文の「無」「甘蔗」「蒲桃」「有」がごちゃまぜになってしまう。しかも「惣」と「唯」は初めから思い出せなかった。彼は第二キャンプにいるとき、もともとの文章は「無蒲桃有甘蔗」で、私が注釈につけた二つの欠字は「桃有」だと思っていた。のちにベースキャンプに下りてきて、その間違いに気づいた。でも彼の言う「無蒲○○甘蔗」も間違いとはいえない。なぜなら私が注釈をつけた『往五天竺国伝』自体が、もともと三巻あった『往五天竺国伝』の縮約版だったからだ。もしかすると、原文は「惣無蒲〔桃〕○○〔甘〕蔗」よりさらに長かったかもしれない。だから第二キャンプで彼が思い出した文章も間違いとはいえないのだ。原文が存在しないのだから、私たちが想像する文章はすべて原文になりえる。

そのうち彼は死んだ彼女の遺書を思い出した。彼女は死ぬまぎわにこう書いた。「お父さん、お母さん、それからクラスのみんな！　勇気のない私を許してください。こんな野蛮な時代にこれ以上、日和見主義者として、傍観者として生きていけませんでした。後悔はしない」。この遺書は長いこと彼を苦しめた。「生きていけませんでした」という丁寧な言葉と、「後悔はしない」という言い方に大きな隔たりがあったからだった。彼はこの大きな隔たりに多くの意味が潜んでいると思った。「生きていけませんでした」と書き、そのあとに「後悔はしない」と書くまで、彼女は何を考えていたのだろう。自分の死について彼に説明しようと思ったのか。それとも自殺しようとしている自分を肯定していたのか。「後悔はしない」というのは誰に向かって言っているのか。それは誰にもわからなかった。彼はその疑問を抱いたまま、生きていくしかなかった。しかし、これだけは認めなければならない。彼女は死ぬ瞬間まで彼のことを思っていたか、あるいは、死ぬ瞬間も彼のことを思っていなかったかのどちらかだ。確かなことは何もなかった。『往五天竺国伝』の原文を想像しながら注釈をつけた私も、私の日常を想像しながら苦しんでいる彼も、生死をともにしながらも互いの気持ちを憶測するだけの遠征隊員たちも、そういう意味では同じだった。人はみな互いのことを憶測するだけで、理解してはいない。時にはひとりの学生の死が世の中を変えることもあるけれど、もしかしたらそれは誤解によるものかもしれない。

隊員たちは六月二十六日まで、二つの組に分かれて第四キャンプを設営した。その日、第四キャンプを設営したB組は第三キャンプに下りてきた。A組はベースキャンプで四日間休んでいるところだった。遠征隊長は彼のいるA組に、明日は頂上アタックするから準備しろと言い、第三キャンプにいるB組には、あと三日間休息をとるようにと命じた。もともと両組は二日後、第三キャンプで落ち合う予定だった。そこで遠征隊長が最終的に頂上にアタックするメンバーを発表するはずだった。もし時間と資金に余裕があったら、遠征隊長はA（B）組がベースキャンプに下りてくるまで待ち、彼らに三日間の休息をとらせたあと、頂上アタック組を構成して行かせただろう。でもそうすると、さらに一週間かかる。隊員たちもこれ以上の遅れはとりたくなかった。彼らは一日も早いナンガ・パルバット登頂と帰郷を待ち望んでいた。遠征隊長は固定ロープを設置し、キャンプの設営を終えて下りてくると、水筒にこっそり入れて持ってきていた焼酎をみんなに注いだ。一杯にも満たない焼酎を飲んだ彼らは、酔っぱらって歌を歌った。はるか遠い南の国、ナンガに月夜。十字星のあの光は母さんの顔。誰が吹いているハーモニカだろう。アリランのメロディが郷愁に染みる。胸に染みる。高山病の症状が占めていたところを、今度は無力感が占めた。ホームシックにかかっている隊員たちにも、足りない時間と予算に頭を悩ませている遠征隊長にも、残されているのは一刻も早い頂上アタックだった。他に方法はないんだ。できるだけ早くナンガ・パルバットに登って、そして家に帰ろう。第一キャンプに向かう隊員たちに、遠征隊長はつぶやいた。朝日を浴びたルパール壁は青く染まっていった。よく晴れていたけれど、不吉なことに雪崩《なだれ》がそのまま凍りついたかのように、手のひらほどの雲が一つ、頂上にかかっていた。

一九八八年韓国ナンガ・パルバット遠征隊に何があったのかを語るとき、当時、遠征に参加していた隊員のほとんどが、この手のひらほどの雲のことを話した。彼らによるとその雲は、自分の無謀な欲望のために隊員たちを死に追いやった、遠征隊長の愚かさを象徴していたらしい。六月までにナンガ・パルバットを征服しなければならない、などと隊員たちを追いつめていなければ、失敗するのは目に見えている頂上アタックに臨むことはなかった、というのが彼らの意見だった。その言いぶんはもっともだった。実際、同じベースキャンプにいた他の国の隊員たちは、特殊部隊さながらの韓国遠征隊の厳しい規律や過重な任務を見て、からかっていたという。外国の山岳人にとって、韓国の上命下服文化は不可解かもしれないが、韓国の隊員たちはたとえ不合理だと思っても従わざるをえない。ただそうなると、この出来事をきちんと説明することができない。なぜなら、頂上アタック組が第三キャンプに着いた頃に、遠征隊長の命令に応じない隊員も現れたからだ。上命下服だけでは説明のつかないこともある。なかにはオリンピックを目前にした、当時の社会的な雰囲気を取り上げる人もいた。支援金を得た遠征隊は、一度失敗すると再び遠征に出るのが難しい。その点においては、遠征隊長も隊員たちも同じ境遇にあった。一九八八年の韓国は、おおむね勝者がすべてを手にする社会だった。二等などありえないし、失敗した遠征隊に関心を寄せる余裕もなかった。実際、当時の新聞社の中で、一九八八年韓国ナンガ・パルバット遠征隊の悲劇を報道したのは一社だけだった。つまり彼らは、それぞれの必要に応じて無謀なアタックを指示し、またアタックしたのだ。

彼はその無謀な頂上アタックの中心にいた。ベースキャンプに誤った判断を何度も下した遠征隊長がいたとすれば、第四キャンプには高山病で頭のおかしくなった彼がいた。当時の登攀日誌や証言を見ると、彼がベースキャンプに戻る機会は何度かあった。最初の機会は、頂上アタック隊を選抜するときだった。政府連絡官も言ったように、彼らが頂上アタックのための登頂を始めると、急に雲が押し寄せ、大雪が降りだした。もともとA組は第二キャンプまで行く予定だったが、吹雪のせいで五千九百メートルの地点で進めなくなり、第一キャンプに撤収した。世界最大の垂直の岩壁であるルパール壁には、たびたび雪崩が起こった。なので、安全のために第一キャンプはオーバーハングの岩壁の下に設置した。そのため夜通し暴風が吹き荒れるたびに、テントの前に雪がうず高く積もった。彼はその夜、一睡もできなかった。高度が上がるにつれて不眠症に悩まされたのだ。彼は寝袋の中で文章を思い出した。次の日も雪がやまなかった。彼らはもう一日、第一キャンプに留《とど》まることにした。ベースキャンプ側がギルギットに天気を問い合わせたところ、明日には天気が回復するそうだから、予定を変更していまここで頂上アタック組を選抜しようと隊長が言った。ベースキャンプで選ばれた頂上アタック組に彼の名前も入っていた。彼が睡眠不足で立っているのもやっとだということを、他の隊員たちも知っていた。なのに誰ひとり、彼も含めて、決められたことに異議を唱える者はいなかった。

二度目の機会は、第三キャンプまで上ったときだった。次の日は天気がよかったので、彼らは明け方に起き、ハンドランプと月の光を頼りに第二キャンプまで登頂し続けた。彼らはルパール渓谷の彼方が薄明るくなってきた頃、第二キャンプを出て、左側の岩壁に向かってラッセルをした。新たに降った雪がまだ固まっておらず、歩くときに体じゅうの力を使って雪を踏み固めなければならなかったため、一歩一歩前に踏み出すこと自体が苦痛だった。交代で先頭に立ち、ラッセル作業をしながら、百メートルほど離れた岩壁まで行くのに一時間近くかかった。厳しい寒さのわりにはよく晴れていたので、岩壁の氷が水晶のように輝いていた。そうした天気があと二日続いていたら、状況は変わっていたかもしれない。陽ざしが強くなり、二重靴にスノーボールができ、五ピッチ〔次の確保地点までの行動区間〕を上るのにかなりの時間を費やした。ようやく雪稜《せつりょう》〔雪をいただいた尾根〕にたどり着いたのちも、雪に埋もれた固定ロープを探し出して、再びつらいラッセル作業を続けなければならない。彼らが第三キャンプに着いたのは午後二時頃だったが、すでに日が暮れようとしていた。彼らはベースキャンプに連絡して到着を知らせ、即席麺を作って食べたあと、すぐに眠った。もちろん彼は眠れなかった。高度が高くなるにつれ症状はひどくなった。彼はもはや「無蒲桃有甘蔗」はおろか、何ひとつ文章を思い出せなかった。頭の中はとっくに混乱状態で、五感は誤ったサインを脳に送った。どうもおかしいという感じはあったけれど、正確に言葉にすることはできなかった。

その日の夕方、突然雲が生じ、吹雪になった。テントの側面は巨大な指で掻きむしられたかのように、風に引っかかれた。テントはいまにも吹き飛ばされてしまいそうだったが、寝袋の外に出る隊員はいなかった。彼は起き上がってランプをつけ、天井に吊るした。天井についた氷が、揺れるランプの灯りでキラキラ輝いた。透明な玉のように美しかった。彼は寝袋の中でその光をつかもうと手を伸ばした。しかし、光は寝袋のそばに落ちて砕けた。寝袋の周りが明るくなり、彼の体も温かくなった。手を伸ばせば伸ばすほど、さらに多くの光が彼の周りに積もった。その明るい光がテントの上に落ちてくる雪であることに気づいたのは、他の隊員に起こされたときだった。いや、起こされたというのはおかしい。目は開けていたのだから。彼は目を開けたまま、キラキラ光る夢を眺めていたのだった。気がついたときはすでに、テントは半分ほど雪に埋もれていた。彼らは装備テントに入っているシャベルを取り出し、テントの周りに積もった雪を交代で取り除いた。岩壁の下へと白い雪が花びらのように舞い散った。その頃、彼はよく笑った。どうかすると泣いているようにも見えるその奇妙な笑いは、最後に撮った写真にも残っている。彼らはひと晩じゅうテントの周りに積もった雪を取り除いているうちに力尽きてしまい、それ以上、上るのをあきらめた。零下三十度近い厳寒と、世界の果てに置き去りにされそうなほど吹き荒れる風、ともすると一寸前も見えなくなるホワイトアウトは、彼らの精神力、肉体的意志をすべて奪ってしまった。そんな状態では第四キャンプに行けなかった。

三番目の機会は第四キャンプにいるときに訪れた。第三キャンプからおとなしく下山していれば、失敗に終わったとしても悲劇は起こらなかったはずだ。ヒマラヤから帰ってきたあと、彼は平凡な会社員になって暮らしているかもしれない。あるいは小説家になっているかもしれない。もしかすると、自分より十二歳も年上の女性に愛を告白したかもしれなかった。それが、よりによって第三キャンプから下山しようとしたとき、それまで朦朧としていた彼の頭が正常に動き始め、頂上アタックのために第三キャンプで自分たちを待機していたB組の隊員のことを思い出したのだ。同じ第三キャンプにいながら、その隊員のことをすっかり忘れていた。彼らが固定ロープにつかまり第三キャンプに上っているあいだ、下山する人はいなかったので、その隊員は第三キャンプから頂上に向かうどこかにいるはずだった。ようやくベースキャンプに無線がつながり、話を聞いた。それによると、彼らが上ってきた日、その隊員はひとりで第四キャンプに上り、その翌日の午前一時に頂上アタックに行くと言ったきり、通信が途絶えているらしかった。その知らせを聞いた彼らは下山するのをやめ、厳しい寒さのなか、再び第四キャンプへと向かった。今日は何日だ？　アンザイレンをして氷河地帯を通っているとき、誰かがそう訊く声を彼は聞いた。第四キャンプに上ろうと言ったあと、初めて聞く人の声だった。ただ、一番近くの隊員ですら十メートルほど後方にいたし、峡谷には強い風が吹いていたので、人の声が聞こえるはずもなかった。それでも彼は疑いもせずに答えた。六月三十日だ。だからひとりでも頂上に行くことにしたんだろうな。どうかな。いまごろ頂上登頂を終えて第四キャンプで休んでるんじゃないか？　それは黒い影の声だった。おそらく七千六百メートルを越え、氷原地域に踏み入れた頃だろう。黒い影が彼とともに歩き始めたのは。

彼が黒い影とともに第四キャンプに入った日、彼がギルギットで書いた手紙が私のもとに届いた。月がとても明るい夜だったので、私はひとり庭に出た。開いた窓から家族が見ているテレビの音が聞こえてきた。ニュースでは、北朝鮮を国際社会の一員として受け入れたいと同盟国や友好国に要請したという大統領のインタビューと、オリンピックの南北共同開催を要求する学生たちのデモのレポートが流れた。私は体を伸ばして、薔薇《ばら》の蔦《つた》が伸びた塀の向こうを見下ろした。黄色い保安灯がついているけれど、下の路地は暗かった。彼の手紙には、いつだったかこの石垣を上ったことがあると書いてあった。「僕は高い所を見ると、すぐに上りたくなる性質《たち》なんです。石垣の向こうには何があるんだろうって。ふだんから体を鍛えているから、クラック〔岩の割れ目〕とホールド〔手がかり、足がかり〕さえあれば、どんな壁でも越えられるんですよ。でも、いざ上ってみると力が抜けちゃって。しばらく休んでから下りてきました。何も盗んでいませんからご安心を。そうだ、訊きたいことがあるんですけど。吐蕃《とばん》に追われ、首領と民を捨てて小勃律に逃げた王は、その後どうなったんですか?」

もちろん私は、そのあと王がどうなったのか知っている。開元八年、つまり西暦七二〇年、唐は蘇麟陀逸〔之〕の息子を勃律国の王に冊立《さくりつ》した。蘇麟陀逸の息子は七二七年頃、吐蕃に追われて小勃律——現在のギルギットに逃げた。七三七年、小勃律は再び吐蕃の支配下に入った。蘇麟陀逸の息子は七四一年に死に、その兄が小勃律を支配した。要衝の地を奪われた唐は、七四七年、高句麗《コグリョ》流民の高仙芝《コソンジ》に小勃律の討伐を命じた。高仙芝はパミール高原を越えて、いまのアフガニスタンの地域にあった吐蕃の要塞、連雲堡《れんうんさい》を陥落させたのち、ギルギット川とインダス川が交わる地点まで攻め込んだ。そして吐蕃と小勃律をつなぐ橋を断ち、小勃律を完全に占領した。彼の知りたい話はもっと別のものかもしれないが、私が知っているのはここまでだ。彼は私がすべて理解していると言うけれど、このくらいは誰だって知っている。注釈をつけるというのはそういうことだ。いろいろな解釈の中で、最も多くの人に受け入れられるものを選ぶ行為にすぎない。そこにはいかなる真実も想像も、理解もない。首領と民を捨てて小勃律へと去った蘇麟陀逸の息子は、異郷の地で苦労したことだろう。小勃律は、つねに吐蕃と唐に虐げられたのだから。でも実際はどうだったのか、誰にもわからない。もしかしたらそこで幸せに暮らしたかもしれない。

彼は六月三十日、第四キャンプで最後の登攀日誌を書いた。頂上に向かったというB組の隊員は第四キャンプにいなかった。ずいぶん時間が経過していたので、その隊員の生死は確認できなかった。脱力した彼らは残りの食糧をすべて食べ、その場に倒れた。気温はマイナス四十度まで下がっていた。そんな所で彼は月の光について書いていた。「月の光を浴びた氷河が青色に輝いている。ここは水晶のニルヴァーナ（涅槃《ねはん》）。黒い影はことあるごとに僕を見て笑う。僕が喉がカラカラだと言うと、やつは湧き上がる澄んだ泉を見せる。退屈だと言うと、色とりどりの花火を空に打ち上げる。そんなやつでも叶えてくれない願い事がひとつだけあった。それは睡眠だ。僕が眠りたいと言うと、首を横に振る」。彼は手がかじかんでそれ以上書けなかったようだ。最後に書いた文章は「さらにもうひと月、雪山を越えたら」だった。その日、彼と一緒のテントにいた隊員は、書き終えた登攀日誌を彼がその隊員のリュックの中に押し込んでいるのを見たと言った。遠征が失敗に終わり、遠征隊長は自分の欲望を満たすために若い隊員たちを死に追いやったと非難されたが、その日、頂上近くで死んだふたりについては、自ら死に飛び込んだのだと反論した。その証拠に、彼が仲間のリュックの中に登攀日誌を押し込んだことを挙げた。彼は初めから死ぬためにナンガ・パルバットに行ったのだ、と言った。遠征隊長の言いぶんも間違ってはいないが、いずれにしても、遠征隊長はもう二度と支援金をもらってヒマラヤに登ることはできなかった。

「さらにもうひと月、雪山を越えたら」という文章は、本文の七十行目から七十一行目に出てくる。「又一月程過雪山」があり、そのあとに「東有一小国」と続く。慧超《ヘチョ》は自分が行ったことのある国なら、例外なく「従」「行」「日」「至」などの文字を使った。たとえば「又従南天北行両月／至西天国王住城」というふうに。だから「又一月程過雪山／東有一小国」の場合は、実際に行った所ではなく、人から聞いた話を書いたことになる。さらにもうひと月、雪山を越えた所にある国について、慧超はこう書いている。「国の名前は蘇跋那具怛羅。吐蕃の管轄下にある。衣装は北天竺と似ているが、言葉は異なる。とても寒い地域だ」。この文章で慧超が記していないものが一つだけある。この国は『大唐西域記』にも出てくる蘇伐剌拏瞿呾羅《スヴァルナゴートラ》であり、数多くの文献に出てくる東女国《とうじょ》、つまり女性が治めている国のことだ。慧超は実際に行ったことがなかったので、蘇跋那具怛羅が女人の国であることを『往五天竺国伝』に残さなかった。ナンガ・パルバットで彼が残さなかった文章はなんだろう。登攀日誌が途中で終わっているので、彼がその後どうなったのかはわからない。

ナンガ・パルバットから戻ってきた人たちの話をまとめると、彼は眠れないので（あるいは目を開けたまま自分の夢を見つめていた）、午前一時頃、凍りついた靴を履いてテントの外に出た。彼は最後の登攀日誌に月の光について書いているのだが、仲間の証言によると、三日間、大吹雪に見舞われ、その日も例外ではなかったらしい。彼がひとりでも頂上アタックに挑むと言ったのを聞いた隊員がいるそうだが、確かめられなかった。かと思うと、このままでは死んでしまうから早く下山しようと彼が言ったと思っている隊員もいた。彼らも思考が止まっていたのだ。ベースキャンプの情報によると、しばらくは晴天が続くといわれていたが、実際はずっと曇っていた。一日じゅう吹雪に見舞われた。残されたふたりの隊員は身動きがとれないので、第四キャンプにもう一日留まった。翌日はいい天気だった。しかし、寒さと飢えと孤立感で半ば正気を失っていたふたりは、すぐに下山しようとした。しかし遠征隊長は、こんなに晴れているし頂上までもあとひと息だ、下りてこないで頂上をアタックしろ、と叫んだ。彼も半ば狂っていたが、自分たちは登頂に失敗したのだと認めざるをえなかった。一九八八年韓国ナンガ・パルバットの遠征は、七月二日、最終的に失敗に終わった。

数日後、頂上に向かっていたベルギーの遠征隊によって、七千八百メートルの地点でB組の隊員の死体が観測された。頂上の地を踏んで下りてきているときに死んだのか、それとも頂上に向かっている途中で死んだのか、確かめる手立てはなかった。彼の場合はさらに不透明だった。七月一日の午前一時、第四キャンプをあとにした彼の形跡はどこにもなかった。頂上にも、ベースキャンプにも。ナンガ・パルバット遠征隊のことを記事にした唯一の新聞には、彼はB組の隊員を救助するために頂上に向かう途中、ヒドンクレバス〔雪に覆われ、隠れた割れ目〕に落ちたようだと書かれていた。それはナンガ・パルバットの第四キャンプで失踪した彼に対して、できるかぎりの敬意を込めた合理的な想像だった。でも私は、彼の最期について別の想像をしてみた。誰でもできるような想像ではなく、私にしかできない想像を。七月一日の午前一時に、彼は第四キャンプをあとにした。他の隊員たちとは違って、彼の目に映る空は澄んでいて、冷たい月の光を浴びたナンガ・パルバットの頂上は明るく輝いている。雪でまだら模様になった黒い峰は、苦痛と悲しみと絶望を抱えたまま、裸になって立っている。風が吹くと、白い雪片《せっぺん》が岩を伝って涙のように流れ落ちる。彼はゆっくりと、とてもゆっくりと、裸になった峰の苦痛と悲しみと絶望の中へと歩いてゆく。涙はそれらを温かく包み込む。親しげににっこりほほ笑む岩壁。暖かな風を吐き出す雪山、少しずつ彼を押し上げる風。やがて裸の山に、赤い花と青い草が生え、白い泉が生まれる。彼はともに歩いている黒い影と冗談を言い合い、くすくす笑う。「ここかい?」「いや、あっちだ。もう少し先の方」「どこ?」「あそこだよ。さらにもうひと月、雪山を越えた所。ほら、あそこ。文章が終わる所で姿を見せる夢のケルン」。もはや理解できないものなど何もない水晶のニルヴァーナ。これですべての旅が終わる、世界の果て。

南原《ナモン》古詞に関する三つの物語と、ひとつの注釈

一　私たちは本当に愛し合っていたのだろうか

華やかなりし古《いにしえ》も香《かぐわ》しい塵とともに散り去り（繁華事散逐香塵）
流れる水は無情なれど草はおのずと春を装う（流水無情草自春）

ここまで考えたとき、彼女の頭の中は真っ白になった。穀雨〔四月二十日頃〕が近づくと中庭に通じる門の脇で花を咲かせるユスラウメのように。あるいは、むり*の糊《のり》をきかせ米粉をふりかけて作った全羅道《チョルラド》の粉周紙《ブンジュジ》のように。ぎっしりと打ち込まれた竹格子《たけごうし》の隙間から、冷んやりとした春の風に乗って降りてきた星の光が、獄舎《オクサ》の中に点々と注いできた。今日は何日かしら。私はなぜここにいるの？　いつしか月は欠けており、夜が更けるにつれ光は弱くなっていた。朔日《ついたち》近くになると、華やかな刺繍の入った寝具に枕しても、ひとりでは寂しくてたまらないもの。しかし誰であれ、どんな人生であれ、いつかはそんな夜が訪れるものだ。川は光を失い、夜はひっそりと深まっていくだろう。どんなに否定しても、人はみな自分ではない別の存在になっていくだろう。そんな夜、独りぼっちになった人間の心は否応なくもろくなり、時間と空間の曖昧な境界に沿って流れていくうちに、いつしか夜陰の中に跡形もなく溶けていく。

塀に囲まれた獄に入れられてからというもの、幾度となく、心が境界に沿ってにじんでいった。こんなときこそ気をたしかに持たなければと、彼女は自分に言い聞かせた。最後の句はたしか、「散りゆく花はあたかも楼閣から身を投げる人のようだ（落花猶似堕楼人）」だった。魂の中にどんなに暗闇が押し寄せてきても、その句だけは忘れなかった。ただ、その前の句がどうしても思い出せない。「客舎《ケクサ》*青々柳色新たなり」や「海水直ちに下る万里の深きに」が頭に浮かんだけれど、どちらも違うような気がした。それよりは「川は散る花を連れていき、雁《かり》の鳴く声がさびしい」とか「春の光は点々と落ちているのに、道端の柳は青々としている」のような、もっと平凡な句だったような気がする。思い出そうと真っ白になった頭をひねりながら、彼女はふと、それはそんなに大事なものなのだろうか、と考えた。そしてその思いが消えるよりも早く、なぜか目に涙が宿った。

牢につながれている彼女の目に、突然涙があふれるのは珍しいことではなかったが、その日の涙は少し違った。そもそもむせび泣くつもりはなかった。はじめは五月飛霜《ひそう》*のごとく激しい怒りが渦巻いた。いや、違う。はじめは愛があったのだ。「天長く地は久しきも時有りて尽く（天長地久有時尽）」というように、紅葉《もみじ》が秋の冷たい風に吹かれて散ってしまっても、赤かった頃の気持ちだけはお互いに忘れないでいようと誓った。もし愛がなかったら、彼女はいまここにいないはずだ。彼女が自分の胸の内に熱いものを感じたのは、十六歳の誕生日を迎えてまもない頃だった。

もちろん初恋だ。あたかも自分の顔が映った鏡のように、拭いてはまた拭き、愛おしくてたまらない愛だった。

十六歳にもなれば、鏡に映る自分の顔が一生変わらないものであることぐらい知っている。一日に何度も背が伸びる気まぐれな子ども時代が過ぎると、晩春――ほとばしるだけほとばしった末に爛熟してしまう時代――がやってくる。胸いっぱいに蕾《つぼみ》がほころび、葉がついた後は、何が変わるのか、変わらないものは何なのか、また、変わってよいもの、変わってはいけないものは何なのか、否応なく知ることになる。まさにそんなとき、たとえば号令を聞くなり駆けつけてくる下っ端の役人のように、その名前を聞くだけで恋しくなる人が現れたのだ。北斗七星の光にいつまで照らしても色褪せることのない、智異山《チリサン》*から流れてくる蓼川《ヨチヨン》*の澄んだ水に九十九日間浸けておいても消えることのない、そんな愛が訪れたのだ。その愛は、ケマンソウのように恥じらいを見せる少女の胸の内を撫でるように、やわらかな唇で言った。どんなに早く歳月が流れようと、おまえの顔や声が変わろうと、この愛だけは決して変わらないと。霜《しも》が降りても雪が降っても色褪せることのない愛が、おまえに永遠の命を与えるだろうと。その愛を手にすれば、死さえも沈香《じんこう》のごとくほのかな香りを放つだろうと。

だから彼女は、官衙《かんが》*への出頭を命じられたとき、怒りがこみ上がった。それは身分の低い者が濡れ衣を着せられて悔しがる類《たぐい》のものではなく、どちらかというと、飛びかかってきた幼子に大事な茶碗を割られるかもしれない、というときにこみ上がってくる攻撃的な気持ちに近かった。下の者が上の者に向かってではなく、上の者が下の者に憤るという意味だ。当然だろう。仮に男女の愛を最高の徳目として崇《あが》める宗教があるとしよう。なら、彼女は聖女のような存在なのだ。彼女の肉体は愛によるすべての神秘体験を経ていた。一度、眩《まぶ》しいほどに明るい光や、ぞくぞくするほどの熱い喜びにさらけ出されると、それ以外のものはすべて光を失い、冷めてしまう。生死を超えられるという彼女の傲慢さは、まさにここから始まるのである。

　神秘体験をした人が刃物で脅されて宗教を捨てるくらいなら、司祭は刃物を偶像として祭祀を行う人たちだということになる。獄舎に入れられたときの彼女は、この先どんなに苦しいことがあっても負けない自信があった。しかし、自尊心なのか傲慢なのか、それとも怒りなのかわからないその気持ちは、いつしか悲しみに染まっていった。柳の葉を揺らす五月の暖かい風のように、ハマナスで有名な美しい明沙十里《ミョンサシムニ》*の海岸に押し寄せてきては引いていく青い波のように、悲しみは心を濡らした。怒りは愛をさらに激しく燃やす薪《たきぎ》のようなものだが、いくら食い止めても押し寄せてくる悲しみの波によって、その炎は小さくなった。

　その日の午後、彼女のもとに妓生《キーセン》*の頭《かしら》である玉蘭《オンナン》が、よい知らせがあるといって軍牢使令《クルレサリョン》*の威を借りて訪ねてきた。玉蘭はにっこりと笑いながら、彼女に向かって「あんたの美しい行いがようやく世に知れるよ」と言った。

「官衙のお偉いさんたちが、役立たずの卞府使《ビョンプサ》*を懲らしめる方法をついに見つけたそうだよ。漢陽《ハニャン》〔現在のソウル〕の王が湖南《ホナム》〔現在の全羅道〕の地に暗行御史《アメンオサ》*を派遣したという噂で持ちきりでね。すでに順天《スンチョン》の客舎《ケクサ》に出頭したっていうから、もうじきここ南原《ナモン》の地にもやって来るだろうよ」

　玉蘭は話を続けた。ぼんやりしていた彼女の顔に生気が宿った。

「ということは、三清洞《サムチョンドン》*の若旦那〔後出する李夢龍〕は科挙*に受かって、王に御酒三盃と、紅牌《ホンペ》*、御賜花《オサファ》*をいただいたんですか」

それを聞いた玉蘭は、これまた情けないとばかりに舌打ちをした。

「あんたの敷いているそのござは宮中の布団なのかい？　この期《ご》に及んでまだ夢と現実が区別できないようだねえ。夢龍《モンニョン》だかなんだか知らないけどね、あの坊ちゃんが漢陽に行ってまだ何年も経っていないんだよ。なのに頭に御賜花をさして帰ってきて、あんたの家の前に烈女の門でも立ててくれると思ってるのかい？　変わった娘だとは思ってたけど、あんたみたいなのは世にふたりといないよ。いいかい、いま実権を握っているのは戸長《ホジャン》*と座首《チャス》*なんだよ。もうすぐここの客舎にも『金の杯に盛られたうまい酒は千人の血（金樽美酒千人血）』という号令が轟《とどろ》くだろうから、あんたはじっと待っていればいい。卞《ピョン》のやつに丸め込まれるんじゃないよ」

「暗行御史とはすでに何度も公文を交わしたらしい。卞府使《プサ》はおそらく自分の誕生日にお払い箱になるだろうよ」

そばでずっと彼女を見つめていた軍牢使令《クルレサリョン》が、さりげなくそう言った。

「お払い箱？　つまり、卞府使様は罷免されて追い出されるってこと？　お兄様？」

「それだけじゃない。暗行御史が出頭して調査を始めたら、金を横領したことや、女に溺れたことが天下に知れる。そうなったら獄行きさ」

「卞府使様のような方が、まさか」

「あんた、まさか卞のやつに棍棒で殴り殺されたいと思ってるんじゃないだろうね？　それとも何かい？　あの役立たずがあんたを愛してると言ったのを信じてるのかい？　頼むから烈女として の操《みさお》をちゃんと守っておくれよ。くれぐれも喜んで飛びついたりするんじゃないよ。気をたしかに持って。今回のことは全部あんたの貞節にかかっているんだからね。あんたと夫婦の契りを結んだのは、卞府使じゃなくて、前の府使の息子なんだよ」

玉蘭《オンナン》は目をつり上げてまくし立てた。玉蘭は彼女に、ひとりの夫にだけ仕えること、二夫にまみえないことを約束させると、軍牢使令を連れて獄門を出て行った。ふたりが帰ったあと、彼女は少しずつ心が揺らぎ始めた。だから悲しくなったのだろうか。なんだか卞府使が不憫に思えてきた。卞府使は彼女に、自分に心を開いてくれたら茨の道も厭《いと》わない、と何度も言った。北村《プクチョン》*に本家のある四十五歳の両班《ヤンバン》*である彼が、十九歳の卑しい身分の女の愛を得るために、すべてを投げ出す覚悟があると言ったのだ。でも、それだけだった。なぜそれが罷免の理由になるのだろう。だったら、官妓《かんぎ》の気持ちなど訊きもせずに力ずくで東軒《ドンホン》*に呼び寄せ、一夜をともにする数多《あまた》の地方官たちはなぜ罰せられないのだろう。もし暗行御史が李夢龍《イモンニョン》だとしても、彼女は卞府使に同情するだろう。なのに、腹黒い役人たちの都合のいいように丸め込まれた今回の暗行御史が、彼女に対して恋心を燃やしているのが罪といえば罪になる卞府使を、一瞬にして貪官汚吏《タムグァンオリ》*にしてしまうなんて。

その夜、遠くの方から鐘の音が聞こえてきたあと、彼女は静かにもう一度、さっきから思い出せない詩句について考えてみた。やはり頭の中は真っ白だった。思い出したのは、作者が唐の詩人、杜牧《とぼく》だということだけだった。数年前、五月の端午《たんご》の頃だったか、春の気配にじっとしていられなくなった彼女は、広寒楼《クァンハルル》*の烏鵲橋《オジャッキョ》を渡り、蓼川《ヨチョン》の畔《ほとり》の木に吊るしてある鞦韆《ブランコ》に乗って、空高く漕いだ。そのとき南原《ナモン》の官衙《かんが》で房子《バンジャ》*として働いていた子が鞦韆の下までやって来て、彼女にとても会いたがっている府使の息子のことを次のように説明した。「うちの坊ちゃんはとびっきりの美男子で、風采は杜牧、文章は李白《りはく》……」。杜牧が洛陽を通り過ぎるとき、彼の美しい顔をひと目見ようと集まった妓生たちが投げたみかんで馬車の中はいっぱいになった、という古詞を最初に教えてくれたのが、もし前任の府使の息子〔李夢龍のこと〕ではなく、卞府使だったとしたら。「散りゆく花があたかも楼閣から身を投げる人のようだ」で終わる杜牧の詩「金谷園《きんこくえん》」を、最初に詠んだのが前任の息子ではなく、新任の卞府使だったとしたらどうなっていただろう。その詩は晋《しん》の富豪、石崇《せきすう》の愛妾《あいしょう》である緑珠《りょくしゅ》が、彼女の美貌に目を奪われた孫秀《そんしゅう》という男が緑珠を自分にくれと石崇に言うのを聞き、憤りを抑えきれなくなって楼閣から飛び降りたことを歌ったものだと教えてくれたのが、李夢龍《イモンニョン》ではなく卞学道《ビョンハクト》だったとしたら何か変わっていただろうか。それでも彼女は李夢龍のために貞節を守っただろうか。貞節とはいったい何なのか。そして永遠の愛とは？

二　いまでも忘れられないその顔

世間で思われているのとは違って、私はすべて彼女のせいだと思っています。よくご存じない人もいるでしょうから、前後の事情をご説明しましょう。妓生《キーセン》の母親をもつ彼女は、国で定められた法律により、生まれながらにして「妓案《キーアン》*」に名前が載っています。ただし、数年前に府使《プサ》の息子と愛し合うようになってからは、毎月一日と十五日に行われる妓生の点呼には行かなくなりました。名前を呼ばれたら返事をし、文書に印をつけて人員の確認をするだけのものですけれど。妓生たちの中にはそんな彼女に嫉妬する者もいました。

たとえば妓生の頭《かしら》である玉蘭《オンナン》は、『続大典』に「代婢定属《テビジョンソク》*」という項目が本当にあるのなら（法典にありもしないことが書かれているはずがありませんから）、とても難しいことですが、彼女が「代婢定属」をして両班《ヤンバン》の妻になればいいと考えていました。もちろん、その裏には別の魂胆がありましたけど。しかし法というものは、そもそも人のために作られたものではありませんからね。地方の官衙に配属された官妓《かんぎ》に「代婢定属」を説くのは、犬に向かって「大学の道は、明徳を明らかにするに在り（大学之道在明明徳）」と言うようなものです。ただ、府内の人たちはみな、彼女は前任の府使の息子と夫婦の契りを結んだのだから良民になったのだと思っていました。しかも前任の府使が漢陽《ハニャン》に戻ったあと、彼女の母親である月梅《ウォルメ》がその威勢を笠に着て、のちに官吏に昇進した金座首《キムチャス》と軽率な戸長《ホジャン》に、いくらか金を握らせたらしいので、少なくとも娘は良民扱いをしてもらっていたようです。

ところが、新しい府使がやって来るなり状況が変わったんです。十月一日に南原《ナモン》に赴任した卞《ピョン》府使は、まず広寒楼《クァンハルル》で服を着替え、それから客舎《ケクサ》である龍城館《ヨンソンガン》内の慶基殿《キョンギジョン》に入り、問安礼《もんあん》と朔望《さくぼう》礼を兼ねて殿牌《ジョンペ》*と闕牌《クォルペ》*に礼を尽くしたあと、最初の仕事として妓生の点呼を始めました。妓生の名簿に載っている人員と、実際の人員が一致するかどうか調べる「妓生点呼」は、もともと一日と十五日に行われていたので、赴任した日に行っても何の問題もありませんでした。しかも卞府使は、王の前で「女楽《じょがく》」を撤廃すべきだと主張していた趙光祖《チョグァンジョ》*を敬っていましたから、官妓に対しても明確な態度をとっていました。実際に私の同僚を見ても、ヒモ役を買って出たり、金座《キムチャ》首《ス》のような下っ端の役人が堂々と玉蘭《オンナン》レベルの妓生を妾《めかけ》にしたりしていたくらいですから、官庁に出入りする両班たちは言うまでもありません。卞府使はこのことをよく知っていたので、赴任早々に妓生点呼を始めたのです。しかし、そのせいで官庁から目に見えない圧力をかけられることにもなったんですよ。早い話が、新任府使と地方官吏たちとの勢力争いは、この妓生点呼から始まったというわけです。

　彼女はその日、妓生名簿にはまだ名前があるというのに、点呼に行きませんでした。卞府使がそのわけを家臣たちに尋ねたところ、玉蘭が病に臥せっているので看病をしていると言うのです。重病でもないのに、新任府使の初めての点呼に行かないなんてありえますか。しかも彼女は、南原《ナモン》の中でも唯一、中央にまで名が知れている妓生だというのに。卞府使は不正が潜んでいると思ったのでしょう。もう一度問いただしました。すると郷庁《ヒャンチョン》*の威を借りて吏房《イバン》*の地位にまでのぼった金座首が答えました。彼女は前任の府使の息子と夫婦の契りを結び「代婢定属」しました、と。じつのところ、お抱えの妓生がいるのは前任の府使の息子だけではありませんでした。そう言う金座首も例外ではありませんでしたし、妓案《キーアン》を覗いてばかりいる戸長はもちろん、隅の方で「うーん、そうですねえ」と言っていた下級官吏も同じでした。金座首は「源流が濁っているなら下流が清いはずがない〔上濁下不浄〕」とでも言いたげに、卞府使に彼女のことを話しました。官妓も国の財産です。一介の地方官吏が勝手にその身分を変えるだなんてとんでもない。ましてや府使の息子と愛し合う仲だという理由で、戸長と座首が彼女を良民にしてやるなんてありえないでしょう。黙って見逃すわけにはいかないと思った卞府使は、すぐさま使いを寄こし、点呼に来なかった彼女を連れてこようとしました。

事が大きくなったのはそれからです。彼女は自分は絶対に行かないと言い張ったのです。そのとき彼女が素直に聞き入れていれば、卞府使が教坊《キョバン》*の乱れを咎《とが》めたり、衙前《アジョン》*の気勢をそぐために厳重な取り締まりをしたりすることもなかったでしょうし、結果的には、憤っていた彼らが暗行《アメン》御史《オサ》が来るという噂を聞いて、おお、ちょうどよかった、これを機に貪官汚吏《タムグァンオリ》の汚名を着せて卞府使を貶《おとし》めようじゃないか、と躍起になることもなかったはずです。いずれにせよ、その日彼女が東軒《ドンホン》に行っていれば、何の問題もなかったのです。両班の息子とはまだ結婚していないのですから、ひと月に二回行われる点呼に顔出すぐらいどうってことないでしょう? 誰も彼女を無理に教坊に入れようとしているわけではないんですから。卞府使だって世間知らずで話の通じない人じゃないですし、妓生の名簿《ナモンブ》にまだ名前が載っていても、元府使の息子と縁のある彼女を粗末に扱うはずがありません。しかも南原府は、昔から湖南《ホナム》地方〔現在の全羅道〕の中でも地元官吏の権力がとても強い所です。だから、たとえ府使でも、彼らをしっかりと統制しなければ、手足を切られた猿と同じなのです。

ところが彼女は、家にまで訪ねてきた下級官吏たちの前で、自分は両班の子息と縁を結んだ良民だから、妓生点呼には行かないと大声で叫んだのです。

「おまえの言いぶんはようくわかる。そのうえで言っているんだ。厳密に言うと、おまえの身分はまだ南原府所属の官妓だ。だから妓生点呼に来いという新任の府使に逆らっちゃあいけないんだよ。智異山《チリサン》の北側の裾に暮らしている俺たちの中に、おまえがいずれ良民になることを知らない者はいない。ここはひとつ真似事でいいから言うとおりにしておくれ。玉蘭《オンナン》も点呼にだけ出ればいいと約束してくれたよ」

軍牢使令《クルレサリョン》として彼女を呼びに行った私はそう言いました。

「お兄様。わたしは別に良民になったとか、良民になりたいとか思っているんじゃないわ。お兄様だって、わたしの出自やこれまでのことを全部ご存じでしょ？　ある日、わたしの前に逆らえない方が現れました。身も心もすべてその方に捧げました。その方はわたしに誓紙を書いてくれたのです。どこの両班が妓生に誓紙を書いて、一生大切にする、自分の愛は決して変わらない、と誓ってくれますか。そんな話、夢にだって聞いたことないわ。あの方はわたしなんかよりずっと立派な良家のお嬢さんと生涯をともにする楽な道もあるというのに、身分の賤《いや》しいわたしと縁を結ぶために、自ら茨の道を選ばれたのです。それがどれだけ大変なことなのか、お兄様だったらおわかりですよね？　だからわたしは身勝手なふるまいをするわけにはいかないのです。わたしの心の中にも誓紙が書かれている以上、点呼に応じることはできません」

ついてきた供の者たちが欠伸《あくび》をしながら頭を掻いている脇で、私はもどかしくてたまりませんでした。でも、一方で可哀想な気もしました。友人に連れられて物見遊山をすることはあっても、母親が妓生だからって娘まで一緒に妓生になる必要はないでしょう。しかし、貞節も時と場所をわきまえなければなりません。新任の府使と地元の官吏たちが熾烈な争いをくり広げているときに、生涯を約束しただの、貞節だのと言っている場合ですか。

「妓生に誓紙を書く両班などいくらでもいるさ。妓生の分際で貞節だって？　このくそ暑いときにつまらんことを言ってないで、さっさと支度しろ。世の中、おまえの思いどおりにはいかないことだってあるんだ。にわか雨が降ってきたら少し雨宿りをすればいい。卞《ピョン》だか大便《テビョン》だか知らんが、やつはいちいちおまえの事情を酌《く》んでくれやしないぞ」

「わたしは別に府使様の命令に逆らおうとしているんじゃないわ。ただこの愛を守りたいだけ。お兄様もわたしの気持ちが信じられないのね。お兄様まで他の人みたいに、わたしたち妓生のことを、道端に咲く花はへし折ってもいい（路柳墻花人皆可折）などとおっしゃるつもりなら、これ以上お話ししたくありません。体ならともかく、この心をどうやってへし折るおつもりですか」

「ふざけるな。おまえの体がもし道端に咲く花だったら、この俺が数万回は折ってるさ。おまえは自分のことはよくわかっているくせに、他人の気持ちはまったくわからないんだな。えい、くそっ、もうどうにでもなれ。ああ、わたしの愛しき人よ、延坪《ヨンピョン》海《へ》の漁網のごとく絡み合った愛よってか？　その愛とやらがどれだけ大切なのか、この目でしかと見せてもらおうじゃないか。俺はこの手でおまえを縛って東軒《ドンホン》に連れて行けそうにはないが、命令に逆らったからといって、大釘を打ち込んだ鞭《むち》で叩かれることはあるまい。どれ、ここはひとつ、俺もおまえと一緒にねばってみるとするか」

彼女の生い立ちについて、私ほど知っている者はいませんよ。愛だのなんだのとふざけている世間知らずの彼女を見ると開いた口もふさがりませんが、一方で寂しくもなり、私自身が情けなくなるのです。供の者たちは縄で縛りつけてでも連れて行こうとしましたが、私は自分がすべての責任を負うからと言って止めました。そして、せっかくだから一杯飲んでいけという彼女の母親の誘いを断れないふりをして酒をあおりました。勤務中に、しかも新任府使の命を受けて、妓生点呼に来なかった官妓を呼びに行っておいて、酔っぱらうほど酒を飲んだのですから、大釘を打ち込んだ鞭で殴られても言い返す言葉はありません。ただ、私も見てみたかったのです。愛の果てとやらを、一度。そのうち酔いが醒め、周りを見まわしてみると、そこは私のよく知っている獄舎《オクサ》でした。牢番たちが、赤い顔でとろんとした目をしている私を憐れむように見ていたのを、いまでも覚えています。もちろん、ひと月後に釈放されたとき、私はそのうちの何人かを痛い目に遭わせてやりましたがね。

これからお話しするのは、すべて牢の中で、あるいは牢を出たあと、人づてに聞いたものです。彼女が妓生点呼を拒み、自分は良民であると宣言したと聞いた新任の府使は、その大胆さに驚き、他の仕事が山積みになっていたにもかかわらず、彼女をいますぐ呼べと命じました。東軒に連れてこられた彼女は、目の前に立っている新任の府使をキッと睨みつけながら、自分は漢陽《ハニャン》の三清洞《サムチョンドン》に住む元府使様の子息と夫婦の契りを結んだ、代婢定属《テビジョンソク》して良民になったのだから妓生点呼には出たくない、と断固とした口調で訴えたのです。

「守令《スリョン》*の息子の分際で、勝手に官妓の身分を変えるとは何事だ。それこそ職権濫用ではないか。

王が年に一度、暗行御史を各地に派遣なさる本当の目的は、そこにあるんだぞ。道端に咲く花が貞操を守ろうとしようと何をしようと私の知ったことではないが、地方官吏らが権勢をふるって守令七事《スリョンチルサ》*を乱すのを放っておくわけにはいかん」

聞き流しておけばよいものを、道端に咲く花という言葉にカッとした彼女は大声をあげました。

「わたしたちは愛し合っているんですよ。愛し合うというのは、あなた以外の人は誰も愛しませんと誓うことです。あの方はわたしを永遠に愛すると誓い、誓紙を書いてくださいました。わたしもあの方を永遠に愛すると誓いました。愛に身分の差などありません。ですから、畏《おそ》れ多いことですが、今後はわたしを道端に咲く花扱いしないでいただけますか」

卞府使《ビョン》はそれまで他のことを考えていましたが、彼女がそう言うなり舌打ちをしてこう言ったそうです。

「今年いくつになる?」

「十九歳です」

「一番いいときだな。おまえは本当に永遠の愛とやらと信じているのか?」

「たとえ太陽が力尽きて西の海に落ち、二度と昇ってこなくても、晦日《つごもり》に欠けた月が二度と満ちなくても、この愛が変わることはありません」

「おまえの身分だって同じだ。男と女が愛し合ったくらいで国の基盤である士農工商《サノンゴンサン》が崩れたら、この世に生き残る国などあるまい。そんなばかばかしい話はもうよせ。妓生名簿にある名前を消したいなら、いますぐそいつと婚礼を挙げて良民になるなり、ひと月に二回、妓生点呼に出るなりしろ」

牢屋を出たあと、いろいろな人の意見を聞いてみると、卞府使は府使として言うべきことをきちんと言ったというのが衆論でした。なのに彼女は大胆にもこう叫んだのです。

「府使様に申し上げます。忠臣は二君に仕えず、烈女は二夫に仕えず、というではありませんか。もしまた乱世になったら、府使様は敵に屈服して二君に仕えますか！」

それを聞いた卞府使はカッと腹を立てたそうです。二つの大きな乱*を経て国が揺らいだ直後だったので、一地方の守令《スリョン》にとってこれ以上の侮辱の言葉があるでしょうか。それにしても、「道端に咲く花」に憤ったのは彼女の過ちですが、「忠臣は二君に仕えず」に激怒したのは卞府使の失策でした。賤妓が何を言う、くらいに思っていればよかったものを……。いずれにせよ、卞府使はこう言ったのです。

「おまえの言う愛は本当に法律と身分を超えられるものなのか、一度ようく考えてみようじゃないか。だが、いまは官妓の身なのだから、慣例上は誰かの伽《とぎ》を務めろと言われたら従うしかないのだ。今日から私の伽をおまえにさせよう。まじめにやってもらおうか！」

その日の東軒《ドンホン》は、とにかく驚きの連続だったそうです。府使が真っ昼間から官吏たちのいる前で官妓に伽をせよと命じたり、その命令に官妓は操を守ると歯向かったり……、あ、順番が逆でしたね。もうずいぶん昔のことなので記憶が曖昧なのですよ。しかし、彼女の顔だけはいまでもはっきり覚えています。十六歳になる前からいままで、一日たりとも忘れたことはありません。

何ですと？　卞府使は彼女に心を寄せていたんじゃないかって？　とんでもない。府使と地元官吏の勢力争いが原因なんですから。気持ち？　そりゃあ人の心の中まではわかりませんけどね。いいえ、違います。そんなんじゃないですってば。じゃあ私はこれで。どこに行くのかって？年寄りはすることもありませんからね。私が暇つぶしに彼女の話ばかりするもんだから、私よりも暇を持て余している芸人たちがそれを打令《タリョン》*にしたそうなんですよ。いまからそれを聞きにいくんです。どうです？　一緒にいかがです？

三　あの歌《ソリ》はなんだ？

「暗行御史《アメンオサ》のお出ましだ！　暗行御史のお出ましだ！」

大きな叫び声が内三門《ネサムムン》の中に飛び込んできた。のどかな早春の風が吹いていた近民軒《クンミンホン》が急に騒がしくなった。吏属《イソク》たちは慌てて内三門の外に走って行き、並べた料理のそばで顎髭《あごひげ》を撫でていた郷校《ヒャンギョ》*の年寄りたちも、宴会の準備に追われていた芸人たちも、せわしげに料理を運んでいた女たちも、みんな慌ただしくなった。

「どうやら着いたようだ」

任実県監《イムシルヒョンガム》*、求礼《クレ》県監、晋州判官《チンジュパングアン》*、雲峰令監《ウンボンヨンガム》*ら、近隣の府の守令《スリョン》たちと席をともにしていた卞《ピョン》府使《プサ》は、立ち上がってつかつかと歩いていき、前庭に下りた。他の人たちも立ち上がった。南原《ナモン》府での暗行《アメン》の監察は終わっていた。すでにいつ出頭するという文《ふみ》が届いたあとだったので、卞府使には暗行御史お出ましの号令が、日照り続きの日に降る雨音のようにうれしかった。号令が聞こえてきたかと思うと、御史《オサ》一行は外三門《ウェサムムン》から聳三門《ソスルサムムン》を通って、近民軒の方に入ってきた。暗行御史の朴《パク》イルピョンが姿を現すなり、近民軒の人たちはみな、礼を尽くした。

「長旅でさぞお疲れでしょう」

「おお、君か。達者でいらしたか。ともに学んだ日々が昨日のことのようだが、君もすっかり老《ろう》雄《ゆう》ですね」

「御史様はあの頃のままでいらっしゃいます。五里亭《オリジョン》までお迎えに参るべきものを、御史様たってのご所望によりたいへんご無礼をいたしました」

「お気になさるな。王の命で巡行しているのだから、格式なんかどうだっていいのです。さあ、中に入りましょう」

そう言って朴御史《パクオサ》は近隣の府の守令たちと挨拶を交わしたあと、卞府使に勧められるままに大《テ》庁《チョン》*の間の上座に座った。朴御史はまず順天府《スンチョンブ》に寄り、不法文書を摘発して倉庫を封じ、順天府使《サ》を罷免した。その五日後にこの南原府に来たわけだが、今回の南原府出頭を最後に、ひと月あまりの湖南《ホナム》巡行は終わることになっていた。

「聞くところによると、今日は府使殿のお誕生日だそうですね」

「吏属たちの取り締まりも充分にできず物議を醸した身です。罷免されて当然だというときに、誕生日などとんでもありません。ただ、御史様出頭のお知らせを聞いて、ここ頭流《トゥリュ》山麓の食事など、粗末なものですがご用意いたしました」

卞府使が吟ずるように言った。

「ところで件《くだん》の座首《チャス》らはどうされましたか」

朴御史が目をつり上げて尋ねた。

「国家の財産である穀物や田畑の租税を横領しただけでなく、不法に文書を捏造したり、その罪を守令になすりつけたり、それがばれたあとも、民心を乱す目的で根も葉もない噂を広め、民を煽動するなど、彼らの犯した罪は極めて重いと判断し、まずは自白させ、それから足枷《あしかせ》をかけて牢屋に入れました。これから監営《カミョン》*に報告し、命令が下るのを待とうと思っています」

「南原府は昔から地元の士族の力が強いとは聞いていますが、庶子《ソジャ》*の分際で座首と吏房《イバン》の職務を兼ね、官庁を意のままに操るなどという腐敗が、いったいなぜ起こったのですか」

朴御史の質問に、卞府使が石壇に立っていた戸長《ホジャン》を指さすと、戸長は大罪を犯したとばかりに、石壇にひれ伏してこう答えた。

「昔からこの南原の地は立派な両班も多く、その敦厚《とんこう》な風俗も全羅道《チョルラド》で右に出る所はないのですが、壬辰倭乱《イムジンウェラン》*のあと京在所《キョンジェソ》*が廃止されてからというもの、中央とのつながりが薄れてきましたので、士族たちは政権を握るのは卑しいことだと思うようになってきました。それに代わって学識のない恥知らずの者たちが身勝手にふるまうようになり、庶子たちが地方の両班名簿に入れてくれと訴えたり、座首や別監《ピョルガム》*などの地位を得て金を儲け、家門を興《おこ》そうとしたりするなど、腐敗が極に達しているのでございます」

卞府使がそれにつけ加えるように言った。

「本来、士族たちの本分は郷庁《ヒャンチョン》の業務を行い、府の風俗を浄化することなのですが、壬辰倭乱のあと郷案《ヒャンアン》*を二度も燃やすなどして、職位をめぐる論争が絶えませんでした。しかも、いわゆる新しい士族が現れ、権力を自分たちの意のままにするにつれ、もともといた士族たちは、こんな賤しいことをやっておれるか、と言って出て行ったのです。ここに赴任してきてわかったのですが、郷吏《ヒャンニ》*たちが得られる職位はせいぜい四十くらいだというのに、その職を欲しがる者はなんと二百人もいるのです。それゆえ不正行為は絶えませんし、一度その座に腰を下ろしてしまえば安泰というわけです。俸禄もない職にそれだけ大勢が執着するのですから、郷案に登録されていない、どこの馬の骨だかわからない者たちが力をつけ、金をくれたら良民にしてやるとか、農地の租税を減らしてやるとか言うのもわからないわけではありません」

「ということは、府使殿がその連中を懲らしめようとしているのを知った座首が、御史《オサ》である私が来るのをいいことに嘘の噂を広めて、府使を罷免させようとしたわけですな。結局、自分の罠に自分がかかってしまったが」

隣で卞府使の話を聞いていた雲峰令監《ウンボンヨンガム》が甲高い声で言った。

「金座首が千九百二十石もの穀物を横領したのをこの目で見たんです。私を罷免させるなど絶対にできませんよ」

「新任の南原府使が烈女に伽《とぎ》を務めよと命令した、という嘘の噂を広めたやつですな。おかしなこともあるもんだ。米やら金、服などをさんざん取り上げておいて、いざ民が死にそうになると、このままでは自分も生き残れないと思ってつまらん噂を広めたんでしょう。それにしても、その烈女は卑しい身分の女だというじゃありませんか。そんなことでいちいち府使の首を切っていたら、この国の府使の中で生き残る者なんていませんよ」

朴御史がゆっくりとそう言った。卞府使は黙ったままだった。朴御史は前にある酒を飲み干すと、また話し始めた。

「その女が府使殿に『二夫に仕えることなどできない』と叫んだために鞭で打たれたという噂を、巡行の道中でも何度か聞きました。その大胆で頭のおかしな女はいまも獄にいるのですか」

卞府使は眉間に皺《しわ》を寄せた。

「もともと気弱な女だったのか、先日の明け方、自決をしたという知らせがありました。それだけでも開いた口がふさがりませんが、おまけにその女の情夫だとかいう軍牢使令《クルレサリョン》が牢を壊してしまったので、朝からずいぶんと騒々しかったのです」

「獄舎《オクサ》を守るべき軍牢使令が牢破りをしたですと？」

晋州判官《チンジュパングァン》が舌打ちをした。

「前任の府使の息子がその官妓に誓紙を書いてやったと言うわ、軍牢使令が官妓に惑わされて牢をぶち壊すわ、まったくいつからここの風紀がこんなに乱れてしまったのか、自分でも虚しいばかりです。ここにいらっしゃる方々にも面目が立ちません」

卞府使が遠くに目を向けてそう言った。

「地方官吏たちの風紀の乱れはいまに始まったことではありませんよ。誰もが職さえあれば命がけでも奪い取ろうとするのですから、やつらの小細工に府使の権威が潰されないように気をつけてくださいよ。一度潰されると、あるものないものみんな寄こせと言ってきますからね。地方に単身赴任すると、だから寂しいんですよ。ところで府使殿、何か心配事でもあるのですか」

朴御史がじっと何かを考えている卞府使に尋ねた。

「いえ、その座首の言ったことがずっと耳に残っているもので」

「そいつがなんと?」

「蛙《かえる》も死ぬときは金切り声をあげるらしいですが、やつもやけくそになったのか、私に、貞節を誓った良民の婦女に伽《とぎ》をしろと言った罪を子孫代々伝えてやる、と叫ぶのです。馬鹿なことを言うので、とりあえず死なない程度に鞭を打ち、獄舎に入れたのですが、その声がいっこうに耳を離れないのです」

卞府使がそう言うと、朴御史が高らかに笑った。

「権力はわれわれの手にあるんですぞ。百年生きられないやつらが、どうやって子孫代々伝えるというのだ。気苦労が多すぎたせいか、ずいぶん弱気になっておられますな。昔ともに学び遊んだように、今日は何もかも忘れて楽しみましょう。そこの戸長《ホジャン》、府使殿の気分もすぐれないことだし、何か音楽でもないのかね?」

戸長が内三門の方に号令をかけると、花ござと太鼓を持った芸人がふたり、腰を屈《かが》めて庭に入ってきた。ひとりは花ござに座って鼓を叩き、もうひとりは立ったまま歌《ソリ》を歌い始めた。朴御史はもちろん、卞府使も初めて見る光景だった。卞府使が好奇心に駆られて戸長に尋ねた。

「打令とは、霊山会上《ヨンサンフェサン》*の一部分ではないか。ござに座って太鼓を叩いたり歌ったりするのが打令だと？」

「芸人たちが演じる笑謔之戯《ソハクチヒ》*の一つで、打令《タリョン》というものでございます」

「あの歌《ソリ》はなんだ？」

朴御史が叫んだ。

「へへえ」

戸長がうなだれて低い声を出した。

「質問に答えないで、へへえ、と言うのはどこの府の戸長も同じだな」

今度は雲峰令監が進み出た。

「あのように場《パン》を設けて歌《ソリ》を歌うから、パンソリ*というのでしょう。ソリというのは、この地域にしか見られない芸です。財を蓄えたこの地方の役人の中には、死ぬ前に一度でいいから打令《タリョン》を聞きたいと言う者も多いそうです」

朴御史はふたりの芸人を見つめた。卞府使はまだあらぬ所を見ていた。

「府使殿、座首の言ったことをまだ気にしてるのですか」

朴御史が口を開いた。芸人たちの歌《ソリ》が遠くの方から響いてきた。

「ええ、どうしたわけか不安で落ち着かないんです」

「座首が言ったつまらないことなど忘れて、酒でも飲みましょう。国が滅ばないかぎり、太陽と月はいつまでもわれわれの周りをまわるんですから」

「そうでしょうね。しかし、なぜこんなに不安な気持ちになるのでしょう」

註釈
『於于野譚《オウヤダム》』*を書いた柳夢寅《ユモンイン》*の六代目の宗家の長孫であり、英祖《ヨンジョ》*の時代に生きた柳振漢《ユジナン》*（号は晩華齋《マンファジェ》）は、粛宗《スクチョン》三十八年（一七一二年）に生まれ、正祖《チョンジョ》十五年（一七九一年）に死んだ天安《チョナン》地方の文人である。彼の息子は『家庭見聞録』という本を編み、「父は癸酉年（一七五三年）に南下して湖南《ホナム》の文物を見てまわり、その翌年の春に帰ってきて『春香歌《チュニャンガ》』を書いたのが、当時の知識人から非難された」と記した。柳振漢はその頃、湖南地方に伝えられていたパンソリ〈春香歌〉を聞いて感動し、「漢詩春香歌」を書いたと推測される。柳振漢の著した『晩華集《マンファジプ》』には、一七五四年に彼の書いた「漢詩春香歌」が残っているのだが、これは今日まで伝えられている最古の『春香伝《チュニャンジョン》』である。この漢詩はこのように始まる。

広寒楼前烏鵲橋	広寒楼《クァンハルル》前の烏鵲橋《オジャッキョ》に
吾是牽牛織女爾	ぼくは牽牛、きみは織女
人間快事繡衣郎	人の世の快事は暗行御史《アメンオサ》の繡衣郎が行う
月老佳縁紅粉妓	月下老人は紅粉妓と縁を結ばせた
龍城客舎東大庁	龍城客舎《ヨンソンケクサ》の東大庁に
是日重逢無限喜	再会の喜びはこのうえなく
南原冊房李都令	南原《ナモン》の冊房《チェクバン》、李都令《ドリョン》が
初見春香絶対美	初めて見た美貌の春香

（以下省略）

伊藤博文を、撃てない

雁《かり》が鳴きながら風に乗って飛んでいったが、いったいどこで降りてくるのだろう、という文で始まる詩があった。濃いグレーの長方形の石を敷きつめた中央大街*を抜けようとして、ふとソンジェはその詩を思い出した。横断歩道を渡るとワンダグループ*が建設しているショッピングモールの敷地とホテルが見える。さらにそこから雪かきをしていないために凍りついた道を歩いて行くと防洪《ぼうこう》記念塔*があり、群衆像が聳《そび》え立っている。防洪記念塔の向こうは松花江だ。寒さに身をすくめた陽ざしは希薄で、午後三時にもなると街路樹に挟まれた道は薄暗くなる。山も川も、目に見えるものすべてが白いこの地では、夕日すらも雪色に染まるようだ。仄白《ほのじろ》い北方の空の下で、対岸はあっというまに霞《かす》み、姿を隠す。色褪せた壁紙を思わせる空を背景にして、頭と羽の黒い鳥が二羽、向かい風を受けながら座っていた。こっちにもあっちにも、前にも後ろにも動かず。互いに歩み寄ることもなければ遠ざかることもない。用心深く。じっと。「ＰＯＬＡＲＯＩＤ」と白い文字のロゴが入った青色のジャンパーを着た中年女性たちが、夏服姿の観光客が写った見本写真をソンジェの前に突きつけた。ソンジェはいらないと手を振りながら、目はずっと二羽の鳥を見ていた。二羽の鳥は水面でじっとしている。カモメだろうか、と思ったがすぐに首を振った。カモメだって？　海ははるか遠くにあるんだぞ。ここは十二月になると零下二十度まで下がる。肌を刺すように冷たい空気のせいで、ソンジェの頭も凍りついてしまったようだ。何か頭に浮かんでも、すぐに尻切れてしまう。「……」をつけなければ完成しない文章が、まるで風に舞う残雪のように、キラキラ光りながら浮かんでは消えた。

何かに取り憑かれたかのように防洪記念塔の裏の階段を上っているとき、ソンジェはふと何か物足りなさを覚え、それまで二羽の鳥を眺めていた視線を左の方に向けた。さっきまですぐ後ろにいた弟の姿が見えない。「……」を残して尻切れてしまった文章のように……。彼は辺りをぐるりと見まわした。スターリン公園の両脇で、まるで生徒たちが罰を受けているかのように、一列に並んで枝を揺らしている白樺の木々。青いトラックから卸した松花江の氷の塊を縄にくくりつけて運んでいる人夫たち。ひと昔前まで、反共のシンボルとして韓国のどこの小学校にも置かれていたような白いセメントの彫刻。川を眺めている無彩色のコートを着た異邦人たち。ソンジェはそれらの合間を縫うようにして見渡し、弟の名前を大声で呼んだ。初めはせいぜい近くにいる人たちに聞こえるくらいの小さな声で、やがてそれでは無駄だとわかり、あらんかぎりの声で叫んだ。土手でレーニンやスターリンの切手を売っている人たちがじろっとソンジェの方を見た。ソンジェは両手をラッパの形にして口もとに当てた。手がかじかんだ。ゲストハウスを出たときにしていた手袋は弟に渡していた。ソンジェの口からは白い息が立ち昇った。ソンスを見失った。ソンスを見失ってしまった。救急車のサイレンのように、その文章だけがソンジェの頭の中で鳴り響いた。ところがソンスは、ソンジェから五メートルも離れていない所でぼんやりと川を眺めていた。ソンジェは慌てて走って行った。こんな所にいたんだと思うと無性に虚しくなった。ソンジェはかぶっていた毛帽子――中央大街にあるロシア民芸品店で買った――を脱いで、ソンスの背中に叩きつけた。寒さで頬を赤らめたソンスは、鼻水をちょろっと垂らして兄のソンジェを見つめた。幼い頃からソンスは、誰かに名前を呼ばれてもきちんと返事ができなかった。言語障害とはそういうものだ。

俺がいなきゃおまえは死んだも同然なんだぞ、と怒鳴っている兄を横目でちらっと見たかと思うと、ソンスはまた川の方に視線を戻した。背中を叩かれて恨めしそうにしているソンスの目は虚《うつ》ろだった。ソンジェは思った。ひょっとしてこいつ、俺たちがはるばるこんな所にまでやって来た理由を知ってて反抗しているんじゃないか、と。知能は遅れていても、そのくらいは感づくかもしれない。だが、いまさら引き返すわけにもいかない。そもそも途中で引き返せるくらいなら、人生はこれほど惨《みじ》めではないだろう。ソンジェは手に持っていた帽子を目深《まぶか》にかぶった。どんよりとした空が半分ほど隠れた。ソンスは手袋をはめた手で凍った川を指さし、どもりながら「中国では犬も人に乗る」と言った。こいつはいったい何をわけのわからないことを言っているのだろうと思い、ソンジェは弟の指さす方を見た。人夫たちが下げ振り〔糸におもりをつけ垂直を測る道具〕を使って氷の塊を一つひとつ積み上げ、はみ出た部分をノミで削っており、そのそばに犬ぞりがずらっと並んでいた。そりにつながれた犬たちは布の上に座って、土手にいる観光客を見上げていた。虚ろな目をした弟を心配していた気持ちがきれいさっぱり消えた。そして、何のためにハルビンに来たのか知りもしないで、犬ぞりなんかを指さしている弟に腹が立った。ソンジェは、ダウンジャケットのフードを目深にかぶってヘラヘラ笑っている弟の頭をぶん殴った。すぐそばで切手売りの老人が見ていたが、かまわず何度も殴った。犬が人間の上に乗れると思うか？　もう少し考えてからものを言え。

興奮している兄の顔色を、ソンスはうつむいたままうかがった。そして目が合うとまたヘラヘラ笑い、卑屈な笑みを浮かべた。ソンジェはポケットから煙草を取り出してくわえた。火はつけずに、ぼんやりと松花江を眺めた。火をつけると涙が出そうな気がした。犬が人に乗ろうが、人が犬に乗ろうがどうだっていいじゃないか。なんてザマだ。ソンスは相変わらず兄の顔色をうかがいながら、指で何かを数え、ぶつぶつつぶやいていた。ソンジェが振り返ると、遠く太陽島公園にケーブルカーがのんびりと行き来しているのが見えた。彼はくわえていた煙草を箱に戻した。両手でソンスの顔を引き寄せ、目を覗き込んだ。ゆがんだソンスの頬は冷たくも温かくもなかった。頼む、今日だけでいいから気をたしかに持ってくれ、最初で最後の頼みだ、とソンジェが言った。兄が大きく目を見開いてしつこく言うので、ソンスは仕方なく頷いた。ソンジェは角度を変えながらソンスの目を見た。まるで人が住んでいるのかどうかを確かめるために、窓越しに暗い家の中を覗き込むかのように。ソンスは目をきょろきょろさせながら兄の視線を避けていたが、やがて、さっきはごめんと謝った。そして、中国では犬も人を乗せる、と言い直した。ソンジェは無性に人生に嫌気がさしたが、仕方なく、そうだと答えた。そう言えばいいんだと言った。それなら何の問題もないだろうとも言った。

ふたりは土手に並んで犬ぞりを見下ろした。耳の後ろと背中の黒い犬たちが冬木のように貧相な顔をして、遠い国から来た兄弟を見上げていた。ソンスはしきりに頷いた。ソンジェはそんなソンスをぼんやりと眺めた。ソンスの後ろに、空高く揚げた凧《たこ》の糸を巻いている中国人の老人が見えた。丸い糸巻きの対角線上に、頭と羽の黒い鳥が二羽描かれた凧がぶら下がっていた。北方の都市に、黒い吹雪のような暮色が迫っていた。

ヘリム。彼らはヘリムから来たと言った。毛帽子を目深にかぶったせいで髪の毛がぺしゃんこに潰れた男が、自分の前にあった割り箸で漢字を書いてみせた。海林《ヘリム》。ハルビンから車で三百キロメートルほど離れた所にあるらしい。中国で三百キロ離れているのは近いのか遠いのか、ソンジェにはわかりかねた。ソンジェの気持ちを察してか、その朝鮮族の男は、海林もハルビンと同じ黒龍江省にあるが、距離的には牡丹江に近い、とそっけなく説明した。黒龍江。牡丹江。海林。ソンジェは凍りついた川と、凍りついた海と、凍りついたさざ波を思い浮かべた。男の右隣では女がうつむいて座っており、左隣には彼らを乗せてハルビンまで運転してきた漢民族の若者が座っていた。若者の車はアウディで、営業用には見えなかった。三人は同じ村に暮らしていると言った。海林《ヘリム》という所なら近くに海があるのかとソンジェが尋ねた。男は、ロシアに遮られている東北地方では、琿春《フンチュン》*まで行かないと海は見えないと答えた。そう聞いた途端、ソンジェは途方に暮れた。海林に海がないのなら、黒龍江や牡丹江には川がないということだろうか。男は一生懸命に説明していたが、ソンジェはほとんど聞き取れなかった。中国の東方にはロシアの沿海州がある。そのうちやっとソンジェの頭の中に北東アジアの地図が浮かんだ。海を見るにはビザが必要だ。ソンジェと男がそんな話をしているあいだ、あとの三人は黙ったままだった。韓国語のわからない漢民族の男はともかく、女とソンスは、海がどこにあろうと知ったことかと言わんばかりの虚ろな目をしていた。

会話が途切れ、男はグラスを持って乾杯の音頭をとった。応えたのはソンジェだけだった。飲みましょう。男がソンジェの目を覗きながら酒を勧めた。ソンジェはまずひとくち飲んでから、少し間をおいて残りをぐっと飲み干した。口の中に黍《きび》のにおいが広がったかと思うと、体がカッと熱くなった。そういえば以前、松花江は国境を越えるとアムール川になるという話を聞いたことがある、とソンジェは思った。俺も何かを越えて別人として生きていけたら……。ソンジェはふと、そんなことを考えた。だが、人は自分以外の人間にはなれない。それがなぜ生きるのかという問いに対する答えでもある。ソンジェがグラスを下ろすと、男は待っていたかのように酒をついだ。酒の瓶には龍の絵がついていた。飲んだあとに喉を通ってこみ上げてくるにおいが嫌で、ソンジェは顔をしかめて唾を呑み込んだ。男は訝《いぶか》しげに、なぜホテルではなく旅館に泊まっているのかと訊いた。ソンジェは、旅館ではなくゲストハウスだと言った。男はゲストハウスを知らなかった。旅行者のための宿泊施設だと説明したが、そう言ってしまうと旅館と何ら変わらなかった。他に説明のしようがなくてソンジェが困っていると、漢民族の若者が何か口を挟んだ。男は彼の話を最後まで聞かずに何か言い返した。ソンジェはふたりの様子をじっと見つめていた。まるで喧嘩でもしているかのようだった。ソンジェは向かいの女に食事を勧めた。駐在員や留学生を相手に韓国人が経営している店だけあって、味は悪くなかった。ソウルの焼肉店と同じように、テーブルの真ん中に備えつけられた炉で炭火が燃えているのに、女はいかにも安っぽい黒いコートを着たままだった。背が低すぎるのが欠点だった。百五十センチメートルあるだろうか。ソウルで紹介されたとき、背が低いという話は聞いていたけれど、こんなに小さいとは思わなかった。まあ、そんなことはどうだっていい。ソンジェは急に残酷な気持ちになった。

男は若者と話を終えると、また大声で笑いながらグラスを差し出した。ソンジェは男の顔を見つめた。目が笑っていないのを見ると、作り笑いだろう。今度はソンジェが先に酒を飲み干し、酒の瓶をつかんだ。男の手に油でもついているのか瓶がつるつるしていた。ソンジェは自分のグラスにはつがずに瓶を下ろし、穏やかな口調で、酒を飲むならやはり韓国の焼酎ですね、と言うと、手を挙げて店員を呼んだ。それを見た男は一瞬うろたえた。中国の酒は二日酔いしないが、韓国の焼酎は頭が痛くなるそうじゃないか。そう卑屈っぽく言った。ソンジェは中国の酒はにおいがきつくて飲めないからと言い、テーブルに近づいてきた漢民族の店員に向かって右手の人さし指を立て、焼酎を一本注文した。店員は焼酎一本、とおうむ返しに言った。ソンジェは男に、いまの中国は一九八〇年代の韓国と似ている、大都市のハルビンがこうなら田舎はいったいどうなのだろう、まったく想像もつかない、と話した。男の顔に不快な色が浮かんだ。男は、十年以内に中国は韓国を追い抜くだろうと言った。ソンジェは男の話を最後まで聞かずに、ソウルの木《モク》洞《トン》アパート＊の相場について話し始めた。それがどのくらい価値があるのか男にはわからなかった。だが理解してもらわないと困るので、ソンジェはさっと暗算をして、人民幣で二百万元ほどだと説明した。それまでずっとうつむいていた女が一瞬、目をつり上げてソンジェを見、またうなだれた。ソンジェはそんな女の視線が気に入った。男は口をぽかんと開けていた。やがて、ソウルの地価が高いという噂は聞いていたが、本当だったのかと言った。そのとき店員が焼酎を持ってきた。男は焼酎の瓶をじっと眺めていたが、蓋《ふた》を開けてソンジェのグラスについだ。今度はソンジェの方から先に乾杯を勧めた。焼酎は冷たかった。ソンジェはグラスを下ろし、このふたりが結婚したら木洞アパートで暮らすことになるだろうと言った。女はまた目をつり上げてソンジェを見た。ソンジェは女の目をまじまじと見つめた。潤《うる》んだ目からいまにも涙があふれてきそうだった。ソンジェは何かの本で読んだ話を思い出した。籠《かご》に乗って嫁に行く途中で、自殺をしようとした中国人娘の話だ。外国人の女性医師がその娘の命をつなぎとめたとき、母親がやって来て慟哭《どうこく》した。なぜ死なせてくれないのですか。それはまた、望んでもいない結婚をさせられた母親自身の哀訴でもあった。自殺を決意したときの娘の目は、いま向かいに座っている女の潤んだ目と似ているのではないか、とソンジェは思った。

結婚の話が出るなり、男は急に饒舌になった。まずはお宅の弟さんは男前で端麗な顔立ちをしているなどと持ち上げてから、女について話した。女の父親は大工だった。男は以前、女の父親と一緒に働いていた。気のいい人で人望も厚かったが、あるとき公安に連れて行かれ、胸を一発殴られた。それがもとで病気がちになり、まもなくして死んでしまった。父親が死んだあとは、長女である女が母親の面倒を見た。いままで——つまり、二十四歳になるまでずっと。

弟のソンスは四十一歳だ。ソンジェは歯を食いしばるような思いで焼酎を飲み干した。男はすかさず酒をついだ。それから、この子は本当に気立てのいい、まじめな子だと言った。男が最後まで言い終わらないうちにソンジェはまた酒を飲み干し、そんなことはどうだっていい、弟のために尽くしてくれたら他には何も望まない、と言った。ソンジェはうつむいている女に、そうしてくれと釘を刺すように言った。女は自分に言っているとは思いもよらず、返事をしなかった。男に肘《ひじ》で突かれてようやく意味が呑み込めたらしく、こくりと頷いた。ただ頷けばいいと思っているかのように。ソンジェは女に、弟には若干の言語障害があると言った。言語障害なので、文字どおり言語に障害があるのだが、それ以外はふつうに社会生活ができる、あとで文句を言われると困るので先に話しておくのだ、と言った。聞いているのか聞いていないのか、女はただ頷いた。

男は、自分はこの子の父親代わりだ、できればさっそく今晩にでもふたりに縁を結ばせたい、と提案した。ソンジェは黙っていた。しばらくして、自分は当事者たちの意見を尊重したいから、まずは弟の意見を訊いてみたい、と言ってソンスを見た。ソンスは、ぼ、ぼ、ぼくは、と何か言おうとした。店に入ってから初めて口を開いたソンスの口もとに、全員の視線が集中した。ソンスは兄に何か言われる前に急いで、いいよ、と答えた。

しばらく沈黙が続いた。なら、と男が言いかけたとき、ソンジェが口を挟んだ。人生の重大事をいますぐには決められない、もう少し考えたいので明日あらためて会えないか、と男に訊いた。すると男は少し困った顔をした。そして、今日ここに来るまでの費用はソンジェが払うことになっている、明日また出直せというのなら、その費用も負担しなければならない、と言った。早い話が、金さえ払ってくれたら何の問題もないという口ぶりだった。ならばいくら必要なのかと尋ねると、男は往復百ドルだと答えた。ソンジェはびっくりして、百ドルは高すぎると言った。三時間ならソウルから大邱《テグ》に行くくらいの距離だ。韓国でタクシーに乗ってもそんなにかからない。しかし男は、海林《ヘリム》を発つときにこの漢民族の若者とそう約束したと言った。ソンジェは、金は自分が払うから明日もう一度よく話し合いたいと言い返した。ただし明日のぶんはもっと安くするべきではないのかとも。男は困った顔をして、隣の若者に何やら説明した。ふたりは互いに首を横に振ったり、手を叩いたりして言い争った。女はふたりの言っていることを全部聞き取っているだろうに、顔色ひとつ変えなかった。男はため息をつきながら、八十ドルにはできるが、それ以上は無理だと言った。ソンジェは帽子を買ったときのことを思い出した。もともと百六十元の帽子を七十元にまで値切ったが、店を出るとき、もしかしたらもっと安くなるのではないかと思った。そのときと似たような心情だった。ソンジェは、ならば明日会うか会わないかは今夜弟とよく話し合ってから、明日の朝、電話で知らせると男に告げた。男の顔に失望の色が漂った。

店を出ると、氷を細かく削ったような、米粒ほどの雪が降っていた。いつから降っているのだろう。店の前にとめてあるアウディにずいぶん積もっていた。三人はゲストハウスまで見送ると言って、ソンジェたちについてきた。照明のついたゲストハウスの階段の踊り場で、ソンジェはもうここでいいからと手を振った。男は、明日必ず電話してくれと念を押した。ソンジェが電話をすれば、また当分のあいだ男の懐《ふところ》に金が入るのだろう。そしてソンスは女と結婚するだろう。ソンジェは急に人生がくだらないものに思えてきた。いや、もしかすると自分がくだらない人間なのかもしれない。ソンジェは返事もせずに、ぼんやりと落ちてくる雪片を眺めた。無性に寂しくなった。女が、ではさようなら、と言うのを聞いて、ソンジェはますます寂しくなった。

体温であたたまった布団は、逆に体をあたためてくれる。一見穏やかな人でも、横になって布団をかぶると、どこか自分の深いところに素っ裸になった心が存在するということに気づく夜がある。ソンジェにとっては、その夜がそうだった。夜中に喉が渇いて目を覚ましたとき、自分はいまいったいどこにいるのだろうと、おかしな気分になった。そんなとき、ソンジェには布団があった。どこにいても、このくらいの温もりがあれば充分だと思った。もともと按摩店だった所を、商売がうまくいかなかったから、韓国人オーナーがゲストハウスに改造した。彼らの泊まった部屋には硬いベッドが二つあるだけで、とくにインテリアはなかった。白く凍りついた窓のそばには暖房があり、壁には時計と歌手のBoA《ボア》のブロマイドが貼られ、窓の外には街路灯が寂しそうに立っている狭い路地があった。ベッドの中でその光景を見ているうちにまつ毛が冷たくなったので、ソンジェは布団を目のすぐ下まで引っ張り上げた。隣のベッドから規則正しい寝息が聞こえてくる。キッチンに行ってミネラルウォーターをもらってこようかと思ったが、布団から出たくなかった。夢の中にいれば喉の渇きも忘れるのではないかと思い、ぎゅっと目をつぶった。するといきなり、なら安重根《アンジュングン》*が伊藤博文を撃ったのはただの偶然だったのではないか、と思った。一度そう思い始めると眠れなくなり、喉の渇きもひどくなった。水を欲しがっているのはソンジェの体ではなく、体のどこか一部分だった。でもそれが正確にどこなのか、ソンジェにもわからなかった。安重根、伊藤博文、禹徳淳《ウドクスン》、ハルビン、蔡家溝《チェガグ》。居ても立ってもいられなくなり、ベッドから起き上がった。ふと、ソンスのベッドの下に何か白いものが落ちているのが見えた。床に膝《ひざ》をつき、手を伸ばしてみても届かなかった。しばらく暗闇を見つめていたソンジェは、やがてソンスのベッドの下に潜り込んだ。

　安重根の話をしたのは、隣の部屋にひとりで泊まっている六十代の男だった。彼はハーバード大学の古生物学の元教授で、退官したあと世界一周をしているところらしかった。彼はトレーラー一台分の恐竜の骨とともに旅をしていた。ひとつの都市に数か月留まり、そのあいだに恐竜展示会を催した。そこで手に入れた金で、また別の都市に行って展示会を開いた。東春《トンチュン》サーカス団*みたいに。ソンジェがそう言うと、男は久しぶりに聞いたというように、東春サーカス団、そうだ東春サーカス団みたいに、とつぶやいた。ソンジェは三人と別れたあと、ソンスを先に寝かせて、男と、ゲストハウスに泊まっている人たちと一緒に酒を飲んだ。ソンジェはもともと酒が飲める方ではなかったが、他にやることもなかったからだ。ゲストハウスには、排水処理メーカーから派遣されたという会社員と、恩師と一緒に世界一周をしているハーバード大学の卒業生、二か月の休暇をもらって行き当たりばったりで中国に来たという馬事会*の職員、氷祭りの期間中だと勘違いして少し早く来てしまったという北京大学に留学中の女の子ふたりが泊まっていた。彼らは黄色い瓶のハルビンビールを買ってきて、初対面でも話せること、たとえば朝鮮半島をとりまく東アジア情勢や、インターネットで読んだばかりの韓国関連のニュース、ハルビンで味わえるグルメについて、いろいろ話をした。ソンジェはすでに飲んでいたので、他の人たちより早く酔いがまわった。留学生のひとりが疲れたからと立ち上がったのをきっかけに、ひとり、ふたりと顔色をうかがいながら腰を上げ始めた頃だった。ハーバード大の元教授が、ハルビン駅には行ってみたかとソンジェに訊いた。ソンジェは頭を横に振った。おそらく行くことはないだろうと答えた。もう二度とハルビンには来ないだろうからとも言った。他の所はともかく――、元教授は劣等生を叱るような口調で言った。韓国人ならハルビン駅には行くべきでしょう。安重根のことですね、とソンジェが訊くと、彼は頷いた。ソンジェは、自分は正直なところ、安重根が伊藤博文を撃ったのがよかったのかどうかわからないと答えた。それから、小英雄主義ではないだろうかと思うときもある、と用心深く言った。

すると元教授は、安重根というのは固有名詞ではなく、普通名詞だと言った。彼の説明によると、安重根らが伊藤博文を撃つチャンスは二回あった。安重根は万が一のために、自分と志をともにしていた禹徳淳《ウドクスン》に「お互い別の駅で待っていて、機会が訪れた方が先に撃つのはどうか」と言い、禹徳淳もそれに同意した。つまりハルビンでは安重根が、ハルビンの南方にある蔡家溝《チェガグ》では禹徳淳が、ブローニング拳銃を持って伊藤博文が到着するのを待っていた。どちらの拳銃にも、弾頭に十文字が刻まれたダムダム弾が詰まっていた。伊藤を撃つまでの条件はふたりとも同じだった。撃つのはふたりのうちどちらかで、時間と場所を決めるのは歴史だった。安重根というのは便宜上つけた名前にすぎない。もし禹徳淳が伊藤を殺していたら、入れ替わっていたはずだ。つまり元教授によると、安重根とは特定の人物を指すのではなく、われわれ民族の、独立への意志を代弁する言葉だというのである。安重根でなくても伊藤は韓国人に殺される運命にあった、だからこそ、この暗殺事件を個人的な小英雄主義として片づけてしまうなんてとんでもないことであり、自虐めいているというのだ。「丈夫は世界に立ち向かい、その志は大きい／時代が英雄をつくり、英雄が時代をつくる（丈夫處世兮　其志大矣／時造英雄兮　英雄時趙）」。元教授は声高らかに安重根の詩を詠み、これでおわかりかな、というようにソンジェを見た。つまり、安重根はもし自分が伊藤を殺せなくても、誰かが代わりに殺してくれると思っていたんですね。ソンジェはうわずった声でそう言って、高らかに笑った。しかし誰もそれに反応してくれないので、気まずい気分になった。安重根がハルビンで伊藤を殺したのは、どうせ偶然中の偶然だったんじゃないか。そう言いたかったけれど口に出せなかった。

時代が英雄をつくり、英雄が時代をつくるものなりけり。ソンジェは詩を詠みながら、ソンスのベッドの下に落ちている紙を拾うためにもぞもぞ体を動かした。そのとき、ベッドがギーっと音を立てた。ソンスが寝返りを打ったのだ。何やら寝言も言った。どもるのは夢の中でも同じらしい。幼い頃からソンスは、持って遊んでいたボールが布団の中や机の下に入ってしまうと、さっきまでボールで遊んでいたことすら忘れた。ソンスにとっては目の前に存在するものがこの世のすべてだった。自分の目で見、直接触れられるものだけが、ソンスの知る世界のすべてだった。ソンスはまるで伏線のない童話だった。ソンスの知っている世界には因果関係が存在しない。だから悲しみもない。ソンスがどんなに唸《うな》り声をあげても、それはただの生理的なものなのだ。ソンジェは身を屈《かが》めたまま、ベッドの下でうつ伏せていた。ソンスはうーんうーんと呻《うめ》き声を出し続けた。酔いが醒めようとしているのだろうか。ソンジェは無性に憂鬱な気分になった。ソンジェは長いこと、そのまま動かなかった。しばらくすると暗闇にも目が慣れてきた。ソンジェは白い封筒を手に取った。

冷たい水を三杯飲み干してから、ソンジェは封筒の中身を取り出し、灯りに照らした。そこにはソンスの書いた手紙が入っていた。〈こんにちは。ぼくはイ・ソンスといいます。だれがなんと言おうと、ぼくはあなたが好きです。あなたもぼくのことを好きになってくれたらうれしいです。そうすればぼくたちは、幸せに暮らせるでしょう。ぼくの家族もあなたのことを気にいると思います。心配しなくても大丈夫です。ぼくはあなたと結婚するつもりです。がっかりしないでください。すぐにまた来ますから。お元気で〉。ソンジェは何度もその手紙を読んだ。それからまた、冷たい水をぐっと飲み干した。差し込まれたウォーターサーバーがゴボゴボと空気の上がる音を立てた。明け方の三時がとっくに過ぎている、ひっそりと静まり返った夜だった。

中央大街の石畳の街灯にはもう灯りが点《とも》っていた。街灯柱につけられたスピーカーから懐かしのポップソングが流れていた。それを聞いているうちに、なんだか気だるくなった。通りでは清掃員たちが雪や氷をかき、空き地では人夫たちがハンマーと鑿《のみ》を使って氷の塊を削っていた。かつて中央大街にはロシア人が多く暮らしていたらしい。ソンジェはふと、一九〇四年に開業したというロシア風の聖アンナコーヒー店の壁に貼ってあったモノクロ写真を思い出した。その写真の下の方には、「一九三〇年代前後、哈爾濱《ハルビン》に住む俄羅斯《ロシア》人の生活写真」という説明があった。一九三二年に松花江が氾濫し、中央大街近くに居住していた白系ロシア人たちの家も浸水したらしいのだが、その頃の様子を写したものだった。写真の中のロシア人たちは、ひどく悲しそうな顔をしていた。ソンジェはカフェに流れるロシア民謡を聴きながら、それらの写真をしばらく見つめた。彼らはいったいどんな人生を送り、誰を愛し、どんな希望を抱いていたのか、ソンジェは突然知りたくなった。四十歳を過ぎた頃から、彼は世の中のことをあれこれ憶測するのをやめた。世の中はいつも予想を裏切ったからだ。空を飛んでいた鳥がカモメであるはずがないように、海林《ヘリム》には海がないのと同じように。憶測するのをやめると、人生は些細な偶然の連続にしか見えなかった。いまソンジェにとって、人生とは納得するものであって、問いただすものではなかった。

　だから、聖アンナコーヒー店にあるオルガンのそばに座って、自分の話を聞いてはいるけれど理解していない弟の顔を見ても、ソンジェはそれ以上説明しようとは思わなかった。ソンスは暗い顔をしていた。事情を説明すれば明るくなるだろうか。いつかはあきらめなければならないのだ。ソンジェが朝、彼らに電話をかけなかったので、ソンスはずっとふくれっ面だった。もし昨夜、手紙を読まなかったらソンジェは電話をかけただろうか。そんな問いこそが、人生を憶測するということなのだ。手紙は読んだかもしれないし、読まなかったかもしれない。いずれにせよ、ソンジェは電話をかけなかった。電話をかけなかったのだから、これ以上の憶測は意味がない。ありのまま納得すればいいのだ。もし手紙を読んでいなければ、などの仮定はいらない。ソンジェは弟をなだめようと思ったけれどやめた。彼がいったい何を考えているのか、ソンジェにはわからなかった。初めて会った娘に、しかも十七歳も年下の朝鮮族の女性に、その日のうちに結婚したいという手紙を書くのは果たして正気だといえるのか。また、暗い顔でもの悲しそうに俺を見るのは正しいのか。カフェを出るまでソンジェはそんなことばかり考えていたが、それ以上の憶測はやめようと心に決めた。

降っているというよりは、風に舞っていると言った方がお似合いの霰《あられ》に打たれながら、ふたりは華やかな照明を浴びているネオルネサンス式の建物のあいだを歩いた。ソンスはそりにつながれた犬のように、いや、糸につながれた凧のように、ソンジェについて歩いた。周りでは帽子を目深にかぶった人たちが、目的地がはっきりしているかのように早足で歩いていた。ハルビンで自分たちの行く所はゲストハウスしかなかったが、ソンジェは元教授のいるゲストハウスに戻りたくなかった。彼は何千万年もの昔、絶滅した動物の骨とともに世界一周しているような人だ。ソンジェは数十年前にハルビンから姿を消した白系ロシア人の人生を想像することもできないのに。いや、いまそばを歩いている弟の気持ちすらわからないのに。降りしきる雪を見ながら憂鬱な気持ちになったソンジェは、少し声高に、またいつかハルビンに来ような、とソンスに言った。今度はただの観光で、安重根《アンジュングン》が伊藤博文を撃ったハルビン駅とか、七三一部隊とか、氷祭りを見に行こう、と言った。もう二度とハルビンに来ることはないとわかっていながら。

そのとき、ソンスがどもりながら、死にたいとつぶやいた。ソンジェはすぐに聞き取ったけれど、だから胸が潰れそうになったけれど、聞こえないふりをして訊き返した。ソンスは無言で石畳の道を眺めていたかと思うと、またつっかえながら、死にたい、と言った。ソンジェは怒りがこみ上がり、大声で叫んだ。俺がいつも言ってるだろ、ちゃんと話せって！　ソンスもまた吠えるように声を張り上げた。しししししにたいんだあ！　にににいちゃん、お、おおおれは、ももう、いいいいきていたく、なあーい。ソンジェは足を止めた。俺だって生きていたくないさ。そんな言葉が頭の中をぐるぐるまわるだけで、ソンジェも言葉に詰まってしまった。ソンスは口を固くつぐんだまま、石畳ばかり見て歩いた。ソンジェはしばらく弟の後ろ姿を見ていたが、急にくるっと背を向けると、早足で歩き始めた。夢中で歩いて行くうちに交差点が見えたので、そこを右に曲がった。後ろは振り返らなかった。なぜなら、ソンジェも生きていたくなかったから。風は吹いていなかった。なのに夜は冷たかった。ソンジェは寒くて体が震えた。まさかこんな寒い地にハルビンのような大都市があるなんて。空港からのバスに乗っているあいだ、そう思った。だが、そんなことを知らなくても何の支障もない人生だってある。ソンジェの人生もそうだ。ハルビンはとんでもなく寒い都市だということ、海林《ヘリム》に海がないこと、禹徳淳《ウドクスン》は伊藤博文を撃てなかったこと。そんなことを知らなくたって、いくらでも生きていける。

　その足でさらに歩いているうちに、ソンジェは聖ソフィア大聖堂*前の広場にたどり着いた。胸が高鳴り、口から吐く息がもうもうと立ち昇った。ソンジェは照明を浴びた大聖堂の丸い屋根を見上げた。屋根の先についている十字架のはるか向こうに、夜空が広がっている。聖ソフィア大聖堂は文化大革命のとき、ごみ捨て場だったらしい。松花江は国境を越えるとアムール川になるそうだ。もしかしたら俺たちも、自分ではない別の存在になれるのだろうか。禹徳淳はなぜ伊藤博文を撃てなかったのか。ソンスはなぜ結婚しようと彼女に手紙を書いたのか。答えの出ない問いを発し続けた。ソンジェはしばらく息を切らせていたけれど、しかめっ面をしていたけれど、それから顔を洗うときのように両手で冷たい顔をこすっていたけれど、身を翻《ひるがえ》し、ソンスを捜しに行くことにした。ソンジェの背後には、大きな疑問符のように、聖ソフィア大聖堂の丸い屋根が立っていた。

恋愛であることに気づくなり

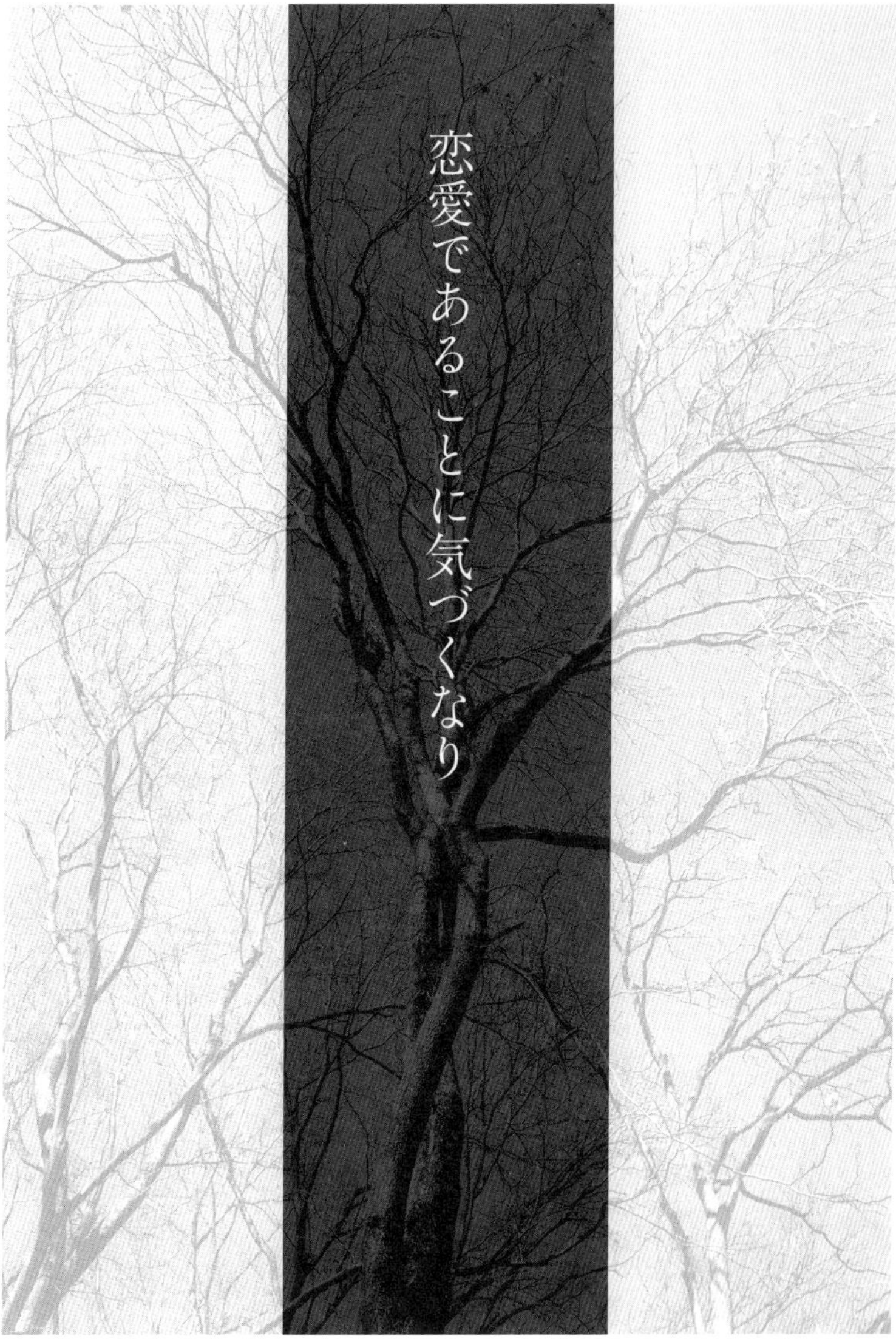

一

雨が降っておられる。物腰やわらかな雨が、いくつもの列になって降っておられる。大京城《テキョンソン》の黒いアスファルトの上には、四月八日〔釈迦の生誕日〕に流す灯籠《とうろう》を思わせるような煌《きら》びやかなネオンサインが輝き、別れを惜しむ若い男女の足取りに沿って雨水が流れていく。この雨音は、春心《しゅんしん》ももうお開きにしましょうというサイレンだから、今年の昌慶宮《チャンギョングン》*の夜桜はこれでもって華やかな幕を下ろすことになる。というわけで、花びらが散ったあとのように興ざめた夜の街を歩くアベック族たちは、あたかも往復ハガキのように寂しくまた元の住所に戻り、花見にかこつけて、ひとりで来ているアイスクリーム美人*をナンパしようとしていたヒヤカシ連中は、そろそろ酒国国民党の熱心な党員に転向する時刻である。

ところで、誰もが元の場所に戻っていく真夜中に、ここチンコゲ*の煩雑な歓楽街に来て、その名も高き京城帝国大学付属医院の西八号室——またの名を精神病患者のエデンの園——を思わせる半ば正気を失った面持ちで、糊《のり》のよくきいたハイカラーシャツがびしょ濡れになるのもおかまいなしに、雨の中に立っているこの男は、なぜ俺をじっと見ているんだ？　まるで蓄音機に首を傾けたビクターの犬のようじゃないか。もちろんこの男が、秋になると千石もの米を取り立てるという湖南《ホナム》地方〔現在の全羅道〕の大金持ちの息子として生まれ、国内有数の医学専門学校を優秀な成績で卒業した民族の棟梁だということは、俺もよく知っているが、それならこの国の柱となり梁《はり》となり、せめて釣戸《つりど》になるよう努めるべきものを、なぜこんなみすぼらしい与太郎、ごろつき、ルンペンのなりをして、深夜零時を過ぎた大京城の魔窟を照らす広告塔のような恰好で、カフェの門前に突っ立ってやがる？　俺はどうしてもそのわけが知りたくて、そいつの顔を覗き込む。他に理由があるわけじゃない。

　こんな時間に、しかも春雨とは言いがたい激しい雨に降られながら、本町三丁目*にあるここフローラカフェに来るくらいだから、よほどの決心をしてきたはずだろうに、この男は顔に流れる冷たい雨を時折右手でさっと拭うだけで、黙ったままだ。どうせずぶ濡れだし、どうにでもなれと思っているのかもしれない。俺とは中学のときの同級生で、先日ジョンヒのことで何度か会いはしたけれど、この十年間は連絡を取り合う仲でもなかった。びしょ濡れになってやって来たからといって、俺が博愛精神を発揮してやる必要もない。冷たい春の雨に濡れようがどうしようが俺の知ったこっちゃないが、要はなぜこいつが、和信《ファシン》百貨店*や府民館《プミングアン》*の前ではなくて、わざわざここ南村《ナムチョン》*のカフェにまで来て、俺の前でびしょ濡れになっているかということだ。こいつの貧相な姿を前にしては、チンコゲの華やかな千百燭《しょく》のネオンも色褪せちまう。こんな陰気くさい光景を前にしたら、散りゆく花を眺めながら少しずつ深まっていた酒興《しゅきょう》も醒めるというものだ。

帝国大学付属医院西八号室から抜け出してきたような男が店の前にいる、とボーイが言ったとき、俺は女給たちに、ヒステリックな俺の同級生が滞納している後援会費を集めにきたらしい、と冗談を言ったのだが、それがそもそもの間違いだった。そいつの顔をひと目見ようとする彼女たちに後ろから押されて、仕方なくガラス戸を開けて外の様子を見る羽目になったのだ。戸の前にはやつが雨に降られながら立っていた。

「こりゃすごい雨だな。どうした？　消化不良にでもなったのか？　びしょ濡れだぞ。目に溜まっているのは雨粒か？　それとも涙か？」

俺は顔に吹きつけてくる雨で眉間に皺《しわ》を寄せながら、手のひらを広げて落ちてくる雨粒を受けた。

「こんなくたびれたビクトリアンレインコートなんか、さっさと脱いじまおう。そうしよう。ああ、そうだとも」

隣の本屋のトタン屋根を打つ雨の音に、やつの声が埋もれる。一瞬、何のことやらわからなくて俺は口ごもりながら言った。

「君がレインコートを脱ごうが脱ぐまいが俺には関係ないけれど、俺の視力は旧総督府医院のお墨つきだ。この優れた目には、とっくに脱いでるように見えるんだが……。ずいぶんお疲れのようだな」

やつの目の前で二本の指を立て、振りながら俺は言った。一種の検査だ。なんとなく予想はしていたが、かなりの重症だ。こいつがドアの前に立っているとわかっていたら、しかもずぶ濡れて惨めななりをしているのを知っていたら、初めからボーイに頼んで追い返しただろう。せっかく熟成ビールを楽しんでいるところを、この馬鹿に邪魔されたくない。ところが、こっちは後悔とも苦しみとも煩わしさとも言いがたい感情を振り払おうとしているのに、やつはそんなことなどおかまいなしにつぶやき続けている。

「こんなくたびれたビクトリアンレインコートなんか、さっさと脱いじまおう。そうしよう。ああ、そうだとも」

ウェイトレスならおとなしく客のつぐ酒でも飲んでいりゃいいものを、だったらつらい失恋などしなくてもいいのに……。自分の尻拭いもろくにできない俺の頭に、こんな一文がよぎった。どうやらジョンヒにずいぶんやられたようだな。だからって俺が根に持ったり悩んだりする必要はない。巷で名高い道楽者にもジョンヒの教授法はキツイんだから、家族と国家と衛生観念を徹底して信じているこいつには過酷だったに違いない。やれやれ、こんなに変わり果てて。授業料を払ってモダン恋愛を教わった、くらいに思ってりゃいいんだよ。俺は右手の人さし指で下唇を叩きながら、こいつを家族と国家の安全な懐《ふところ》に戻すためにはどうすればいいのか考えた。しばらくして俺はこう言った。

「数年前、医学界で君の先輩にあたる帝国大学医院の魚澈《オチョル》博士が、『清らかな水の中で泳ぐ魚』というご自分の名前さながらの、さわやかな文章を発表したことがある。タイトルは『冷水を飲め』っていうんだが、読んだかい?」

「オオチョル?」

ずっと目を伏せたまま独りごとのようにレインコートがどうのと言っていたやつは、驚いたように俺の目を見た。雨に濡れた電球のような黒い瞳にじろっと睨みつけられ、俺は慌てて話を続けた。

「だから、漢字で『魚』に『澈《テツ》』と書いて魚澈《オチョル》なんだが、その魚澈博士が書いたものによると、たとえばヒステリー、消化不良、肌荒れ、潤いのない髪の毛、輝きを失った瞳は、すべて水分不足が原因らしい。暇を見ては水を飲むのがいいそうだ。一日に一升の冷水を飲めば、誰でも健康になれると……」

俺は何か言い訳でもしているような気がした。というのも、やつが俺の言ったことにショックを受けたのか、しきりに首を横に振っていたからだ。中学のとき、数学の公式を間違えても首ばかり振って正解を教えてくれない教師がいたが、そのときみたいに苛々《いらいら》する。これだけ話せばわかりそうなものなのに。首を振ってばかりのやつがむしろ哀れに思えてきた。そのとき俺の口から意外な言葉が飛び出した。

「同じ医学博士として、君はどう思う?」

二

ええい、ままよ。まさか特高のお役人が俺みたいな飲んだくれを捕まえたりしないさ。現代史はヒステリーの歴史だ。物事はすべてヒステリーが原因となっている。たとえばいまから三年前、イタリアがエチオピアを侵攻した。* その結果、女、子ども、老人を含む数千人の罪もない命が無残にも奪われた。こうした不条理な虐殺は、たとえばイタリア国民の団結心を見せつけるためのものだった。帝国大学の付属医院西八号室で聞くような、かなり病んだ話だ。この行為を糾弾されたイタリアは国際連盟を脱退し、無力な国際機構は面子《メンツ》が潰れた。それにひきかえ、三百人もの著名な精神医学者たちが人類の良心に訴え、この事件を糾弾したのはじつに適切だった。そもそも精神的な疾患がもとで起こった惨事なんだから、医者が乗り出すのは当然だ。

それと似た理由で、俺はこの数年間ずっと、朝鮮にアレクサンドラ・コロンタイ女史*の性解放論を紹介したいと思い、ずいぶん力を尽くしてきた。こう言うと誰もが思うだろう。あいつは性的放縦を社会に流布し、堕落の底にいる純粋な娘たちと楽しみたいだけだと。だが、そうじゃない。イタリアのエチオピア侵攻のような悲劇を二度とくり返さないためにも、二十世紀のモダン恋愛は性の解放に基づかなければならないのだ。性の抑圧こそがすべての歴史的悲劇の始まりなのだから。たとえば、イタリア国民の団結心を見せるためにエチオピア人を虐殺した原因もこれで説明がつく。国家を維持するためには家族が必要だ。家族を維持するためには、どうしても性的な衝動を抑えなければならない。ところが性的な衝動を抑えるとヒステリーが生じる。アレクサンドラ・コロンタイ女史はこのようなヒステリーの拘束から歴史を解き放つために、性の解放論を唱えたのだ。つまり、性の解放論とは歴史解放論なのだ。だから、もっと自由恋愛を、もっとカフェを、もっとダンスホールを、と主張するのは、正しい現代社会を作るための努力ってわけだ。

ふざけたことをぬかすな、だって？　そういえばこんな話を聞いたことがある。半年前、たしか支那事変*が起こった頃だった。中学の同級生、つまり、いま俺の前でびしょ濡れになって立っているこいつの案内で、清涼里《チョンニャンニ》の郊外にある京城《キョンソン》医療院に取材に行ったことがある。そもそも支那とは何なのか、事変とは何なのか、はたまた二つを合わせた支那事変とは何ぞや、と世の中が騒がしくなっていた頃だった。

某教会が運営する京城医療院は、もともと仁寺洞《インサドン》にあった。ところが十五万ウォンもの大金を投じて回基里《フェギリ》〔現在の回基洞〕に立派な三階建ての白壁の病院を建て、近いうちに移転することになっていた。まずパゴダ公園*前で電車に乗り、途中で別の電車に乗り換え、そのあとバスに何度も乗り換えなければならない田舎ともなると、たとえ巨大な宮殿のような病院でも、なかなか雑誌に取り上げてもらえない。その病院で医者として働くことになったやつにどうしてもと頼まれて、移転を宣伝するための取材に行ったのだった。

「京城医療院観光記」という見出しで二ページほど書くことになった。交通手段を説明するだけでページが埋まりそうだったので、一階の食堂と倉庫、二階の製薬室と看護婦室、電気治療室、三階の手術室と特殊室などを、ひととおりざっと見学するだけにした。そのあと、やつが屋上から見るソウル*の景色が素晴らしいと言うので行ってみた。夕日を背にした三角山《サムガクサン》や南山《ナムサン》の風景を眺めながら、俺はやつに尋ねた。

「これだけ大きけりゃ、かなりの人が入院できるな」

「うーん、非常時局には百人は軽く収容できるだろ」

「非常時局になることを予想してつくったのかい？」

やつは夕日を眺めながら何やら考え込んでいたが、しばらくしてこう答えた。

「世界は好き勝手に動いているけれど、いまのところ不吉な兆しは見られない。満州事変*が起こったあともそうだっただろ？　君は、今度の事変が大きな戦争の始まりだとでも思ってるのかい？」

「この数年間、俺たちはお互いの消息も知らずに暮らしてきたけど、俺は俺なりに歴史の歯車がどうまわっているのかについて学んだつもりだ。これは勘だけどね、三階をすべて病室にした方がいい。この戦争は長引くぞ。風紀を取り締まっているのを見ると、ただごとじゃない」

俺が断固とした口調でそう言うと、やつは怪訝そうに俺の顔を見た。さっき俺が魚澈《オチョル》博士の話をしたときの反応と似ている。俺は話を続けた。

「今年の初め、ビーナスの店長のポク・ヘスク嬢たち職業女性が、ソウルにもダンスホールを許可してほしい、って警務局長に嘆願書を出したのを覚えてるかい？」

やつは首を横に振った。

「俺はこの件にくわしくてね。じつは嘆願書の草案は俺が書いたんだよ。内容はこうさ。『満州事変の直後、宇垣《うがき》前総督はソウルの新聞記者たちに向かって、国家の非常時にダンスなど許可できない、と言いました。しかし、いまは満州事変も落ち着いて平和な世になりました』。俺は東京に行く機会があるたびに、帝都舞踏場とかフロリダダンスホール、新橋ダンスホールなど、内地でも名の知れたダンスホールに視察に行ったんだ。そもそもダンスのできない俺が、職業女性とともに『京城にダンスホールを』と嘆願したのは、ヒステリー患者の数を減らすためだった」

「ヒステリー？」

「そう、ヒステリー。性的な衝動を抑えつけるとヒステリーを起こす。当時はなぜ総督府がダンスホールをあれほど頑なに拒んだのかよくわからなかったけど、今回の盧溝橋《ろこうきょう》事件で前後の脈略がなんとなくつながったよ。戦争を拡大させるためには集団的なヒステリーが必要なんだ。これは性的な衝動を抑えてこそ可能なのさ」

さっき俺の前で「こんなくたびれたビクトリアンレインコートなんか、さっさと脱いじまおう」などとつぶやいていたこいつは、頓珍漢《とんちんかん》な話を聞いたかのようにしばらくぽかんと口を開けていたが、やがて話をこう切り出した。

「医学博士としての僕に言わせれば、ヒステリーというのは親からの遺伝だね。ダンスができなくて生じるもんじゃない。いまのところヒステリーは神経病、精神病、アルコール中毒、結核、梅毒などによって子孫にうつるとされている。ダンスホールに行って、やかましいジャズの流れる所で見知らぬ男女が体をくっつけて踊っていると、ヒステリーを持った子どもが——つまり、私生児がいっぱい生まれるってわけさ。家庭に忠実だったらヒステリーにかかるはずがないんだ。君は心配いらないよ。ダンスもできないんだろ？」

その言葉に俺は内心ひやっとした。医療院の宣伝をしてほしいと頼まれて十年ぶりに会ったのだが、これまで俺がどんな人生を送ってきたか知ったら、やつはその場で俺を強制入院させただろう。

「ああ！　でもそれはブルジョアたちの言いぶんだろ？　結婚制度の外で恋愛すると梅毒にかかるとか、私生児は暴力的だとか、自由恋愛をする女たちはみんな堕落しているとか。そうやって脅すことで、性的衝動をなくして家族を維持させようって魂胆なんだよ。家族は小さな国だからね。当局が自由恋愛をさせないようにするのは、それだけ時局が悪化しているってことだし、今後ヒステリー患者が増えるだろうってことさ」

やつはもどかしくてたまらないというように、さらに大きな声で言った。

「医学博士としての僕の意見を言わせてもらうとだな。妻とだけ、それも快楽のためじゃなく、子孫繁殖のためだけに性行為をする場合、子孫が梅毒にかかったりヒステリーにかかる可能性はゼロだ。またこうも言われている。ヒステリーの気《け》がある人や空想好きの人、感情の起伏が激しい人は、できるだけ精神的な過労は避け、興奮するような小説や演劇は見てはいけない」

「俺のことかい？」

「君は小説の読みすぎだね。ヒステリーに気をつけろよ。こんなくだらない話はもうよそう。それより府内に戻って酒でも飲まないか？　世話になった礼に奢《おご》るよ。リッチなカフェでもかまわない」

夕焼けを背にしてやつが言った。いま目の前で理性を失っている顔を見ていると、あのときはどんな顔をしていたのかよく思い出せない。俺はつかつかと歩いて行くやつのあとを追いかけながら、こう尋ねた。

「君の言うとおりなら、この十年間で花柳病《かりゅうびょう》はずいぶん増えたんだろうね。料亭、カフェ、喫茶店、妓生《キーセン》、女給にダンサー……」

「花柳病は舶来品だよ。開港以来、いろんな病気が入ってきたからね。もともと朝鮮には脚気《かっけ》という病気はなかったのに、いまじゃかなり広まっただろ？　それに梅毒にかかると脊髄癆《せきずいろう》*という病気になるんだけど、神経がやられるから、まずは下半身が使えなくなり、それから目が見えなくなる。この病気は日本に多いが、朝鮮にはひとりもいない」

「ということは、自由恋愛をしたって性病にかからないんじゃないか」

「そりゃ自由恋愛ってのは、もともと性病患者同士がたらいまわしでやってるんだから、全体から見れば花柳病の患者が増えることはないんだよ。それはそうと、戦争の話をしよう。何か知ってることはないか？　どうなると思う？　まったく正気の沙汰じゃないよ」

そのときはそう言っていた。いま右手で涙なのか雨なのかを拭っているこいつが。

三

大韓帝国時代*にソウルに来た外国人宣教師たちの書いたものを見ると、彼らは人定《インジョン》の鐘の音*にかなり気を遣っていたようだ。京釜《キョンブ》鉄道*が敷かれる前だったので、済物浦《チェムルポ》〔現在の仁川〕に入港したあとは、ロバや籠《かご》などを利用してソウルに行くのだが、夜遅くなると城門が閉まっていることも往々にしてあった。なので済物浦で一泊し、翌日の朝早く発つことも多かった。西欧風のホテルがソウルよりも先に建てられたのもそういう理由からだった。ほんの数十年前までは国として機能をしていたので（かなり危ういものだったが）、綱紀《こうき》を正すという意味で、夜になると城門をしっかりと閉めていたのだろう。そういえば南大門《ナムデムン》の周りの城壁が完全に崩れてしまったのは、一九〇五年以降だった。

日記でもない出版物にこんなことを書いたら、当局に要注意人物だと目をつけられそうなので、少し話題を変えよう。いずれにせよ、いまはもう京城の内と外を分ける城壁は存在しないのだ。ただ、南大門の周辺がすっかり変わり、異邦人を締め出していた城壁が取り払われたからといって、目に見えない城壁まで消えてしまったわけじゃない。俺は専門学校を卒業したあと、別天地《ピョルチョンジ》という雑誌社に入って、おもに国際情勢について記事を書いたけれど、一方で目に見えない城壁を取り壊すための書き物もした。そういう場合はたいてい、自分の理念を図像学的に表した「Y凸」というペンネームを使った。読者諸君も俺が「Y凸」というペンネームで書いたものを初めから順に読んでいけば、朝鮮社会の封建的な旧習を撤廃し、近代的な心性を導入するために、俺がこれまでどのような努力をしてきたかがひと目でわかるだろう。

その中に「女学校卒のインテリ妓生《キーセン》、女優、女給との座談会」という記事がある。その座談会の席で俺は、フローラカフェで女給をしていたソン・ジョンヒに初めて会った。彼女の尖《とが》った顎《あご》は、昔の人が見ると徳のたまらない顔だと品定めしそうだが、俺は彼女の弱々しい風貌から、時代のもたらす精神的な疾患に悩む女性の悲哀を感じ取った。当時は、その悲哀がいったいどこから来るのかわからなかった。俺はむしろ、見かけとは違う彼女の活発さにすっかり魅了されていた。

この座談会で、なぜ女給になったのかという俺の問いに、ジョンヒは堂々と答えた。「さあ、どうしてかしら。ホホホ。別に世の中や、男の人を呪うために女給になったわけではないんですよ。女も経済的に独立するべきでしょ？ だから収入のいいこの世界に飛び込んだんです。水原《スウォン》みたいな所で教員をしたって、給料はほんの四、五十ウォンくらいですもの。でもここだとそれなりに収入があるのよ。女給だって自慢しなくたっていいけど、恥ずかしがることじゃないわ。仕事なんだから」。なら結婚はしないのかという質問には、「もちろんするわ。四十までは好き勝手やって、四十一歳になったら専業主婦になるつもりよ。結婚はなにがあってもしなきゃ」と力を込めて言った。

ジョンヒは女給の生活に満足していると言ったが、俺はその断固とした物言いの裏に隠された悲しみと涙を感じ取った。さっきも言ったように、この数年間、俺はコロンタイ女史の性解放論に基づいて、ヒステリーにかかった人たちが築いた目に見えない城壁を壊すために多くの記事を書いてきたから、彼女が俺の思想上のパートナーだということくらいすぐに気づいた。明るくふるまっていても、ジョンヒには傷みがあった。俺にはそれがよくわかった。彼女の傷みを癒してやりたかった。だから、編集長にジョンヒの話はもうやめろと言われても、適当に聞き流していた。おそらく俺は、この時代の病的疾患を治すための臨床例としてジョンヒを選んでいたのだろう。フローラカフェに出入りしているうちに、彼女が患《わずら》っている心の病《やまい》の正体が次第に明らかになってきた。

俺は「初めての男に捨てられ紅灯《こうとう》緑酒《りょくしゅ》の愁《うれ》い」という見出しの記事を書きながら（雑誌の見出しというものは、往々にして読者を刺激して懐の金を払わせるために、編集長が即興で決める場合が多いということをお忘れなく！）、ジョンヒの病がどこから来るのか、それとなく嗅ぎつけた。そのインタビューでジョンヒと俺が交わした会話を、思い出すかぎり紹介しよう。

「酒に酔って言い寄ってくる男の中に、恋愛したいなと思う人もいますか」

「恋愛？　ホホホ……」

「なぜ笑うんです？」

「男に捨てられた女が恋愛ですって？　それに、恋愛なんかしてどうするの？　ここに来る男の人は酒と享楽を求めているんです。本当に愛してくれる人なんていないわ。それに、私たちみたいな女が真の愛を求めるわけないでしょう？」

「なかには堂々と正式に結婚する女給もいますよね……」

「もちろんよ。当然でしょ？　心から理解してくれる人が現れたら、私たちだって誰にも負けない主婦になれるんですから。でも私たちにあるのは酒！　ため息！　涙！　きっとこういうものが一生の慰めになるんだわ」

「ところで……、ここはうるさすぎませんか。今回の号で一番大事なインタビューなのに……。

他意があるわけじゃないですが、もう少し静かな所に行きませんか」

「え？　でもこんな遅い時間にあるかしら。なら私のアパートはいかが？　洋酒もありますし」

「恋愛をまったく知らないわけじゃなかったんですね」

次に俺が書いた記事は（笑わないでほしい！）、「千紫万紅《せんしばんこう》の顔をゆがめて笑う『悪の華』。新年早々ソウルの某インテリ女給、一泣一訴」というもので、それに「夢のような歳月、涙の世界。花柳界に生きる女の赤裸々な告白」という副題をつけた。俺はわざと「あなたが一番うれしかったときと悲しかったときについて話してください」とジョンヒに言った。これに対して彼女は次のような手紙を送ってきた。

三、四年ほど前のことです。私は田舎の普通学校で教員をしていましたが、同じ学校にいた同性のK先生の紹介で、大学を出たというCさんと知り合いました。まだ若くて夢いっぱいだった私はCさんを慕い、やがて彼と愛をささやくようになりました。朝になると学校に行って天真爛漫な子どもたちと楽しく過ごし、仕事が終わるともうひとつの喜びが待っている宿舎に戻ります。夜には私の宿所に友人たちがやって来ます。Cさんも来ます。Cさんとともに過ごす夜は、全世界を手に入れたかのように幸せでした。声を出さずに喜びました。ある晩のこと、私はCさんと一緒にチャップリンの有名な映画を見に行きました。本当に世界は私たちのために存在していました。私は喜劇俳優のチャップリンのように、ふたりでいる幸せな気持ちを思いきり笑いました。張り裂けそうなほど湧き上がる喜びを胸に抱いて。

ところが、この喜びは悲しみを伴いました。恋愛の成就は破滅を意味するともいいますよね。私はCさんからとても大きなプレゼントをもらいました。以来、毎日を涙で過ごすようになりました。赤ん坊を授かったのです。もちろん愛する人の子どもですから、こんなうれしいことはありません。でも、私は心から喜ぶことができずに泣いてばかりいました。私は傷ついた心のまま、人生をやり直そうと決心しました。新しく生まれ変わるつもりで女給生活に身を投げたのです。

ところが、ここから見る世の中はひどいものでした。しっかりしなきゃと思いつつも、弱い私は悲しくていつも泣いてばかりでした。何もかも忘れていつか成功してみせると歯をくいしばってみても、愛を失った女、愛の結晶を奪われた若い母親である私は、以前に増して悲しみに打ちひしがれていました。私はすべてを忘れ、心安らかに生きていたかったのですが、それを裏切るかのようにCさんは私から赤ん坊を奪いました。赤ん坊に会いたくて泣き叫びたいのをいくら我慢しても、恋しい赤ん坊は帰ってきません。気がつけば虚しく落ちた涙の跡が、チマの裾《すそ》やチョゴリの結び紐、ハンカチに残っているだけなのです。

君はいつジョンヒのことが好きになったのかと訊かれたら、おそらくこの手紙を読んでいるときだと答えるだろう。その後はジョンヒのことを思うと、チャップリンの映画を見ながら笑い転げていた、つまり、外で思いきり笑えないぶん、暗い映画館の中で大声で笑いながら幸せを満喫していた、二十代初めのジョンヒの姿が頭に浮かんだ。明るく才能あふれるジョンヒにどこか陰りがあり、病んでいるように見えたのは、彼女が自分は人生の脱落者だと思っているからだったのだ。俺はジョンヒの病を治してやりたかった。封建社会が築いた心の中の高い城壁は、じつは社会をつねに戦時体制にしておくために作った道具であるのだと教えてやりたかった。

そして俺は三番目の記事「カフェの女給・オンパレード」（編集長が変わった！　そして時代も変わった！）を書いた。俺は真っ先にジョンヒについて書いた。

現在、フローラカフェに在職中。赤や青の灯りのもとで賑やかな飲み仲間に囲まれ、蓄音機から流れる音楽よりも甲高い声でしゃべるジョンヒの声は、エロティックというよりはおぞましい感じがする。淡い秋の陽ざしを浴びて、ようやく頭を持ち上げているダリアを思わせる。彼女のやっていることはどう見たってデカダンだ。よく酒を飲み、口の悪いジョンヒ。彼女に一度も会ったことのない人でも、名前ぐらいは知っているのではないだろうか。もし、彼女に会ってみたくてフローラカフェに行こうとする読者がいたら、これだけは言っておく。とにかく大声でしゃべること。酒に自信がなければ初めから飲まないこと。口下手なら出しゃばらないこと。かといって、あまり品よくするのも恥をかくことになる。

なんだかジョンヒのあら探しをしているようだが、「ジョンヒ君、どうか腹を立てないでほしい。これがあら探しとか悪口になるのなら、俺は何にも書けないだろ」。一見朗《ほが》らかなジョンヒにも、心の奥底には不治の病が潜んでいる。いまだって、その病に導かれるようにしてやって来た若い男たちが彼女の周りに群がり、離れようとしない。果たしていまの時代には、美しいジョンヒを憂鬱にさせるこの病を治せる英雄豪傑はいないのか。医学徒たちはいったい何をやっているんだ。

いつだったか、朝鮮人志願兵制度を実施することになった頃、各新聞の紙面に「教育水準の低い朝鮮で志願兵制を実施するのは、義務兵の基礎を作ることになる。感激極まりない」とか、「朝鮮の前途に大きな光明」「昭和七年以来、余が絶叫してきたことがついに実現。慶賀に堪えない」などという戯言《たわごと》が横行した。ナンセンスの元祖ともいえる『別天地《ピョルチョンジ》』の販売部数が急激に減り始めた今年の初め、俺はジョンヒのアパートで寝転んで、彼女とこんな話をした。

「あなたのお友達に、医学博士いるじゃない？」

「ああ、気の抜けたビールみたいなやつ？」

「この前、カフェにやって来て、君に病気があったなんて夢にも思わなかった、僕にその病を治す名誉をくれたら、全力を尽くして治したい、なんて言うのよ。あなたが雑誌に書いた出鱈目《でたらめ》な女給の品評記を鵜呑みにしたみたい」

「生真面目なやつめ。男のツラ汚しだ」

「あら、かわいいじゃないの」

「それで？」

「それでって、そりゃ医者が病気を治してやるって言ってるのよ。誰にも見せたことのない患部を見せてあげるからって、恋でも仕掛けてみようかしら」

「馬鹿なこと言うな。それより『別天地』のY凸博士の処方でも病気は治らなかったのか?」

「あら、私はもともと病気なんかじゃないわ。病気なのはあなたたちの方でしょ?」

しばらく沈黙が流れた。

「なあ、俺たち一緒に暮らさないか? こういうのはどうだい? 俺はもうあんな出鱈目な記事を書くのはやめて本格小説を書く。君も先の見えない女給はもう清算して、家庭の主婦として生まれ変わるんだ。どう思う?」

俺がこう言うと、ジョンヒはふうっとため息をついた。

「昔、Cさんに子どもだけは返してほしいって泣きついたら、こう言われたの。京城帝国大学の付属医院に魚澈《オチョル》博士という人がいる、彼の書いたものに『冷水を飲め』というのがあるんだが、読んだことがあるか、って。ねえ、あなたは読んだことあるの?」

もちろん俺は読んだことはない。だが、少なくともそれが何を意味するのかは知っている。

四

友人たちは俺が古い歌ばかり歌うと言うが、今日《こんにち》の俺を作ったのは八割が厨川白村《くりやがわはくそん》*の『近代の恋愛観』だ。この中で厨川は、恋愛によって結びついた性的生活は、永久平和の世界と、階級の差別が撤廃された社会とともに、改造の三大理想だと言っている。俺はその言葉を信じてやまないどころか、普遍の真理だと思ってきた。だから国際情勢について書くのも、女給について書くのも、同じだという信念を持っていた。

しかし、

しかし、その信念も俺だけのものではないことがわかったいま、魅力を失ってしまった。人は何をもって不穏文書というのか。この質問に対して、今日の総督府学務局はこう答えるだろう。「皇国臣民ノ誓詞《せいし》」*を載せない出版物はすべて不穏文書だ、と。しかし考えてもみたまえ。これまで、「初めての男に捨てられ紅灯緑酒《こうとうりょくしゅ》の愁《うれ》い」とか「千紫万紅《せんしばんこう》の顔をゆがめて笑う『悪の華』。新年早々ソウルの某インテリ女給、一泣一訴」のような記事を載せて金を稼いできた『別天地』が、いまや皇国臣民うんぬんと堂々と載せているのだ。『別天地』に載っていたナンセンスな文章よりもナンセンスで、どんなゴシップよりもゴシップ的じゃないか。

一、我等は皇国臣民なり、忠誠以て君国に報ぜん。
二、我等皇国臣民は互に信愛協力し、以て団結を固くせん。
三、我等皇国臣民は忍苦鍛錬力を養い以て皇道を宣揚せん。

ああ、ようやく俺は気づいた。厨川が関東大震災で死んだときに、社会を改造しうる恋愛も死んでしまったことに。学徒たちが毎朝「皇国臣民ノ誓詞」を諳《そら》んじるのと同じように、俺もまた、厨川やコロンタイを諳んじていたのだ。俺の愛は自由恋愛でもなければ、その副産物である花柳病でもないと信じて疑わなかったが、そう信じること自体が舶来品だったということに、ようやく気づいたのだ。この寂しい春の夜に恋を失い、狂人のごとく雨に濡れているこの男をじっと見つめながら。

「このくたびれたビクトリアンレインコートを着た……」

やつは医学博士としての意見を言おうとして口を開く。

「精神病患者だね。精神病の治療法はこうだ。まずはその原因を見つけること。たとえば家庭内の問題なら、家を出て、余計なことを考えないようにしなければならない。原因となる疾患がある場合は、まずはそれから治すべきだ。次に過労にならない程度に体を動かし、冷水摩擦を続けることだ。その他にも手芸とか編み物、裁縫、料理など、自分のやりたいことをするといい。つまりは精神を安定させ、よく睡眠をとり、適度に運動して……」

俺はそばで口を挟んだ。

「冷水、冷水、冷水。やはり冷水か。君はジョンヒに一緒に暮らさないかと言ったそうだな。なぜだ？」

やつは俺をじっと見ている。髪の毛から雨粒が落ちている。俺はまた話を続ける。

「本気でジョンヒが好きだと信じていたのか？」

「君も冷水を飲めと言われたんだろ？　どうなんだい、君は」

俺は口をつぐんだまま、雨が降っているのをじっと見ながら思いにふけった。そろそろこの医学博士との歓談も切り上げるときがきた。再びフローラのボックスに戻って、いつものように女給とどうてい信じられないような話をしながらビールを飲もう。つまり、冷水を。俺はやつに手を振りながら言う。

「つまらないことばかり言ってないで、君も冷水を飲むだけ飲んだんだから、もう帰れよ。この雨はそう簡単にやまないぞ」

そして俺は背を向ける。

「君は歴史の歯車がどう動くのか知ってるんだろ？　あのときの話の続きをしよう」

背後でやつの声が響く。

「果たしてこの戦争は終わるのか？」

どうやらこいつ、なかなか帰りそうにないぞ。びしょ濡れになっているくせに。やれやれ、困ったことになった。

こうして真昼の中に立っている

「何か事ありげな」というのは、東京留学時代に愛読した石川啄木の詩の一節なのですが、ようやく自由な大韓民国の懐《ふところ》に抱かれ、みなさんの前でお話しする恩恵をいただいたいま、これまでの九十日間*を振り返ってみますと、真っ先にこの言葉が口を突いて出てきました。匪賊の群れがここを赤都とし、強圧していたときは、「何か事ありげな」などの倭語〔日本語〕を口にするような雰囲気ではありませんでしたから、その頃の息苦しさとは比べものにならないほどの自由な空気を、いま体いっぱい感じております。ですのでどうか、私の口からぽろっと倭語が出てきましてもお許しいただきたいのです。私を取り調べた捜査本部の先生方は、重慶や北満州、遠くは南カリフォルニアから錦衣《きんい》を着て故国にお帰りになったのでしょうけれど、私は韓国併合直後の一九一三年に生まれ、東京に留学していたときを除くと、この地を離れたことがありません。ですから遺憾ながら、私の母語は急いで借りてきた衣装のようにしっくりこないのです。以前、スターリンの真っ赤な手のひらの上で操られているとも知らずに、水を得た魚のようにソウルの街を大手を振りながら闊歩しているときに、愚かな私はつい「何か事ありげな」などと口走り、「○○同盟のユン、倭語を使うとはけしからん。ただちに処断する」と怒鳴りつけられたことがありました。いまとは比べものにならないほど険しい断崖に立たされていながら、「倭語を使う自由すらないのならいっそ殺してください」と叫ぶ者がいたとしたら、この私だったということを、捜査本部の良心ある捜査官の先生方ならわかってくださると信じていますし、それに、人民の口からぽろっと出る倭語すら許せない軍隊が本当に人民のためのものなのか、という強い不信感を捨てきれなかったことも、ここではっきりさせておきたいと思います。

いずれにしても、「何か事ありげな」という言葉どおり、六月二十七日未明、申性模《シンソンモ》国務総理代理兼国防部長官が政府を水原《スウォン》に移すとラジオで特別放送を流すまでは、鴨緑江《アムノッカン》まで一気に進撃するという国軍の大言壮語を信じて疑わなかったので、「ソウルが陥落するなんてありえない」と思い、避難せずにいるつもりでしたが、「やがて世界の戦《いくさ》は来らん」とばかりに、ソウルの駱《ナク》山《サン》の麓にわが勇敢な国軍が砲陣地を設けているのを知ったときは、どうやら歯車が狂い始めたらしいという思いを捨てられませんでした。その日の朝のことでした。大韓民国公報処の発表がありました。水原へ遷都するというのは誤報で、大統領をはじめ官僚たちはみな平常どおり中央庁で執務をとっており、国会も首都ソウルを死守する、という放送でした。また午後には、国防部政訓局報道課長の金賢洙《キムヒョンス》が特別放送を流し、マッカーサー司令部〔国連軍〕の戦闘支所を今日にでもソウルに設置し、明朝にはアメリカの飛行機が戦うことになるだろう、という話も伝えましたが、翌日の夜明け前に撃破されたのは、人民軍のT－34タンクではなく、なんと漢江《ハンガン》の橋＊だったのです。彌阿里峠《ミアリコゲ》＊の方からはなおも大砲の音が響いているというのに、それを伴奏にでもするかのように特別放送を聞いたときの気持ちは、私を取り調べた渡江派〔漢江を渡って南岸側に避難した人々〕の先生方には見当もつかないでしょう。ですが大東亜戦争以来、砲煙《ほうえん》の中での真実とは、自分の体が生きているか死んでいるかだということを体得している私のような平凡極まりない人間は、たとえ偽りでも自分の体が生きていれば真実で、たとえ真実でも自分の体が死んでいれば偽りだと思っていても、それが二股膏薬《ふたまたごうやく》だと責める人はいないでしょう。

「あの、そこにな問題があるんだ」。では、私たち個人の真実はいったいどこにあるのでしょう。それは寝室でも打ち明けられないかもしれません。これから三十八線を突破し、国土統一の偉業を成し遂げようとしている、重大な使命を帯びたみなさんは、何を呑気《のんき》なことをほざいているんだとお叱りになるかもしれませんが、急がばまわれといいますように、ここは一歩退いて、ソロモンの知恵について考えてみようと思います。《「一同、気をつけ!」》ああ、待ってください。お願いですから、あと少しだけ。もう少しで私の話は終わりますから、終わったらみなさんは家に帰って、きれいに手を洗ってお休みになれますから、ここは少し我慢して、いいえ、私に慈悲を施すと思ってどうかもう少し話を聞いてください。ふう。どこまでお話ししましたっけ?　そうです。ソロモンの知恵のことです。ひとりの赤ん坊をめぐって互いに自分の子どもだと言い張るふたりの女性が、真実を明かしてほしいとソロモンを訪ねていきます。ソロモンが赤ん坊を半分に切れと言うと、ひとりの女性が、それなら子どもはもうひとりの女性に渡します、と言った話はクリスチャンでなくてもご存じですよね?　一見、自分の子どもを死なせるくらいなら相手に渡した方がましだと考える女性が本当の母親のように見えますし、ソロモンがふたりのうち気の弱い方を本当の母親だと思ったのは正しいのです。ですが、まだ子どもを切る前だったことを考えるとどうでしょう。ソロモンは本当の母親なら子どもの前でかぎりなく弱気になるものだと信じたようですが、それなりに長く生きてみると、世の中にはそうではない母親も多いのです。

目隠しをされた私がこんな泣きごとを言っても、みなさんの耳には屁理屈にしか聞こえないでしょう。でも、これらがまったく根拠のない話ではないことを、漢江大橋が爆破された日の明け方、明倫洞《ミョンニュンドン》にあるわが家の青い門を容赦なく叩いた人だけはわかってくれるかもしれません。その人は敵の治める九十日間にも、自由な大韓民国の精神が死んでいなかったことを身をもって証明した記念すべき人物です。私たちソウル市民は誰ひとり、附逆者《ふぎゃくしゃ》〔国家への反逆者〕という束縛から自由になれないのですから、彼の名前を忘れてはいけません。捜査本部で取り調べを受けているあいだも、自由な大韓民国の殉教者である彼の死が、当局の寛大な処分を待っていた残留派〔漢江を渡れずにソウルに残った人々〕をA、B、Cの三つの等級に分けるバロメーターとして働いたという話を何度も聞きました。臨時人民委員会や民主女性同盟、さらにはそれぞれの家に掲げた「永遠なるわれわれの指導者、金日成《キムイルソン》将軍万歳」「世界の弱小民族の友、スターリン大元帥万歳」などの不穏なスローガンが自由を圧殺し、生命を蹂躙《じゅうりん》する恐ろしい脅威に感じられた九十日間に、果たして附逆者のうち何人が、頭の先から爪の先まで真っ赤に染まっていたのか、ということはさておき、殉教者である彼の死が、「死せる孔明《こうめい》、生ける仲達《ちゅうたつ》を走らす」*というように、残留派の生に大きな影響を及ぼしたのは本当だと思います。彼が府民館《プミングァン》の前でどんな目に遭わされたのか、その場にいた人たちはまざまざと見たのですから、結果だけを見ると、私は何も申し上げることはできません。しかし先ほども言ったように、個人の真実は寝室でも打ち明けられないものですから、こんな緊迫した状況では、どんなリトマス試験紙でも個人の心の中は見せられないのではないでしょうか。

あれは二十七日の午前。前線から撤退してきたらしく、帽子に草をたっぷりつけた兵士がひとり、ふたりと山を下りてくる様子や、背には子どもを負い、手には荷物を抱えた避難民たちが、大通りを走って行くのが見えました。私は生まれつき共産党とは水と油のような関係ですから、彼が私の家に来た二十八日の明け方まで、避難した方がよいのか判断できず、気持ちだけ焦っていました。ラジオでひと晩じゅう知り合いの文人たちの怒りと恨みに満ちた詩を聞きながら、「この人たちはみんな漢江を渡ったのに、私だけここでひとり生ける屍になっていく」とやるせない気持ちになっていましたので、明け方、誰かが門を叩く音を聞いたときは一瞬ひやりとしましたが、彼だということがわかった途端、千軍万馬《せんぐんばんば》の援軍を得たようでうれしかったのです。同じ境遇にいる者同士、私たちは会うなり抱き合いました。やがて気を取り戻した私は、正気とは思えない顔をした彼に、これからどうするつもりなのかと尋ねました。彼は「僕はもう首を切られたも同然だ」と素っ気なく答えましたが、それは私だって同じです。ただし私は彼のように、解放前〔日本統治期〕は文人報国団の理事を、解放後にはソウル文化協会などの右翼団体の顧問をするなど社会活動を積極的にしたわけではないので、少しはましなのではないでしょうか。彼は「もうじき人民軍が自分を捕まえにくるから家には帰れない、君の家で様子を見たい」と言いました。彼は以前にも私の家に泊まったことがありましたし、私も非常事態下にひとりでいるのは不安でしたから、快く承諾してしまったのです。

　思ったとおり数日後、「自治隊」と書かれた赤い腕章をつけ、珍しい銃を肩にかけた無骨《ぶこつ》な青年たちが家々をまわりながら、食糧の保有量を調査し始めました。かと思うと、朝鮮文化団体総連盟や朝鮮民主青年同盟、朝鮮民主女性同盟などが結成され、世の中が一変してしまいました。それを実感したのは、各家からひとりずつ成均館《ソンギュングァン》*の前に集まれというお達しがあって私が行ったのですが（わが家はふたりですし、屋根裏に隠れている人を行かせるわけにもいきませんから）、そこで恐ろしいものを見たときでした。そこで私は人民裁判というものを初めて見ました。ソ連製の機関短銃を肩にかけた人民軍が、集まった人々に向かって「この者は反動分子か？」と尋ね、誰もが怖気づいて黙っているときに、どこからかひとり、ふたりが「そいつは悪質な反動分子だ」と叫ぶと、ふたつ返事で撃ち殺してしまうのです。血を吐き、もがき苦しみながら死にゆく姿があまりに惨《むご》たらしくて、私は逃げるようにしてその場を去りました。私はふと、自分はともかく、屋根裏に隠れている彼も同じような目に遭わされるかもしれないと思いました。いまさら言い訳のように聞こえるかもしれませんが、私はあの恐ろしい人民裁判の光景を見た瞬間、パニックに陥り、彼らに睨まれたらもう最後、連行されて犬死をするかもしれないと思ったのです。その日の夜、私は彼に人民裁判のことを話しました。そして、私たちも生き残るためには自ら過去を清算し、積極的に彼らに協力するふりをしなければならないと言うと、彼は沈痛な面持ちで頷きました。そのときはまだ、橋を爆破して逃げた当局に対する恨みが絶望に変わったばかりで、わが勇敢な国軍がこんなに早くソウルを奪還*することになるとは想像すらしていませんでしたから、馬鹿どもの顔色ばかりうかがっていました。いま思うと自分でも情けなくなります。

いずれにしても、私はその頃から鍾路《チョンノ》の四つ角にある、韓青《ハンチョン》ビル内の芸術連盟事務室に出入りするようになりました。私にとって人民裁判がどれほど恐ろしいものだったのか、お察しいただけると思います。芸術連盟には出向いたものの、もともと私はそこで活動している人たちと爪の垢ほどの親交もなかったので、わが家で匿《かくま》っている彼を保護するためだけの活動しかしなかったことは、私を取り調べた方たちはご存じでしょう。それに「長白山《チャンベクサン》*の峰々に血のにじむ足跡、鴨緑江の流れに血のにじむ足跡」とかいう金日成《キムイルソン》の歌や、「敵と戦って死んだわれわれの死を悲しむな。かぶせておくれ、赤い旗を」という、いわゆる人民抗争歌が一日じゅう響き渡っていたので、耳が痛くてたまりませんでしたし、血だとか死だとかいう恐ろしい歌詞には反吐《へど》が出そうでした。でも、生き残るためには甘んじて受け入れるしかありませんでした。それは私が「悪しき者はその悪しき行いによって滅ぼされ、正しい者はその正しきによって、のがれ場を得る」という箴言《しんげん》十四章三十二節と、「よくよく言っておく。もし人が私の言葉を守るならば、その人はいつまでも死を見ることがないであろう」というヨハネによる福音書八章五十一節を諳《そら》んじていたことからも察していただけると思います。

仕方なく附逆《ふぎゃく》という罪ならぬ罪を犯してしまった私に、みなさんが人民軍統治下九十日の殉教者として崇《あが》めてやまない彼が言ったことを、昨日のことのように思い出します。大東亜戦争の末期、文人報国団などの御用団体にあちこち引っ張られていた私たちは、「撃ちてし止《や》まむ*」と覚悟を決めていました。私の場合は、誰かに銃で脅されたからではなく、信じているふりをしているうちに、本当に信じるようになり、心から「撃ちてし止まむ」と誓ったのです。ところが、彼が意外なことを言いました。自分は日本が勝つと信じているのではない、日本が勝つと信じている、その事実を信じているだけだ、と言うのです。いきなり何を言いだすのかと思われるでしょう。私はのちに国が解放されたとき、『民族の罪人』という懺悔の作品を発表しました。一方で、彼は「正気なら日本が勝つと本気で信じるはずがない。日本の勝利を信じなければならない世の中だったから、信じるふりをしていただけだ」という反省文を書いて、物議を醸したことがありました。関心のある方なら記憶にあるかもしれません。平凡な生活を送っている人は、なんだ言い訳なんかして、と思われるでしょうが、彼と長い付き合いのある私はよくわかります。一例を挙げると、彼は文人報国団の活動にとても熱心だったので、周りからは日本人よりも日本人らしいと、嘲《あざけ》りに近いほめ言葉を聞いていました。彼の言うように信じるふりだけなら、そこまで一生懸命にするでしょうか。これは私の考えです。人間は自分の真相に対して絶えず省察するしかありませんから。でもそれが虚像だとしたら、それ以上の省察はありえないでしょう。私たちはみな、本当に善良な人には気づかないのに、善良を装っているペテン師には騙されがちです。同じように、彼はあれだけ熱心に演技をしたからこそ、最高の親日派になったのです。裏を返して言えば、彼は一度も親日派ではなかったということになります。私もそうですが、おそらく彼は、敵の勝利を信じるということを信じていただけで、じつは敵の勝利など信じていなかったのです。私にはすぐわかりました。というのも、私も敵の勝利を信じたことがありませんでしたから。私はこの場を借りてはっきりと申し上げたいのです。私は一度も附逆行為などしたことはありません、と。附逆者のふりをしていただけです、と。私もまた、たとえ消極的だったとはいえ、解放前は親日文人でしたし、漢江大橋が崩れる前までは反動文人でしたから、余計に徹底した附逆者のように見えたのです。

ところが、そうやって附逆のふりをするのも行きづまってきました。七月に入った頃でした。思いもよらぬ人が、私の働いていた韓青《ハンチョン》ビルを訪ねてきたのです。話は支那事変が起こってまもない頃、当時は小公洞《ソゴンドン》ではなく長谷川《はせがわ》町*だった所での出来事にまでさかのぼります。ある日、総督府の学務局に勤めていた真木《まぎ》という男が、彼をセルパンというカフェに呼び出しました。情勢がかなり緊迫していた頃でしたので、総督府の役人から何か情報でも得られたらと思って、私もついて行きました。カフェには真木のほかにもふたりいました。私たちがカフェに入るなり嫌な視線を向けてきた、髪の毛がふさふさの男は、ゴム会社の京城《キョンソン》支店に勤務していた田中で、もうひとり、小柄で胸が小さく、いかにもずる賢そうな女の方は、のちにセルパンのイブという名で広く知られたキム・ヘシルでした。私たちは勧められるままに相席しました。真木と田中は、戦時体制に突入し、学生用のゴム靴も作れないほどゴムの価格が急騰しているとか、だったら朝鮮の伝統的な藁草履《わらぞうり》を履かせたらどうだ、などとつまらない話をとりとめもなくしているところでした。ところが、そのつまらない話が翌年から現実になったのです。日本統治時代を経験した人なら誰でも知っているでしょう。まあそれはともかく、ふたりのそばに座って酒の相手をしていたキム・ヘシルは、当時はまだ女給だったのですが、淫《みだ》らな感じがする女でした。その場で真木は、私たちに「内鮮人文芸家の中で権威者を網羅し、まずは小規模で仕事をさせていきたい」、

「思想を浄化し、品性を練磨し、生活を刷新させて、善導教化運動を行おうと思う」などと言い、彼に朝鮮人の代表として文芸会を組織してみるつもりはないかと尋ねました。命令するも同然の言い方に彼が返事に困っていると、真木は、いますぐというわけではないが、セルパンを根拠地として毎週水曜日の夜に集まるのはどうかと説得しました。

その夜、セルパンを出て電車の停留所に向かう途中で、私は彼に「学務局でも銃後の思想を取り締まろうとしているようですが、それについてどう思われますか」と尋ねました。彼は黙って向かいの京城郵便局を眺めていましたが、ふと、電車のチンチンという音で我に返ったかのように「きれいだった」と答えました。私が「彼らのやることがですか?」と訊くと、「それもそうだが」と言うんですよ。ははあ。私は頷きました。彼も私も総督府の学務局にはずいぶん信頼されていたので、彼が彼らの計画に同調すると言っても驚きはしません。しかしその晩、彼は電停で「あ、そういえば寄る所があったんだ。悪いが先に帰ってくれ」と言い残して去っていきました。私は明け方までひと晩じゅう、セルパンであった出来事を思い返していました。それから数日後のことです。俺は日本が勝つと信じている、その事実を信じている、と彼が言いました。それからというもの、彼はセルパンに頻繁に出入りするようになり、文芸会の組織化に拍車をかけたのです。文芸会は支那事変が起こったあと、真っ先に結成された団体でしたから、彼はその後、組織されたどの団体でも中心になって働き、そのための準備はいつもセルパンで秘密裏に行っていました。それは解放まであと二年という一九四三年、府民館で開催された東洋国民憤激大会の式場に私製爆弾を取り付けた*チョ・マンスの恋人がセルパンのイブであることが明かされるまで続いたのです。

七月三日、「長白山《チャンベクサン》の峰々に血のにじむ足跡」の歌声が鳴り響いていた韓青《ハンチョン》ビルに、セルパンのイブだったキム・ヘシルが人民軍の軍官服を着て現れたときは、本当に驚きました。先頭に立った女性軍官同志がキム・ヘシルだと知って、「女給はもう清算したんですね」と私が言うと、キム・ヘシルは不機嫌そうにからから笑って、「あなたは反動ブルジョアの生き方を清算したの?」と訊くのです。その笑い方は、セルパンにいた頃、学務局の真木らと卑猥な冗談を交わしていたときに出していた、あの下品な声とまったく同じでした。それから「クォン先生はどちらに?」と私に訊くのです。私は黙って彼女を睨みつけました。結果的にセルパンのアダムの座についたチョ・マンスは、例の府民館爆破事件で西大門《ソデムン》刑務所*に入れられ、彼と内縁関係にあったキム・ヘシルはセルパンの女給を辞めました。彼女がソウルの街から姿を消して以来、私はキム・ヘシルという女はいったい何者だったのだろうとずっと気になっていました。一時期、彼がキム・ヘシルとずいぶん親密な仲になっているようだったので、私は何度も、深入りするなと忠告しました。実際、あの女狐《めぎつね》は、総督府の官吏や文人たちに近づいて情報を盗もうとしていた、地下団体のスパイだったのですから。それにセルパンで話したことをすべて聞いているだけに、彼の弱点もよく知っていました。だから彼の行方を訊かれたとき、私は「わが家の屋根裏にいる」とは言えませんでしたが、かといって、人民軍の軍官服の威を借りて星をキラキラさせている彼女の前で、もし私が罪を犯したのだとすれば、自由を信奉したことくらいですから、臆する理由は何もないのです。私は、「私だけが知っている場所にいます。あなたには関係ありません」

ときっぱり言い放ちました。そう言ったあと、しまったと思いましたがもう後の祭りです。ところが意外にも、彼女の方が周囲の目を気にしながら言葉を濁すのです。すぐそばにいた、かつて地下活動をしていた芸術連盟の副委員長たちは、注意して聞けば「クォン先生」だの「私だけが知っている場所」が何を意味するのかわかったはずです。なのに天が彼の味方をしてくれたのか、あるいはキム・ヘシルが焦って言葉を濁したからなのか、誰も気にしていない様子でした。彼女が「同志、何も考えずに話したり行動したりするのは、相変わらずですね」と言ったとき、私が何も言い返せなかった理由はたったひとつ。彼を守るためでした。だから彼女の皮肉にも屈せず、私は自分のやるべきことだけをしました。ところが、しばらくして彼女が、今晩彼の家で会いたいと伝えてほしいと言うのです。

その日、家に帰るまで、私は胸の震えを抑えることができませんでした。大東亜戦争の末期にも、彼女が似たようなやり方で彼を陥れたことを、他の人はともあれ、私は知っています。私の目には、人民裁判を受けて苦しみながら死んでいく彼の幻影が見えるようでした。ところが、人民軍の軍官になって戻ってきたキム・ヘシルが自分に会いたがっていることを知った彼は、彼女に会って私たちふたりの命だけは助けてほしいと頼んでみると言いました。自分の人生を破滅させようとしているサタンのような人民軍の軍官に命乞いしたいなんて言うんですよ。正気の沙汰とは思えません。いったいどうやって頼むつもりなのでしょう。その意図が何なのか、私には手に取るようにわかりました。すると彼は、人民軍の戦力が想像以上に強いことがわかったからには、いつまでも隠れているわけにはいかないじゃないかと私を説得するのです。それはまったくもって、人民軍の極悪非道な所業を知らない、世間知らずな男の軽はずみな言葉でした。私は何度も人民裁判の惨状について話しましたが、それでも会って頼めば何か方法があるかもしれないと言うのですから、蓑着《みの》て火事場へ入るようなものです。もしかしたら命乞いではなく、他に理由があったのかもしれません。きっとそうでしょう。だから私は彼に、キム・ヘシルが明日の正午に韓青ビルの前であなたに会いたがっています、と伝えました。残留派の中で私がA級にされた理由は、彼にこうした偽りを伝えたからだと言う人もいます。それなら、彼女が今晩あなたの家で会いたがっている、と正直に伝えていればC級になったのでしょうか。人民軍の言ったことを正直に伝えるのがA級ですか。それとも嘘をつくのがA級ですか。それに彼が本当に命乞いをするつもりだったのなら、罠かもしれないのに、私ひとり闇の中を歩いて家に戻るのが正しかったのでしょうか。それとも真っ昼間に堂々と自分の考えを話す方がよかったのでしょうか。私は彼を助けたかったのです。消極的ですけど、私も彼に負けない親日派であり反動文人でしたから。それに彼の言うように、共産主義のために働いているという事実を信じていただけですけれども、一生懸命そういうふりをしていれば、彼らだって私に害を及ぼしたりはしないでしょう。そのことを知っているからこそ、彼女に命乞いをするのが正しいと思ったのです。「かかる日なかにあるものの／見えぬけはひそひそむなれ」というように、私がこの胸の内をすべてさらけ出したとしても、みなさんは真実を知ることはできないでしょう。それで私が殺されるのなら本望ですが、それでも、まことに、まことに、あなた方に言っておく。私は永遠に死を見ることはないであろう、と。

次の日、韓青ビルから見下ろすと、思ったとおり彼は鍾路の四つ角に立っていました。暑い中でも学生デモは続き、「敵と戦って死んだわれわれの死を悲しむな。かぶせておくれ、赤い旗を」という勇ましい歌声が響き、焼けるような陽ざしが金日成とスターリンの肖像画の上に降り注いでいました。戦争が勃発してからろくに食べ物を口にしていないせいで、デモをしている学生たちに背を向けて立っている彼の姿が幻のように見えました。なぜでしょう。急に涙があふれ、哀れみの気持ちがこみ上げてきました。学生たちがだんだん遠ざかっていき、歌声だけを残して幽霊のごとく去っていった所に、彼は塩柱《しおばしら》にでもなったかのように立ち尽くしていました。自分の体が生きていれば真実で、死んでいれば偽りになるこの獣《けだもの》のような時代に、愛だなんて聞いてあきれますよね。子犬だって銃声を聞くと縁側の下に隠れるんですよ。なのに彼は、ご立派な真《まこと》の愛を見せようとそこから動かない。私は走って行って早くそこを離れなさいと言いたかったのですが、それよりも早く、彼は芸術連盟の幹部たちの目に留まって検挙されてしまいました。彼の言う命乞いとはどういう意味なのかわかりませんが、それは芸術連盟の幹部たちも同じでした。死です。お元左翼の変節者で、のちに反動文人の巨頭となった彼に残された道はたったひとつ。死です。おかげで私まで、彼を匿っていたという理由で逮捕されてしまいました。もはや私たちに真実などありません。真実は、私たちの生死を牛耳る匪賊たちの手に渡ったのです。彼の胸の内はわかりませんが、私は「悪しき者はその悪しき行いによって滅ぼされ、正しい者はその正しきによって、のがれ場を得る」という箴言を諳んじながら、すべてを受け入れることにしました。

彼と私の人民裁判は、翌日の七月五日に府民館の前で行われました。人民軍の統治下になってからというもの、「この者は反動分子か?」という声がつねに街じゅうに響いていましたが、ちょうどその日、今後は人民裁判を禁ずるという軍令が下ったので、私たちの人民裁判が人民軍統治下のソウルで行われる最後の裁判となったのです。西小門《ソソムン》派出所の留置所に入れられた七月四日の夜、私は彼に「あなたの真実とはいったい何ですか。本当にこうなるとも知らずに、命乞いに行ったのですか。それとも昔別れた恋人の顔をひと目見たかったのですか」と問いただしました。もちろん、こうなったのは私のせいでもあるのですが、私が嘘をついたことは隠していました。彼は黙って、私たちを監視している内務署員をちらっと見ただけでした。でも私があんまりしつこく訊くので、仕方なく「僕のせいで君にまでこんな目に遭わせて申し訳ない」とだけつぶやきました。私は「死ぬまぎわにそんなことは聞きたくない。私はただ、あなたの真実が知りたいだけです」と何度も言いましたが、彼は口をつぐんだままでした。「かかる日なかにあるもの/見えぬけはひぞひそむなれ」という言葉がありますが、真っ昼間の灼熱した太陽のもとにいても、私たちは一片の真実すらつかむことができないという意味です。こんな獣の時代なら、真っ昼間に鍾路通りを行き交う人を捕まえて、千金をやるから真実を言えと脅し、精密な秤《はかり》にかけてその真実の重さを測ったとしても、そこには何の価値もないのです。個人の真実なんて、言ってみれば、深夜に布団の中で人知れず書きなぐる備忘録のようなものでしょう。しかも、その備忘録が書かれるのは残念なことに私たちの心の奥なので、愛し合って一緒に暮らしている夫婦でも、互いのものを覗き見ることはできないのです。

　私たち一行は七月五日の朝、「人民裁判所」と大きく書かれたプラカードを背負って、大漢門《テハンムン》、ソウル市庁、府民館、朝鮮《チョソン》日報社、東亜《トンア》日報社の前を通り、世宗路《セジョンノ》派出所まで歩き、そこからまた市庁へと戻りました。私たちの死を見物するために、あるいは見物しろと強制されたために、大勢の人が集まっていました。彼らは、先頭の人が「人民裁判」と大声で叫ぶと、後ろの人も同じように「人民裁判」とオウム返しをする、まるでゲームのような光景をじっと眺めていました。以前は「銃後奉公は債券から！」*というスローガンを掲げて、一ウォンの小さな債券を売るために債券街頭遊撃隊を組織し、和信《ファシン》百貨店に出向いたことがありましたが、そのときの恥ずかしさがよみがえってくるようでした。知っている人にでも会ったらどうしよう。私と彼が紐に吊るされた魚の干物のようになって引っ張られていくのを見られたら。かといって周囲を見まわす勇気はなく、ただうなだれて足元ばかり見ながら、いまのように涙をぽろぽろ落としていました。別に動揺しているわけでもないのに流れるこの涙の正体を、いまここにいるみなさんはおわかりになりますか。これこそ真実の涙、心中の涙なのです。純粋に恐怖によって作られたものなのです。かつては私もこの国の指導層だったのにと思うと、こらえきれなくなって涙があふれました。彼の方をちらっと見ると、すべてをあきらめたように顔を上げて三角山《サムガクサン》を眺めていました。涙で一寸先も見えないまま世宗路を三回ほど往復したときでしょうか。「人民裁判」と叫ぶ声も鎮まり、誰かが私たちに、府民館の玄関に上がれと促しました。

形式的な裁判ですが、司会が開廷を宣言したあと、検事とやらが上がってきて、彼の罪状を読み上げました。内容はこうです。左翼だったこの男は途中で変節し、ともに活動していた仲間を密告した。親日活動を通して多くの若者を死に追いやった……。次に証人が壇に上がり、大東亜戦争の末期に彼が犯した罪を一つひとつ暴きました。そのようにすべての罪状を認めなければならないのなら、かつて総督府の官吏や親日派に酒をつぎ、笑みを売っていた（いまは人民軍の軍官になっていますが）キム・ヘシルという女給だって無事ではいられないでしょう。なのに真昼の真実が彼女を革命家だと言い、私たちのような人間は処断すべき親日派だというのは、悔しくてなりませんでした。証言がすべて終わると、検事が「よって死刑に処すべき」と求刑しました。その次は弁護士が出てくる番なのですが、いくら目を凝《こ》らしてもいませんでした。すると自称判事が進み出て、彼に向かって、自己批判せよと恐ろしい剣幕で叫びました。彼は乾いた唇を舌で舐めると、目を大きく見開いてどこともなく見まわしました。集まっていた人たちは彼の口をじっと見ていました。やがて彼は、何も話したくないというようにうなだれました。遠く漢江の向こう岸からは飛行機の爆音が聞こえてきました。アメリカの戦闘機でしょうか。私たちを助けてください。このまま死にたくありません。彼はずっと黙ったままでした。懺悔する、彼の言うように命乞いをする最後のチャンスだというのに。それまで私は彼を愛し、憎み、哀れみ、そして軽蔑のまなざしを向けてきました。ですが死を目前にしては何の意味もありません。だから私は心から、彼を救えるのは自分しかいないと思いました。

「この人はある女性軍官同志のために死のうとしているのです。その同志がこっそり連絡してきたので、一度会いに行ったところで捕まったのです。日帝末期には、その人のために親日活動を始めました。彼女との恋愛遊びに夢中になったあまり、それが死に向かう道だとも知らず、総督府の官吏たちと付き合ったのです。その人の名前は……」と私が言いかけたときでした。彼がいきなり声を荒《あら》らげて、「俺は大韓民国文学者協会の会長として、おまえたち共産主義者を憎悪する。おまえたちは俺の命を奪うことはできても、大韓民国に忠誠を誓う俺の魂は奪えない。大韓民国万歳。大韓民国万歳」と叫びました。そもそも万歳は三回するものですが、彼は三回目の万歳を叫ぶ前に倒れてしまいました。後ろに立っていた青年たちが棍棒を振りまわしたため、言い終わる前に頭が裂け、噴水のように血が飛び散りました。その血は隣にいた私にまで飛んできました。私は体が凍りついてしまいました。驚きました。彼の言ったことに驚きました。信じられませんでした。憎しみがこみ上げてきました。「かかる日なかにあるものの／見えぬけはひぞひそむなれ」というように、私の知っている彼は幻だったのでしょうか。日帝時代には自分の命を守るためならどんな汚物でも喜んで引っかぶっていた彼が、あんな卑しい女給のために自ら死を選ぶとは。私は彼の本当の姿を知らなかったようです。私はあまりの衝撃に、いつかきっと復讐してやる、何があってもこの雪辱《せつじょく》を果たしてやる、と心に決めました。

彼が血を流しながら伸びてしまうと、次は私の番でした。私は文学同盟で働いたことと、民族を裏切った反動分子を匿ったのは罪とされましたが、彼の別れた妻であることが考慮され、謹慎を命じられるだけで済みました。その代わり、集まった人々の前で自己批判せよと言われたので、こう叫びました。「この反動ブルジョア親日派のクズ野郎に騙されて夫婦として暮らした月日を思うと、悔やまれてなりません。死に向かう道だとも知らずに、火取蛾《ヒトリガ》のように一時の快楽を求め、人民の膏血《こうけつ》を搾ったこの男に唾を吐こうと思います」。まだ血を流している彼に唾を吐いて叫んでいると、判事は、夫の批判ではなく自己批判をしろと言いました。それを聞いてけらけら笑っている人もいました。炎天下に立たされていたので、汗と涙で目の前が霞んでいました。後ろで手を縛られて、拭うこともできないまま、私は顔をしかめてまた叫びました。「私は反動ブルジョア親日派の男に騙されて、仕方なく人民の命を日帝のやつらに捧げるのに協力しました」。七月の陽ざしはさらに熱くなりました。私は何を話したのかよく覚えていません。ただ、「大韓民国万歳」と叫びながら死んでいった彼を、この手で殺せなかったのが悔しかったです。多くの汗と涙が流れました。私は顔をくしゃくしゃにして叫びました。「朝鮮民主主義人民共和国万歳。朝鮮民主主義人民共和国万歳。朝鮮民主主義人民共和国万歳」。万歳三唱をすることができました。そうして私は生き残ったのです。

みなさん、私の話を最後まで聞いてくださってありがとうございます。これでみなさんも、彼がなぜ私の言葉を遮って「大韓民国万歳」と叫んだのか、また、私がなぜ汗と涙まみれになって「朝鮮民主主義人民共和国万歳」と叫んだのか、おわかりだと思います。みなさんは附逆者を暴きさえすればよいのですから、真実はどうであれ、目に見える悪者をひとり残らず殺してしまうおつもりでしょうけれど、こんな獣のような時代には、いくら真昼でも真実を見つけ出すことはできない、というのが私の考えです。真実はいったいどこにあるのでしょう。私の退屈な話の中にあるのでしょうか。それとも「おまえたちは俺の命を奪うことはできても、大韓民国に忠誠を誓う俺の魂は奪えない」と叫んで死んでいった彼の言葉の中にあるのでしょうか。そして私は、ここでなんと叫んで死ねばよいのでしょう。カフェの女給と無謀な恋に落ち、それで私を捨てた愚かな夫のせいで積極附逆者にされ、死ぬことになった、とでも？　それとも朝鮮民主主義人民共和国に対する忠誠心のためだとでも?　《「据銃《きょじゅう》!」》　私はなんと叫びながら死ねばいいのですか。どうか教えてください。お願いです。《「発射!」》

編註

簡単には終わらないであろう、冗談

008 北漢山《プッカンサン》……ソウル市内北部に聳《そび》える標高八三六メートルの山。

008 正読図書館《チョンドク》……ソウルの鍾路区《チョンノグ》北村《プクチョン》にある市立図書館。地下鉄三号線の安国《アングク》駅からほど近い。

008 尹潽善《ユンボソン》（一八九七―一九九〇）……大韓民国第四代大統領。一九六〇年の民衆蜂起による李承晩《イスンマン》大統領の失脚後、大統領に就任する。しかし政権は安定せず、一九六一年の朴正煕《パクチョンヒ》らによる軍事クーデターを招き、翌年に下野。旧宅は現在、国指定史跡第四三八号に指定。

010 辺山《ピョンサン》半島……韓国南西部の全羅北道《チョルラプクト》の扶安《プアン》郡に位置する。半島全体が国立公園に指定されている。

012 アートソンジェセンター……鍾路区の景福宮《キョンボックン》（李氏朝鮮時代の王宮）近くに位置する、博物館と美術館の融合をコンセプトにした私立の複合芸術空間。

013 北村《プクチョン》……鍾路区の景福宮などに隣接する地域。李朝時代、清渓川《チョンゲチョン》を境にした北部を北村《プクチョン》、南部を南村《ナムチョン》と呼び、北村には王族や高位階級の両班《ヤンバン》らが居住した。

013 漢拏山《ハルラサン》……済州《チェジュ》島にある、韓国最高峰を誇る標高一九五〇メートルの山。

015 朴趾源《パクチウォン》（一七三七―一八〇五）……李氏朝鮮後期の思想家。儒教の空理空論を排撃し実学思想の研究と普及に努めた。

016 申采浩《シンチェホ》（一八八〇―一九三六）……朝鮮独立運動家、歴史家。朝鮮民族主義歴史学を提唱し、抗日革命思想を啓蒙した。

018 朴珪寿《パクキュス》（一八〇七―一八七七）……朝鮮王朝末期の政治家。清国と米国に対し「攘夷」を正当化する文書の起草にあたったが、自身は開国論者であった。

018 甲申政変……一八八四年に金玉均《キムオッキュン》らの独立党（急進開化派）が起こしたクーデター。親清派勢力の一掃をはかり、日本の援助で王宮を占領して新政権を樹立したが、清国軍の介入により三日で失敗した。

019 済衆院《チェジュンウォン》……一八八五年に米国人宣教師のH・Nアレンによって設立された朝鮮半島初の西洋式王立医療機関。一八八四年に医療宣教師として来韓したアレンは、王室の侍医に任命され、病院設立を建議した。

あれは鳥だったのかな、ネズミ

037 ウォーターストーンズ……英国を本拠にヨーロッパでチェーン展開している大手書店。旗艦店のピカデリー店はヨーロッパ最大規模を誇る。

037 チャールズ・ラルフ・ボクサー（一九〇四―二〇〇〇）……英国の歴史学者。十六、十七世紀の歴史に関する著作が多くある。

037 マグズ・ブラザーズ……一八五三年創業の古書店。世界最長の営業年数を誇り、王室御用達の書店といわれる。

038 ウィリアム・アダムス（一五六四―一六二〇）……江戸時代初期に外交顧問として徳川家康に仕えた英国の航海士、貿易家。日本名、三浦按針《あんじん》。

039 杉山登志《とし》（一九三六―一九七三）……テレビ草創期よりCMディレクターとして活躍し、数多くの傑作を制作した。キャリア絶頂期に自宅マンションで自死。

041 パブリック・フットパス……公共人道。歩行者に通行権が保証されている自然歩道のこと。農村部を中心に英国内の至る所にあり、市民の憩いの道となっている。

045 請約《チョンヤク》……一定期間預金をすればマンションの分譲申請権が得られる口座。

048 ジョルジュ・デュビー（一九一九―一九九六）……フランスの歴史家。心性史、女性史でも多くの著作がある。

048 クロード・シモン（一九一三―二〇〇五）……フランスの作家。代表作に『フランドルへの道』（一九六〇年）。

048 マルク・ブロック（一八八六―一九四四）……フランスの歴史学者。第二次大戦中はレジスタンスの指導者として活躍し、ドイツ軍に捕らえられ銃殺された。

048 リュシアン・フェーヴル（一八七八―一九五六）……フランスの歴史学者。フェルナン・ブローデルらを牽引した。

不能説

053 海南《ハイナン》戦役……国共内戦において、台湾を除き国民党軍の最後の反攻拠点であった海南島が一九五〇年五月一日に陥落。国民党は中国大陸で作戦を展開するための軍事拠点を完全に喪失した。

053 鴨緑江《アムノッカン》（ヤールージャン）……中朝国境の白頭山《ペクトゥサン》（長白山《チャンベクサン》）を源に、国境地帯を西方へ流れ黄海に注ぐ、全長およそ八百キロの河川。同じく白頭山を源流とし、中朝国境を東方へ流れる全長約五百キロの河川は豆満江《トゥマンガン》（図們江《トゥーメンジャン》）。

053 中国人民志願軍……朝鮮戦争時に編成された中華人民共和国の部隊。人民解放軍を中心に組織され、一九五〇年十月、国連軍が北進を続けて中朝国境に迫ったときに鴨緑江を越えて戦闘に参加し、一時は戦況を大きく逆転させた。朝鮮国境地域の旧間島《カンド》（現在の中国吉林省延辺朝鮮族自治州）居住の朝鮮人部隊も多数含まれた。

054 **仁川《インチョン》上陸作戦**……一九五〇年六月二十五日の朝鮮戦争勃発以来、朝鮮人民軍は南進を続け、四日後に首都ソウルを占拠。韓国軍は後退を余儀なくされたが、ダグラス・マッカーサー司令官の指揮により、九月十五日に国連軍がソウル西方約二十キロの仁川に上陸し、同月末にソウルを奪還した。

056 **臨津江《イムジンガン》**……朝鮮半島中部から発して南流し、漢江《ハンガン》に合流する。朝鮮戦争中は南北軍がこの地域で激突したまま膠着状態となった。休戦後は上流が北朝鮮領内、下流は休戦ラインが通過する要衝地帯となった。

059 **米第八軍**……一九四五年八月より日本占領任務にあたり、極東唯一の米陸軍部隊となっていたため、朝鮮戦争勃発に際し米軍の主力として投入された。朝鮮戦争以降、韓国に駐留し続け、在韓米軍の陸軍戦力を構成している。

059 **砥平里《チピョンニ》戦闘**……一九五一年二月、米仏の部隊と共産軍が激突し、国連軍が勝利した。朝鮮戦争における主要な激戦の一つとされる。

061 **延辺《ヨンビョン》**（イエンビエン）……現在の中国吉林省延辺朝鮮族自治州。豆満江《トゥマンガン》（図們江）を挟んで朝鮮半島側と接しており、十九世紀後半より豆満江を越えて移住する朝鮮半島出身者が増加し、かつては間島《カンド》と呼ばれた。

061 **孟浩然《モンハオラン》**（もうこうねん、六八九—七四〇）……中国唐代（盛唐）の代表的な詩人。杜甫、李白、王維と並んで「盛唐四大家」ともいわれる。

偽りの心の歴史

075 **ジェームズ・マーシャル**（一八一〇—一八八五）……米国の大工。一八四八年にカリフォルニア州で砂金を発見し、ゴールドラッシュのきっかけとなった。

076 **ラルフ・ワルド・エマーソン**（一八〇三—一八八二）……米国の思想家、哲学者、作家、詩人。古今東西の思想家や文学者に大きな影響を与えた。

076 **アラン・ピンカートン**（一八一九—一八八四）……米国で活躍した私立探偵、スパイ。南北戦争時にリンカーン大統領の警護を引き受けた。

077 **隠者の国**……米国人牧師ウィリアム・グリフィスが一八八二年に『隠者の国・朝鮮（*Corea the Hermit Nation*）』を刊行。本書は米国人の朝鮮認識に大きな影響を与え、「隠者の国」は鎖国状態の朝鮮を指す代名詞となった。

078 **トマス・ペイン**（一七三七—一八〇九）……英国出身の米国の哲学者、政治理論家。独立戦争勃発の翌一七七六年に発表した啓蒙書『コモン・センス』がベストセラーとなり、独立に向けた世論が熟成された。

080 **ジョン・チャールズ・フレモント**（一八一三―一八九〇）……米国の陸軍将校、探検家。「偉大な開拓者」を名乗った共和党初の大統領候補者で、奴隷制に反対した。

080 **チャールズ・プロイス**（一八〇三―一八五四）……フレモントに同行し、米国西部を探査した測量技師、地図製作者。

082 **バスコ・ヌーニェス・デ・バルボア**（一四七五―一五一九）……大航海時代の航海者、探検家。一五一三年、パナマ地峡を越えて太平洋を〝発見〟した。

086 **チャールズ・サムナー**（一八一一―一八七四）……米国の政治家、法律家。マサチューセッツ州の反奴隷制運動の指導者としてリンカーンとも緊密に協力した。

086 **プレストン・ブルックス**（一八一九―一八五七）……米国の政治家。一八五六年に上院議場でチャールズ・サムナーを杖で殴り続け失神させた。

086 **アンドリュー・バトラー**（一七九六―一八五七）……米国の政治家。奴隷制を強く支持した。

090 **ジェネラル・シャーマン号事件**……一八六六年七月、米国の商人W・B・プレストンと英国のメドーズ商会が運航していた米国の帆船ジェネラル・シャーマン号が平壌に来航。沿岸住民に砲撃を加えて十余名を殺害、大同《テドン》江《ガン》を遡行したため、激怒した住民らがシャーマン号を焼き討ちにし乗組員全員を殺害。船名は、南北戦争で北軍を勝利に導いたウィリアム・シャーマン将軍に由来する。

さらにもうひと月、雪山を越えたら

101 **慧超**《ヘチョ》（えちょう、七〇四―七八七?）……新羅《シルラ》の学僧で旅行家。彼が著したインド、中央アジア旅行記『往五天竺国伝《おうごてんじくこくでん》』は西域研究上の重要な史料とされる。

102 **アレクサンドロス三世**（前三五六―前三二三）……マケドニアの国王。遠征軍を率いてペルシアを滅ぼし、インドのパンジャブ地方まで進出。ギリシアとオリエントを含む空前の大帝国を建設した。

102 **高仙芝**《コソンジ》（こうせんし、?―七五六）……高句麗出身の盛唐の武将。七四七年、吐蕃《とばん》とギルギット（小勃律）討伐の命を受け、一万の兵を率いてパミール高原を越え、ギルギットの国王を捕虜とし、西域七十二か国が唐に帰属した。だが七五一年、アラブ軍に大敗し、中央アジアにおける唐勢力はイスラームに圧せられるようになった。

102 **イブン・バットゥータ**（一三〇四―一三六八／六九）……モロ

ッコ生まれの旅行家。約三十年をかけて世界各地を旅し、旅行記にまとめた。

102 **マルコ・ポーロ**（一二五四―一三二四）……イタリアの商人、旅行家。元の初代皇帝フビライに長く仕え、各地を旅行した。

102 **玄奘三蔵**《げんじょうさんぞう》（六〇二―六六四）……唐代の中国の訳経僧。陸路インドに向かい、『大唐西域記』を著した。

103 **ヘルマン・ブール**（一九二四―一九五七）……オーストリア出身の登山家。一九五三年にナンガ・パルバット初登頂を無酸素で成し遂げた。

103 **ナンガ・パルバット**……パキスタンに位置するヒマラヤ山系最西端にあたる標高八一五二メートルの世界第九位峰。多くの登山家が登頂を果たせず命を落とした登攀困難な山として知られる。

115 **道峰山**《トボンサン》……ソウル市の北東に位置する標高七百四十メートルの山。

115 **仙人峰**《ソニンボン》……道峰山を代表する三峰の一つ。ロッククライミングのコースとして有名。

116 **戦闘警察**……一九七一年に発足した武装警察部隊。準軍事組織として、北朝鮮工作員を摘発する武装部隊作戦戦闘警察とデモ鎮圧部隊の義務戦闘警察があったが、二〇一三年に廃止された。

117 **建国**《コングック》**大学校事件**……一九八六年十月に大学内でくり広げられた民主化要求運動。警察によって鎮圧された。

117 **金剛山**《クムガンサン》**ダム騒動**……一九八六年、軍事境界線をまたがって流れる北漢江（漢江の支流）上流に、北朝鮮がダムを着工。これに対して韓国の全斗煥《チョンドゥファン》政権は、北側が水供給の遮断のほか、ダムを崩壊させてソウルを水攻めできるようにもなるとし、国防上の懸念を強く表明した。

117 **金日成**《キムイルソン》**主席死亡説**……一九八六年十一月、韓国の国防部報道官が「金日成が銃撃で死亡」と発表し、大騒動となったが、二日後には誤報と判明した。

117 **ゴジュンバ・カン**……ヒマラヤ山脈中部、エベレスト山群に属する高峰。標高七六四六メートル。ネパールと中国チベット自治区との国境稜線上にある。

120 **謝颶国**……北インドのカシミール地方、もしくはガンダーラ地方にあったとされる。

120 **ホワイトアウト**……雪や雲などによって視界が白一色となり、方向、高度、地形の起伏が識別不能となる現象。

124 **朴鍾哲**《パクジョンチョル》（一九六五―一九八七）……ソウル大学在学中に学生運動に関わり、治安本部の取り調べで拷問により死亡した。その死は民主化闘争の象徴となった。

125 治安本部が机をバンと叩く……朴鍾哲の死をめぐり、治安本部は記者会見で、死因は持病による心臓発作と嘘の発表をした。その際、本部長が取り調べ中に「机をバンと叩いたらウッと言って死んだ」と言ったことを指す。

127 ルパール壁《へき》……屈指の登攀難壁として知られているナンガ・パルバットの南側壁で、世界最大の標高差四千八百メートルを誇る。

南原古詞に関する三つの物語と、ひとつの注釈

● 『南原《ナモン》古詞』……李氏朝鮮時代の説話「春香伝《チュニャンジョン》」をもとにした、妓生《キーセン》の娘と両班《ヤンバン》の息子の身分を超えた恋愛を描いた物語。「春香伝」は口承で伝えられてきたものをもとに、十八世紀初頭にパンソリの唱物語として創作され、物語として成立したとみられる。「春香伝」はパンソリ、漢文、古典小説など多くの改作、異本によって伝承され、今日も広く愛好される朝鮮古典文学の代表作品で、『南原古詞』はその古典小説の一つ。本作はそれをパロディ化したもの。

● 「春香伝《チュニャンジョン》」のあらすじ……南原府使《ナモンブサ》の息子である李夢《イモン》龍《ニョン》は、南原《ナモン》の広寒楼《クァンハルル》で妓生《キーセン》の娘の成春香《ソンチュニャン》と出会い、愛を育む。父の任期が終わり夢龍は都（漢陽《ハニャン》）に帰ることになるが、ふたりは再会を誓う。新たに赴任した卞府使《ビョンブサ》は春香に夜伽《よとぎ》を強いるが、春香は従わず、激怒した卞府使は春香を投獄する。科挙に合格して官吏となった夢龍は、暗行御史《アメンオサ》として南原に潜入し、卞府使の悪事を暴き、春香を救出。ふたりは末永く幸せに暮らした。

148 むり……水でふやかした米を碾《ひ》き、臼《うす》で漉《こ》したあとに残る沈澱物。

149 客舎《ケクサ》……公式行事を執り行う重要な建物で、牌が安置された王への粛拝所。

149 五月飛霜のごとく……五月に季節外れの霜《しも》が降りる、それだけ恨みつらみが募るという意味。

150 智異山《チリサン》……韓国南部の全羅南道、全羅北道、慶尚南道にまたがる、小白《ソベク》山脈の南端に位置する山並みの総称。

150 蓼川《ヨチョン》……小白山脈の西側の高原地帯に開けた盆地の街である南原《ナモン》市は、蓼川に沿って広がる。

150 官衙《クアナ》（かんが）……官吏が地方行政事務を執り行う官庁、役所。首領の正庁である東軒《ドンホン》、王の位牌を奉る客舎《ケクサ》をはじめ、郷庁、秩庁など地方行政機構をすべて備えた。

151 明沙十里《ミョンサシムニ》……現北朝鮮の咸鏡南道《ハムギョンナムド》にある美しい砂浜。

151 妓生《キーセン》……芸妓。妓女《キニョ》ともいう。

151 軍牢使令《クルレサリョン》……牢につながれた罪人を扱う業務を担当した下級官吏。
151 府使《フサ》……地方に設置された都護府の長官。
151 暗行御史《アメンオサ》……地方官の監察を秘密裏に行った国王直属の官吏。単に御史《オサ》ともいう。
152 三清洞《サムチョンドン》……現在のソウル市鍾路区《チョンノグ》に位置し、景福宮《キョンボックン》（王宮）の東側に隣接する一帯。北村《プクチョン》（☞153）。
152 科挙《クァゴ》(かきょ)……官吏登用の試験制度。
152 紅牌《ホンペ》……科挙の合格者に下賜《かし》される、赤い紙に玉印を押した合格証。
152 御賜花《オサファ》……科挙に及第した者に王が授けた造花。
152 戸長《ホジャン》……中央から派遣された者ではなく、地元の官吏が行政の実務を担った。
152 座首《チャス》……郷庁《ヒャンチョン》（☞156）の長。各地方を代表する有力者で、中央から派遣された守令《スリョン》を補佐した。
153 北村《プクチョン》……王族や身分地位の高い両班《ヤンバン》らの居住区で、漢陽《ハニャン》（昔のソウル）の中心地だった（☞013）。
153 両班《ヤンバン》……高麗および李氏朝鮮時代の特権的な官僚階級、身分。文官は東班（文班）、武官は西班（武班）に分けられていたのでこの名がある。朝鮮王族以外の身分階級の最上位に位置して官位、官職を独占世襲し、兵役や賦役免除などの特権をもち、封建的土地所有のもとで常民、奴婢を支配した。
153 東軒《ドンホン》……地方行政と司法等を合わせて取り扱う建物。地方官庁として、監司《カムサ》（中央から派遣された道長官）、守令《スリョン》（同じく地方官）、兵使《ピョンサ》（兵馬節度使《ピョンマチョルトサ》）、水使《スサ》（水軍《スグン》節度使《チョルトサ》）らが執務した。
153 貪官汚吏《タムグァンオリ》(たんかんおり)……職権を悪用して私腹を肥やす役人。
154 広寒楼《クァンハルル》……南原《ナモン》に一四一九年に建てられた楼閣。「春香《チュニャン》伝」の舞台として有名で、苑内にある烏鵲橋《オジャッキョ》は春香と李夢龍《イモンニョン》が愛をささやいた場所として知られる。
154 房子《バンジャ》……官衙で雑事に従事した男性使用人。
155 妓案《キーアン》……妓籍《キジョク》ともいう。妓生たちは官の「妓案」に登録され、国家により体系的に管理された。
155 代婢定属《テビジョンソク》……身代わりを奴婢とし、自分は奴婢の身分から脱して良民になること。
155 殿牌《ジョンペ》(でんぱい)……地方の行政単位である各コウルの客舎《ケクサ》に王の象徴として奉安された「殿」の字を刻んだ木牌。地方官吏たちは毎月一日と十五日に拝礼の儀式を行った。
155 闕牌《クォルペ》……殿牌と同様に客舎等に奉安された「闕《クォル》(けっ)」の字を刻んだ牌。闕は王の住む宮殿のことを指す。

156 **趙光祖《チョグァンジョ》**(一四八二—一五一九)……李朝中期の儒学者、政治家。儒家として自ら提唱した「道学政治」を実践した改革派の政治家であった。

156 **郷庁《ヒャンチョン》**……地方自治機関。高麗時代からの地方自治の伝統を引き、在地の両班層が中央から派遣される守令《スリョン》(地方官)を補佐する機構として成立した。その長を座首《チャス》、構成員を郷任と呼ぶ。

156 **吏房《イバン》**……各地方官庁の人事を担当した官吏。

157 **教坊《キョバン》**……歌舞などの技芸を教える機関。

157 **衙前《アジョン》**……官衙で末端の地方行政実務を担当した官吏。

160 **守令《スリョン》**……中央から派遣された地方官のことで、府尹、大都護府使、牧使、都護府使、郡守、県令、県監の総称。監司《カムサ》(道長官)の監督のもと、王の代理人としてその地域を統治した。

161 **守令七事《スリョンチルサ》**……守令の七つの任務。農業を盛んにすること、戸口数を増やすこと、学校を興すこと、軍政を修めること、賦役を均等に課すこと、裁判を迅速に行うこと、奸悪な人物をなくすこと。この七事を基準にして、監司が各守令の勤務評定を行い、中央に報告した。

162 **二つの大乱**……壬辰倭乱《イムジンウェラン》(文禄・慶長の役、一五九二—一五九八年)(☞165)と、清国が李氏朝鮮に侵略して制圧し服属させた戦いである丙子胡乱《ピョンジャホラン》(丙子《へいし》の乱、一六三六—一六三七年)を指す。

163 **打令《タリョン》**……悲運に対する嘆きを題材にしたパンソリ。「恨《ハン》」を芸術に昇華したものといえる。

163 **郷校《ヒャンギョ》**(きょうこう)……各地方に設置された国の教育機関。儒教の浸透を図り、地方の両班と郷吏《ヒャンニ》の子弟を収容した。

163 **県監《ヒョンガム》**……主要な県以外の各県に派遣された長官職。

163 **判官《パングァン》**……主要官庁における従五品《ジョンオプム》の中級官職。

163 **令監《ヨンガム》**……従二品《ジョンイブム》から正三品堂上官《チョンサンプムタンサングァン》の官職を持つ者のこと。官職の品階は、正一品《チョンイルプム》から従九品《ジョングプム》まで、正と従に分かれて十八段階があった。なお、正一品《チョンイルプム》から正二品《チョンイブム》の官職を持つ者は、大監《テガム》と呼ばれた。

164 **大庁《テチョン》**……天井を架設せず屋根裏がそのまま出ている開放的な構造の板の間。建物の中心となる部屋であり、天井部の梁は最も重要な梁となる。

165 **監営《カミョン》**……各道の最高責任者として派遣された監司《カムサ》が執務する官庁。

165 **庶子《ソジャ》**(しょし)……正室ではない女性から生まれた子。朝鮮時代を通して、正妻の子である嫡子と側室の子である庶子は厳格に区別され、庶子は科挙を受けることが禁じられた。

165 壬辰倭乱《イムジンウェラン》……文禄・慶長の役のこと。狭義には文禄の役（一五九二—一五九三年）を指すが、一般的に慶長の役（丁酉再乱《チョンユチェラン》、一五九七—一五九八年）も含んで用いる。

165 京在所《キョンジェソ》……李朝初期、地方官吏が地元有力者を都（漢城）に駐在させ、その地方に関係した諸般の事務を処理させ、京郷間の連絡を図った機関。一六〇三年に廃止。

165 別監《ピョルガム》……侍衛を行う武官。護衛官。

166 郷案《ヒャンアン》……地方士族すなわち在地両班の名簿。

166 郷吏《ヒャンニ》……地方官の補助官吏。下級吏員であるものの、租税徴収や小さな訴訟の裁決など、住民を直接支配する立場にあり、大きな権限を与えられていた。

169 笑謔《ソハク》(しょうぎゃく)之戯《チヒ》……言葉の遊びと曲芸が一つになった遊びのこと。

169 霊山会上《ヨンサンフェサン》(りょうぜんえじょう)……李朝初期に両班の風流として採択された代表的な楽曲。原意は、釈迦が法華経を説いた所、釈迦の浄土、霊山界。

169 パンソリ……物語に節をつけて歌う語り物音楽で、口承文芸の一つ。ひとりの歌い手と鼓手によって奏でられる、物語性のある歌と打楽器の演奏である。

170 『於于野譚《オウヤダム》』……「野譚《ヤダム》(やたん)」(野談)とは、朝鮮に古くから民衆のあいだで伝わる説話や伝承を編纂した書物のこと。五巻からなるこの書はその嚆矢となったもので、かつ代表的なものとされる。

170 柳夢寅《ユモンイン》(一五五九—一六二三)……李朝中期の文臣。優れた文章家として知られ、『於于野譚』を編んだ。

170 英祖《ヨンジョ》(一六九四—一七七六)……李氏朝鮮第二十一代国王。

170 柳振漢《ユジナン》(一七一一—一七九一)……朝鮮後期の詩人。一七五四年、湖南地方で伝承されたパンソリをもとに、漢詩の「春香歌《チュニャンガ》」を完成させるが（『晩華集《マンファジプ》』に収録）、儒者たちから非難を受けた。

[本章参考資料：金井孝利『韓国時代劇・歴史用語事典』学研パブリッシング、二〇一三年]

伊藤博文を、撃てない

172 中央大街……ハルビン市を代表する石畳の目抜き通り。ロシア統治時代の歴史的建造物が数多く残されている。

172 ワンダグループ(万達集団)……中国の複合企業。傘下に商業、文化、通信、金融の四大企業を所有し、幅広く事業を展開している。

172 防洪《ぼうこう》記念塔……中央大街終点にあたるスターリン公園

内にある記念塔。一九五七年の松花江《ソンファジャン》の氾濫による洪水を記憶に留めるため、翌年に建設された。

176 琿春《フンチュン》（こんしゅん）……延辺朝鮮族自治州の東端に位置。南端部では中朝・中露国境が隣接し、露朝国境の豆満江を十五キロ下った先の日本海が望める。

178 木洞《モクトン》アパート……都市計画に基づいて一九八〇年代に整備された大規模なニュータウン団地。ソウル南西部の陽川《ヤンチョン》区に位置する。

182 安重根《アンジュングン》（一八七九—一九一〇）……朝鮮独立運動家。一九〇九年十月、韓国統監府初代統監の伊藤博文をハルビン駅構内で射殺し、旅順監獄で一九一〇年三月に処刑された。

183 東春《トンチュン》サーカス団……一九二五年に作られた韓国で最初のサーカス団。

183 韓国馬事会……政府の監督下で競馬を施行する団体。

189 聖ソフィア大聖堂……ロシア正教会の元聖堂で、ハルビンを象徴するロシア建築の歴史的建造物。観光名所。

▨恋愛であることに気づくなり

192 昌慶宮《チャンギョングン》……ソウルにある李朝時代の五大宮の一つ。

192 アイスクリーム美人……物語の舞台である一九三〇年代当時の京城《キョンソン》（ソウル）で、モダンボーイのあいだで流行していた言葉。アイスクリームのように色白で冷たい女性を指す。

192 チンコゲ……日本統治時代、京城の南山《ナムサン》の北面山麓に作られた繁華街。

193 本町……一八八二年に日本の公使館が南山の北面山麓に置かれ、その周辺が日本人居留地に指定されて生まれた街。日本統治時代の京城において、本町通りは「日本人銀座街」と呼ばれた繁華街であった。現在の忠武路《チュンムロ》。

193 和信《ファシン》百貨店……日本統治下の一九三一年に開業した朝鮮資本の百貨店。いまの鍾路《チョンノ》タワーの場所にあった。

193 京城《キョンソン》府民館《フミングァン》……一九三五年に建設された多目的ホール。現在もソウル市議会庁舎として使用されている。

193 南村《ナムチョン》……日本統治下の京城においては、清渓川《チョンゲチョン》を境に、李朝時代からの市街地であった北村《プクチョン》と、日本人居住区である南村《ナムチョン》の分化がみられた。新たに開発された南村地域は、近代的な商業地として急速に発展した。

197 エチオピア侵攻……一九三五年十月、ムッソリーニ政権下のイタリアが植民地化を企図してエチオピアに侵攻。全土を占領し、翌三六年にエチオピア併合を宣言した。

197 アレクサンドラ・コロンタイ（一八七二—一九五二）……ロ

シアの女性革命家で、ソビエト政権樹立と同時に閣僚となり、女性の地位向上施策に取り組んだ。マルクス主義に立脚したフェミニズム的視点から、伝統的な結婚制度、家制度の解体などをラディカルに主張した。

198 **支那事変**……一九三七年七月七日の盧溝橋《ろこうきょう》事件を発端に勃発した日中戦争に対する当時の日本側の呼称。

198 **パゴダ公園**……鍾路《チョンノ》にあるタプコル公園の旧称、別称。一九一九年に三・一独立宣言書が読み上げられた場所としても知られる。

198 **ソウル**……日本は一九一〇年八月の韓国併合後、九月に首都「漢城《ハンソン》」の名を「京城《キョンソン》(けいじょう)」に改称したが、都を意味する「ソウル」も一般的には使われ続けた。

199 **満州事変**……一九三一年九月十八日の柳条湖《りゅうじょうこ》事件をきっかけに勃発し、関東軍が満州全土を占領。翌一九三二年三月一日に満州国建国を宣言した。

202 **脊髄癆**《せきずいろう》……梅毒に起因する中枢神経系統の慢性疾患。

202 **大韓帝国**……李氏朝鮮が一八九七年に国王の称号を皇帝に変更し、国号を改めたが、一九〇五年締結の第二次日韓協約(乙巳《ウルサ》条約)で韓国統監府が設けられ日本の保護国となり、一九一〇年の日韓併合によって滅亡した。

202 **人定《インジョン》の鐘の音**……夜間の通行を禁止するために鐘を鳴らした。

203 **京釜《キョンブ》鉄道**……朝鮮政府が米国人事業家モーリスに売却した鉄道敷設権を基盤に、渋沢栄一らが一九〇一年に設立。のち韓国統監府の所管となり、一九〇八年にソウル—釜山間の全線が開通。ソウル—仁川間は京仁《キョンイン》鉄道として一九〇〇年に先行開通している。

210 **厨川白村《くりやがわはくそん》**(一八八〇—一九二三)……英文学者、文芸評論家。『近代の恋愛観』がベストセラーとなり、大正時代の恋愛論ブームを起こし、有島武郎と人気を二分した。

211 **皇国臣民ノ誓詞《せいし》**……朝鮮総督府が一九三七年十月に発布した文章。朝鮮人に皇国臣民としての自覚を促すべく総督府学務局が考案し、学校や職場、映画館などあらゆる場所で斉唱を義務づけた。大人用と児童用(「私共は、大日本帝国の臣民であります。……」)があった。

こうして真昼の中に立っている

216 **これまでの九十日間**……一九五〇年六月二十五日の朝鮮戦争勃発直後、ソウルを朝鮮人民軍が占領し、その統治下にあった同月二十八日から九月二十八日までの三か月を指す。

217 **漢江《ハンガン》人道橋爆破事件**……一九五〇年六月二十八日、彌《ミ》阿里《アリ》のソウル防衛線が突破されると、韓国軍は朝鮮人民軍の侵攻を防ぐ目的で、ソウル市内の漢江人道橋（漢江大橋）を爆破。南岸側に避難しようと橋を渡っていた多くの民間人が犠牲になった。また、橋が爆破されたために多くの市民がソウル市内に取り残された。

217 **彌阿里峠《ミアリコゲ》**……ソウル市城北区に位置し、この峠を越えて朝鮮人民軍が侵攻してきた。

219 **「死せる孔明《こうめい》、生ける仲達《ちゅうたつ》を走らす」**……『三国志』に由来する故事。死後なお威光が残り人を畏れさせること。

221 **成均館《ソンギュングァン》**……現在の成均館大学校。李氏朝鮮の最高教育機関である成均館を母体としている。

221 **ソウル奪還**……国連軍は一九五〇年九月、仁川上陸作戦を経て同月末にソウルを一旦奪還した。ただし翌年一月、朝鮮人民軍が再占領するに至り、再奪回は同年三月。

222 **長白山《チャンベクサン》**（チャンバイシャン）……白頭山《ペクトゥサン》の中国語表記。中朝国境地帯にある標高二七四四メートルの休火山。

222 **「撃ちてし止《や》まむ」**……太平洋戦争中に陸軍省が募集した標語で、一九四三年から帝国臣民の戦意高揚キャンペーンに用いられた。敵を殲滅するまでは戦いを止めないとの決意を表した。

224 **長谷川町**……現在の明洞ロッテホテル付近。

225 **京城府民館事件**……広く知られている史実では、爆弾テロ事件が発生したのは、日本の敗戦直前の一九四五年七月二十四日。日本、満州国、中華民国（南京国民政府）の代表らが、欧米の植民地支配からの〝アジア解放〟を唱えた「亜細亜民族憤激大会」の演壇に向かって、独立運動家が爆弾を投げ込み、ひとりが死亡した。

226 **西大門《ソデムン》刑務所**……一九〇八年に朝鮮半島初の近代式刑務所としてソウルに設置され、日本統治期を通して抗日独立運動家が拷問、処刑された場所として知られる。

231 **「銃後奉公は債券から」**……日本統治下の朝鮮で一九四一年八月に組織された臨戦対策協議会（朝鮮臨戦報国団に合流）が用いた標語。戦争経費動員のために、名士たちによる債券街頭遊撃隊を組織した。

解説

ことばでは言えない生のために

金《キム》炳《ビョン》翼《イク》（文学評論家）

本書に収められた作品群の冒頭に現れる〝書くことへの自意識〟を押さえることから、このキム・ヨンス論を書き進めようと思う。彼は小説を——これは彼がよく使う手法なのだが——「自分はこれから何について書くのか」をはっきりさせてから書き始める。例えば、「あれは鳥だったのかな、ネズミ」は「彼女について話そうと思う」と決心するところから始まり、「簡単に終わらないであろう、冗談」は「一本の樹。(……)一本の樹の話から始めようと思う」から、「不能説《ブーヌンシュオ》」では「さて、何から話そうか」と切り出すかと思えば、「さらにもうひと月、雪山を越えたら」では単刀直入に「私はこう書いた」と言いきる。何か話をするときに、書いた理由について説明することはあるかもしれないが、少なくとも文学においては珍しいので、本書に収録された短編の多くに見られるこの手法は興味深い。はじめ私は、若手作家のウイットだろう、ぐらいに思っていた。あるいは、何を書けばよいのか迷った末に、白い原稿用紙(いまはモニターかもしれないが)に手っ取り早く書き込んだ導入部だろうと思った。ところがキム・ヨンスの文学を深く読み込み、その輪郭をつかんでいくうちに、無意味だとばかり思っていたこれらの一文が、もしかしたら世界を再構成しようとするキム・ヨンスの文学的な意識と密接な関係にあるのではないかと思い始めた。もっと具体的に言うと、この世界の事物や人間、歴史を見つめる眼差しと、それを小説という形で再現する際にどのように距離をとるべきかという彼の葛藤が、なにげない導入部に潜んでいるのではないかと思ったのだ。そこには、書くという行為と書く対象との不自然な関係、史実とそれを記述する言語との間に生じるアンバランスさ、などに対する作家の深い反省が見られる。おそらく私がいま書いているこの文章は、キム・ヨンスの〝歴史に対する猜疑心〟と〝真実への渇望〟という、大きなテーマを見つける糸口になるだろう。

つまり、冒頭に「始めよう」「言わなければならない」「書いた」などと置くことによって、書いている者は「書くということ」を改めて意識し、確認する。それは、消化し排泄できるものだけを文章にして語るのだという宣言であると同時に、史実は見方によっていくらでも変わりうるのだが、自分はこれを選択し、こうして書いて語るのだと表明することになる。それによって、一つの史実に対して多様なストーリーで、または方法で、語ることになる。ロシア形式主義者《フォルマリスト》が言うように、一つの出来事は複数のプロットを持っており、そのプロットによって小説は違った形で叙述される。キム・ヨンス自身も、自分の小説には「いくつものバージョンがあり、『グッバイ、李箱《イサン》』(二〇〇一年)も、十種類ほどあるバージョンのうちの一つ」であると述べている。だが反面、一つの史実にいくつものストーリーがあるのは大きな問題を含むことにもなる。それは一つの史実に対して、一つの観点、一つの解釈、一つの表現は決してありえないという主張を認めることになるからだ。見る位置によって違った解釈をもたらし、当然、その意味やテーマも変わってくる。これは、現実は再現できるという十九世紀の写実主義的な観点に相反する。ある史実に対して、ひととおりだけの理解と叙述は不可能だ、隠された真実を探究しなければならない、現実は決して再現されることはない、という観点が、作家キム・ヨンスの認識の底辺に根付いているため、作品のあちこちでモチーフとして適用されたり、事件に対する叙述者の認識として現れたり、冒頭の手法とともにさまざまな方法論として用いられているのである。

彼のこのような方法論は、モダニズム的というよりはむしろ、伝統的な小説の手法から少しずつ離脱していると見るのが妥当だろう。一つの作品だけだと見過ごしてしまいがちだが、いろいろな作品にくり返し出てくることで、読者は彼の脱写実主義的な方法論と、彼の密かなモダニズム的な志向に気づくことになる。「言おう」「書こう」という誘導的な叙述のあとに続く物語は、たいてい写実主義的な慣例から脱出している。例えば「不能説」や「こうして真昼の中に立っている」は独白体、「偽りの心の歴史」は書簡体、「簡単には終わらないであろう、冗談」は告白体、「恋愛であることに気づくなり」では植民地時代を思わせる文体を試みている。また、ヒマラヤ山脈や登山に関する知識、漢詩、ホイットマンの詩、植民地期の知識人が詠んだ日本の詩や当時の語彙などを幅広く駆使するのは、作者にとって知識をひけらかす以上のもので、テーマに合った文体を追求する作家の意図的な試みだと思われる。また、「さらにもうひと月、雪山を越えたら」の巧妙な一人称話者の出現はとても興味深いものだ。ナンガ・パルバット遠征隊に加わり、慧超《ヘチョ》の『往五《おうご》天竺国伝《てんじくこくでん》』を読みながら登攀《とうはん》の準備をする「彼」は、恋人が自殺し、自分は小説を書きながら、潜在的な話者として機能するのだが、作中には「私」という語り手がいる。「私」は「彼」が飛行機の中で読んでいる『往五天竺国伝』の註解者であり、「彼」の小説を読んで小説家になることを勧めた大学教授でもある。「私」が話者としての機能を持っていないことから、「彼」と「私」はひとりの人間の中で密かに分裂したものではないかと思わせる。

私はこれらの脱写実主義的な手法の中で、キム・ヨンスが「いまーここ」の話ではなく、「いまーそこ」または「あのときーここ」「あのときーそこ」を語り、多くの登場人物が韓国人とつながりのある外国人である点を指摘したい。「不能説」では中国の延辺に住む占い師が韓国人の作家に朝鮮戦争のことを語って聞かせ、「こうして真昼の中に立っている」では朝鮮戦争中に附逆者〔国家反逆者〕の疑いをかけられた女性が死刑を目前にして告白する。「偽りの心の歴史」は十九世紀末、ある人のフィアンセを連れ戻しに朝鮮に行く任務を任されたアメリカ人探偵の書簡であり、「あれは鳥だったのかな、ネズミ」には、ロンドンで暮らす韓国人姉妹と、姉の同居人である日本人留学生の心理的な葛藤が描かれている。「恋愛であることに気づくなり」は一九三〇年代の植民地ソウルを背景にしており、「南原《ナモン》古詞に関する三つの物語と、ひとつの注釈」は『春香《チュニャン》伝《ジョン》』をパロディ化したものである。「さらにもうひと月、雪山を越えたら」と「伊藤博文を、撃てない」は現代の韓国人を語っているが、それらも、前者は登頂の目標地であるナンガ・パルバットが、後者は弟を中国朝鮮族の女性と結婚させるために訪れたハルビンが小説の舞台となっている。つまりキム・ヨンスの小説は、小説は現実社会の報告書というバルザック的な視点から、方法はともかく、隔たりがある。典型的な一九九〇年代の作家である彼が、同時代に流行した、いわゆる幻想的でエロティックな作風や、モダニズム（またはポストモダニズム）的な作風を拒み、文学のもつ伝統的な真面目さを固守しつつも、写実主義から抜け出そうとするのはなぜだろう。その理由と意味を明らかにすることは、もしかしたら今日、私たちが文学になぜこれほど重きを置くのかに対しての答えになるかもしれない。

小説が現実を再現することに対して否定的でありながら、伝統的な小説の枠から離れようとしないキム・ヨンスの態度は、思った以上に深刻だ。彼は今日の世界に対して根本から疑いを抱いているのかもしれない。これは例えば不立文字《ふりゅうもんじ》の説法のように、文字で真理を説くことはできない、人間は決して互いを理解することができない関係だ、という絶望的な世界観につながるからである。キム・ヨンスはそのことを、「いまーここ」ではない時空間、「ここ」と「そこ」の人の決裂によって見せ、それによって起こる不信と悲観がまさに世界の真相であり、生の真実であると強調する。本書に収録された作品はそれぞれテーマと文体は違っているけれども、この世界を言葉で語ることはできない、人間は決して理解や愛にたどり着くことはできない、歴史であれ記録であれ真実を記すことはできない、この世の中はつまらない偶然が主導しているということをくり返し見せている。「不能説」の話者はこう言う。「人生とは生きていくものであって、誰かが話して聞かせるもんじゃない」。そして「不能説。運命が姿を現した途端、言葉は完全に消え失せてしまうんじゃ」と続く。

「言葉では言い表せないこと」は、中国人民志願軍として朝鮮戦争に参戦した話者によって語られる。「歴史というものは、書物や記念碑に記録されるものではない。人間の歴史は人間の体に記録されるのだ」と。彼は人間の肉体に刻印されたものこそが真実だと言う。歴史の生き証人がそう言うのである。彼は自分を救ってくれた朝鮮人の看護師に訊く。「砥平里《チピョンニ》で何を見たのか」と。その答えとしてこの作品は、惨憺たる戦闘と、その中で生き残った偶然の歴史に対し、「不能説」〔言葉にはできない〕と言っている。話者は「君が知っているかぎりの、この世で最も信じがたい話をわしに聞かせてくれ」たら、「本に書かれているような話ではなく、君の体でもって経験した話を、不能説、不能説、そう言わずにはいられないこと」を話してくれたら、自分は「君」が「どういう人間なのか、どんな運命をもってこの世に生まれてきたのか」教えてやると言うのだ。ここでは、言葉や文字で作られた歴史ではなく、体で経験した人だけが真実を理解し、生と世界を説明できるということと、記録された歴史には真実性がないという、キム・ヨンスの絶望的な態度がうかがえる。

「さらにもうひと月、雪山を越えたら」では、登攀日誌を書きながら「自分の記憶をいくら〝総動員〟しても、文章にできないものが人生にも存在するということ」を知る。彼は小説の中で、現実の因果関係から外れた自分を文章にすることができなかったので、少しずつ消えていった。それは「切実な夢、希望に満ちた未来、生きる目的だったはずの瞬間《とき》が、次第に消え」たからだった。この世は本当は多くの冗談でできているのだが、歴史書には冗談が書かれていない。原因と結果だけが羅列されている。平凡なサラリーマンだった日本人のネズミ（ニックネーム）は、歴史を学ぶためにイギリスに留学して気づいた。「歴史を学べば学ぶほど、嘘がばれるのではなくて、ばれたものが嘘になる」と。この歴史観は、日本人留学生が読んだジョルジュ・デュビーの文章が裏付けとなっている（「人生は取り返しのつかないものだという点で、僕たちはみんな不利な立場にいる歴史家と同じだ。くだらない事実でも、厳かで意義あるものになっていくのだ。仕方がない」）。キム・ヨンスはさらに踏み込み、「こうして真昼の中に立っている」で、附逆や犠牲などが主観的に決められる事態を告発する。処刑を目前にした女性は、「真っ昼間の灼熱した太陽のもとにいても、私たちは一片の真実すらつかむことができない」と叫ぶ。そして行き着いたところが、誰もが知っている『春香伝』をパロディ化し、まったく異なる物語として書き上げた「南原古詞に関する三つの物語と、ひとつの注釈」だった。一つの史実はいろいろな解釈があるだけでなく、違ったストーリーにもなることを作家は見せているのだ。いったい何が真実で、歴史とは何を記録するものなのか。一つの事件には明白な因果関係があるように見えるが、じつは些細な偶然によって起こるものかもしれない。このことを間接的に語っているのが「伊藤博文を、撃てない」だ。もし何か些細な偶然が介入してハルビンにいた安重根《アンジュングン》が伊藤博文を撃てなかったら、別の駅で待機していた禹徳淳《ウドクスン》が撃ったであろうということ。この場合、歴史は安重根ではなく、別の駅にいた禹徳淳を記録しただろうという仮想をし、歴史というものに対して猜疑心を見せている。これが真実ならば「人生は些細な偶然の連続」であり、歴史とは、ハルビンの聖ソフィア大聖堂のように「大きな疑問符」に違いない。

ここでキム・ヨンスにとってもうひとつの課題は、人は果たして他人を理解できるのかということだ。疎通の可能性すら信じない彼は、「そもそも人間は理解されうる存在なのか」(「あれは鳥だったのかな、ネズミ」)と問う。姉のセヒ、彼女と同居している日本人留学生のネズミ、そしてセヒに呼ばれてやって来た妹のセヨン。この三人の微妙な感情的交流を描いた「あれは鳥だったのかな、ネズミ」は、人を理解することは可能なのかをいろいろな側面から見ている。姉のセヒは、妹が自殺したいほど苦しんでいたなんて知らなかったと、涙を流しながら悔しがる。妹のセヨンは夫に「子どもを産まなきゃ」と言われたが、そんな夫をまったく理解していなかったと思い、夫がどんな車を運転していたのかすら知らなかったということに、耐えられなかったのだ。ここで話者は、理解できないのは「自分の思っていることと、起こったことがあまりにかけ離れているからだ」と言う。セヨンは、姉の年下のボーイフレンド、ネズミに本名を尋ねるが、彼は自分の正体を明かさない。セヒとネズミ、セヨンとネズミは、もちろんまったく信頼のない間柄ではないが、「あんたはお姉ちゃんを愛してないわね。（……）まあ、お姉ちゃんだって同じだけど。あんたたちはわかり合ってるふりをしているだけで、何にもわかっちゃいない。お互いを騙して人生を無駄にしてるだけよ」とセヨンが言いきるように、もともと名前も知らなければ、初めて会ったときのことも覚えていない、互いに理解し合っている関係ではなかったことが少しずつ明らかになる。実際にネズミは、「僕はセヒを愛していなかった。もちろん彼女〔セヨン〕のことも。（……）相手のすべてを知りたいと思うのは無謀な情熱だ」と言っている。「伊藤博文を、撃てない」でも、言語障害のある弟ソンスを連れてハルビンにやって来た兄のソンジェは、初めて会った朝鮮族の女性と結婚したいと言いだす弟の気持ちが納得できず、兄弟間の疎通をあきらめる。キム・ヨンスにとって、人間はそもそもこういう理解不可能な存在なのかもしれない。

「さらにもうひと月、雪山を越えたら」の「彼」は「私」にこう言う。「僕は彼女がなぜ自殺をしたのかもわからない。それが知りたくて小説まで書いたのに、それでもわからない。彼女が最後に読んだ本は、先生の書いた『往五天竺国伝』なんです。あいつはなんで死ぬまぎわにそんな本を読んだのか、それすらもわからない」。「彼」は自分の恋人がなぜ自殺したのかわからないのに、『往五天竺国伝』という千三百年近く前の書物を註解した「私」にはわかると思っている。それは、記録した文献と、決して記録することのできない生そのものとの違いだろうか。それとも、果てしなく遠いところにあるものと目の前にあるものとの差はあまりに自明なので、解釈できないからだろうか。

キム・ヨンスが小説の中で、記録された歴史を信じず、言葉では表現できない生の悲しみを見せるのは、おそらく一回きりの生の厳粛さ――私たちの世代がよく使う言葉で言うと、人間の実存的な誠実さ――を暴き出すためだろう。そして彼が暴き出した人間は、互いに疎通が不可能で、そもそも理解などし合えないという点から見て、現代に生きる私たちの生を根源から否定している。彼の目には、この世の中は無意味で滑稽なものに映ったに違いない。彼の描く人物は互いに理解できなくても、憎み合ったり拒み合う関係ではないのはこのためだ。つまり、彼らはこの世の中と人間に対して無関心で、何の期待もしていないのだ。そのため、あきらめや悲しみが彼らの根底にある。「あれは鳥だったのかな、ネズミ」ではセヨン姉妹がいきなり泣きだし、「さらにもうひと月、雪山を越えたら」の登山隊員の「彼」は、人間なんて所詮は理解できないのだという文章を読んで泣く。彼らが泣くのは、「純粋な期待や、漠然とした願いが込められた文章をひとつずつ捨てて、自分に降りかかった悲しみを学」ばなければならないからだ。本書に収録された作品はどれも、それを体現する登場人物たちが悲しい結末に行き着く。「不能説」では中共軍兵士と朝鮮人看護師は絶望的な交わりをした末、看護師は命を失い、「あれは鳥だったのかな、ネズミ」ではふたりの同居人が別れ、妹のセヨンは帰国後自ら命を絶つ。「さらにもうひと月、雪山を越えたら」の「彼」は雪山で失踪し、「こうして真昼の中に立っている」の女性は銃殺され、「簡単には終わらないであろう、冗談」の離婚した男女はもう二度と会うことはないだろう。「伊藤博文を、撃てない」の弟は結婚をあきらめる。「偽りの心の歴史」だけが、依頼人のフィアンセを連れ戻す任務を負った探偵が最後にそのフィアンセと結婚するという、「冗談」ならぬ喜劇を見せる。

歴史は信じられないものであり、人間は理解できない存在であり、世界は決裂と死で成り立っているというキム・ヨンスの悲観論は、彼と同世代の作家たちを想起させる。たとえば、キム・ヨンハは絶望的な世界に対して自虐的な態度を見せることで文学者としてのスタートを切り、キム・ギョンウクは死を熱望することでこの世の虚像と向き合っている。キム・ヨンスに至っては、歴史に対する不信と、人間は理解し合えないということによって世界を悲観的に見ている。一九九〇年代の作家たちはなぜこれほど悲観的なのか。この世紀末の世代たちは、物質的に最も豊かで、歴史に対しても自信を持っており、無慈悲な戦争や権力の横暴から抜け出し、初めて自由を享受している世代だ。ところが彼らは不信と決裂、暗闇と破滅、絶望と死を、大きく目を開いて見ているのだ。なぜだろう。彼らがそれだけ恵まれているからだろうか。あるいは、われわれの世代にとっては羨ましい豊かさや発展は、砂の上に建てられた虚しい展示物にすぎないのだろうか。わからない。ただ、キム・ヨンスに限っていえば、たとえ歴史として記録できなくても一回きりの生の厳粛さに執着し続けている点や、時にはたったひとりの学生の死が世の中を変えうる可能性（「さらにもうひと月、雪山を越えたら」）から目をそらさないのを見ると、彼の探究する文学とはすなわち、この世界の究極の意味を探す旅程だといえる。その世界とはこうだ。

「ここかい？」「いや、あっちだ。もう少し先の方」「どこ？」「あそこだよ。さらにもうひと月、雪山を越えた所。ほら、あそこ。文章が終わる所で姿を見せる夢のケルン」。もはや理解できないものなど何もない水晶のニルヴァーナ。これですべての旅が終わる、世界の果て。（「さらにもうひと月、雪山を越えたら」）

おそらくキム・ヨンスが夢見る「すべての旅が終わる、世界の果て」とは、パミール、または高山地帯の万年雪であり、「僕にとってそれはひとつの夢のように、他の人にはわからない夢のように（……）理解できなかったが、まさに現実の夢として迫って」くる、私たちがこの世では決して到達することのできないニルヴァーナなのだ。そのニルヴァーナへ向かう長い長い旅こそが真実に向かう道なのである。キム・ヨンスはこの小説集において、生を徹底して否定することによって発見する、この真実に向かう夢の道を見せているのではないか。その過程で見る夢はあたたかく、歴史に対する信頼を呼び戻し、そして何よりも美しく透明ではないだろうか。

（要約）

金炳翼《キムビョンイク》

文学評論家。

一九三八年生まれ。文学と知性社創業者。

作家のことば

「私」はこれらの短編を書くために数多くの書物を読んだ。ところが、一冊の本にして出版するに至って、ふと、自分はなんと無意味なことをしてきたのだろうと思った。頭《こうべ》はこういうときに垂らすために作られたのかもしれない。

「私」はいつも「私」とは何なのかを知りたいと思う。こんなにたくさんの書物を読んだのは、「私」について知りたかったからだ。そんな理由で読んだ多くの書物がこの小説集の中に隠れている。しかし、それらがつまらないことだったとわかったいま、どんな本を読んだのかを明らかにするのは無駄だと思う。ただ、それらの書物を通して、世の中は「私」とは比べものにならないほどの嘘つきで溢れていることを知った。

一人称。「私」。私の目で見た世界。「私」だけで構成された小説集を一冊出したかった。やれるだけのことはやった。なぜなら「私」は本当に嘘つきになってしまったのだから。

この本の中で「私」はあまりに多くの嘘を並べすぎた。「私」は天国に行くのは無理かもしれない。この本のタイトルどおり、「私」は幽霊作家になってしまった。もっと多くの話が、いまの私にはもっと多くの話が必要だ。生きている人間たちの体臭が恋しくて、眠れそうにない。

二〇〇五年五月

キム・ヨンス

訳者あとがき

本書『ぼくは幽霊作家です』は、現代韓国を代表する作家のひとり、キム・ヨンス（金衍洙）が二〇〇五年に発表した短編集である（初版：チャンビ、新版：文学トンネ、二〇一六年）。凝縮された構造と、出来事に対する新しい解釈、予想を裏切る結末に目を見張ったと評され、大山《テサン》文学賞を受賞した。

この作品集は「韓国史についての小説」であり、「小説についての小説」、さらには「物語についての小説」である。歴史と小説、それをどう物語るかは、作家キム・ヨンスが長いあいだ探究してきたテーマだ。

多くの作家がそうであるように、キム・ヨンスは歴史を「小説」という芸術の観点から洞察してきた。ここには歴史上の出来事をモチーフに小説を構想する、従来の写実的な手法は見られず、むしろ歴史の中に埋もれている人間を描くことで歴史に挑もうとする――つまり、小説によって画一的な「歴史」を解体し、「史実」を再構築しようとする、作家の目論見がうかがわれる。

小説も歴史も「物語る」という面では本質的に似ているが、キム・ヨンスの小説は、人の生を語るうえでどちらにより重きを置くのか、どちらがより真理に近いのかを洞察する実験の場としてあるのではないだろうか。しかも彼の実験は、小説によって歴史を書き直す試みとして、驚くほど野心に満ちている。

本書に収録された九つの作品は、こうした実験のもとで書かれた作品群としてひとくくりにできる。韓国近現代史という縦糸と、韓国文学史という横糸で織り上げた、ダイナミックで躍動感あふれる空間を演出している。

ここで縦糸となるのは、一九八〇年代の独裁政治、朝鮮戦争に参戦した中国人民志願軍兵士、ハルビンで安重根《アンジュングン》が伊藤博文を暗殺した事件、日本統治下で思想検閲と退廃的な風潮のはびこる一九三〇年代のソウル（京城）、朝鮮戦争下で統治権力が入れ替わるたびに行われた反逆者とみなされた者たちの処刑など、韓国史において重要な意味を持つ出来事である。他にもそれぞれの作品を書くきっかけとなった事件や、実在した人物がいる。

ただこの九つの作品は、一見、互いの関連性がない。それなのに一冊の本に収録して、『ぼくは幽霊作家です』とタイトルをつけたのはなぜだろう。幽霊作家とはゴーストライター（代筆作家）という意味で、影となって小説という虚構の時空間を動かす存在だ。キム・ヨンスはどの短編でも、いろいろな叙述スタイルを試みている。例えば、書簡体、告白体、植民地時代のインテリの口調を匂わせるもの、古典小説のパロディ、いかにも翻訳調で語るものなどがある。これらは近代以来、韓国の小説が模索し続けてきたものでもあるのだが、キム・ヨンスは自身の作品の中でそれらを独創的に試みたのではないかと思われる。

キム・ヨンス文学の特徴でもあるが、彼の小説は幅広い読書体験に基づいている。その中で彼はいつも、記録された文献や歴史書の枠からこぼれ落ちた人々の話に注目し、彼らの声に耳を傾ける。つまり、キム・ヨンスは本作において、歴史の主人公になれなかった人たちのことを、彼らがどう生きたのかについて話しているのだ。自らは語る言葉を持ちあわせていない彼らの影となって、自分は何者なのか、どんな人間なのか、自分がこの世に存在することの理由を問い続ける。しかもそれは、韓国の歴史と文学を織り交ぜることでのみ語りえるのだと、作家キム・ヨンスは告白しているのではないだろうか。そういう意味で、著者自身があとがきで言っているように「私」は「嘘つき」であり、「幽霊作家」なのだ。

本作と同じ頃に書かれた長編小説『夜は歌う』は、一九三〇年代の満州で起きた民生団事件をモチーフにしている。この作品もまた、膨大な資料をもとに作家が作りあげた架空の世界で生きる「僕」の物語だ。キム・ヨンスは、これらの作品はあくまでもフィクションなのに、時代背景を理解するための歴史小説として読まれやしないかと憂慮する。あくまで個々の登場人物たちの物語として読まれたい、という作家の希望に応えるには、馴染みの薄い歴史上の出来事や人物、文学作品への言及などが織り込まれすぎているかもしれない。そのぶん私たち読者は、作家がどんな嘘をついているのか、語り手の置かれた境遇を最大限に想像しながら、彼らの語りえない語りに耳を澄ませなければならないだろう。

最後に、『夜は歌う』に引き続き本書の編集にあたられた新泉社の安喜健人さんに謝意を表したい。また、私を支えてくださったすべての方々に心から深く御礼申し上げる。

二〇二〇年八月

橋本智保

〔著者〕

キム・ヨンス（金衍洙／김연수／KIM Yeon-su）

一九七〇年、慶尚北道金泉生まれ。成均館大学英文科卒業。

一九九三年、詩人としてデビュー。翌年、長編小説『仮面を指差して歩く』を発表。

『七番国道』『二十歳』『グッバイ、李箱《イサン》』『僕がまだ子どもだった頃』『愛だなんて、ソニョン』『ぼくは幽霊作家です』『君が誰であろうと、どんなに寂しくても』『波が海のことなら』などの話題作を次々と発表。文学、思想、歴史、社会科学など、広範な読書体験に裏打ちされた文体で多くの読者を魅了し、韓国現代文学の第一人者と評されている。

三作目の短篇集となる二〇〇五年発表の本作で大山《テサン》文学賞を受賞。ほかに東仁《トンイン》文学賞、黄順元《ファンスヌォン》文学賞、李箱文学賞など数多くの文学賞を受賞し、エッセイスト、翻訳者としても活動している。

邦訳書に、『夜は歌う』（新泉社）、『世界の果て、彼女』（クオン）、『ワンダーボーイ』（同）、『皆に幸せな新年・ケイケイの名を呼んでみた』（トランスビュー）、『目の眩んだ者たちの国家』（共著、新泉社）。

〔訳者〕

橋本智保（はしもとちほ／HASHIMOTO Chiho）

一九七二年生まれ。東京外国語大学朝鮮語科を経て、ソウル大学国語国文学科修士課程修了。

訳書に、キム・ヨンス『夜は歌う』（新泉社）、鄭智我《チョンジア》『歳月』（新幹社）、千雲寧《チョンウニョン》『生姜《センガン》』（同）、李《イ》炳注《ピョンジュ》『関釜連絡船（上・下）』（藤原書店）、朴婉緒《パクワンソ》『あの山は、本当にそこにあったのだろうか』（かんよう出版）、クォン・ヨソン『春の宵』（書肆侃侃房）、チェ・ウンミ『第九の波』（同）、ウン・ヒギョン『鳥のおくりもの』（段々社）など。

韓国文学セレクション

ぼくは幽霊作家です

2020年10月20日　初版第1刷発行©

著　者＝キム・ヨンス（金衍洙）
訳　者＝橋本智保
発行所＝株式会社 新 泉 社
〒113-0033 東京都文京区本郷2-5-12
振替・00170-4-160936番　TEL 03 (3815) 1662　FAX 03 (3815) 1422
印刷・製本　萩原印刷

ISBN 978-4-7877-2024-5 C0097

韓国文学セレクション　夜は歌う

キム・ヨンス著　橋本智保訳　四六判／三二〇頁／定価二三〇〇円＋税／ISBN978-4-7877-2021-4

詩人尹東柱《ユンドンジュ》の生地としても知られる満州東部の「北間島《プッカンド》」（現中国延辺朝鮮族自治州）。

現代韓国を代表する作家キム・ヨンスが、満州国が建国された一九三〇年代の北間島を舞台に、愛と革命に引き裂かれ、国家・民族・イデオロギーに翻弄された若者たちの不条理な生と死を描いた長篇作。

韓国でも知る人が少ない「民生団事件」（共産党内の粛清事件）という、日本の満州支配下で起こった不幸な歴史的事件を題材とし、その渦中に生きた個人の視点で描いた作品。極限状態に追いつめられた人間は精神の自由を保ち続けられるのか、人間は国家や民族やイデオロギーの枠を超えた自由な存在となりえるのか、人が人を愛するとはどういうことなのか、それらの普遍的真理を小説を通して探究している。

韓国文学セレクション　きみは知らない

チョン・イヒョン著　橋本智保訳　近刊

「あなたはわたしを知らない、だれもわたしを知らない」――。

『マイスウィートソウル』『優しい暴力の時代』などで知られ、現代の都市生活者の孤独や心の機微を描く作家として絶大なる支持を集める作家チョン・イヒョンの意欲的な長篇作。

本作で描かれる一家の継母は、韓国生まれ韓国育ちの華僑二世。山東省出身の父親に家の中で韓国語を話すことを禁じられて育った彼女は、かつて台湾の大学に留学し、台北に恋人がいた。物語の舞台の中心はソウルであるものの、登場人物それぞれのアイデンティティの揺らぎや個々に抱えた複雑な事情、そしてその内面を深く掘り下げ、現代社会と家族の問題を鋭い視線で、地勢的にも幅広く描いた作品。